Beate Sauer

Der Heilige in deiner Mitte

Kriminalroman

grafit

Die Autorin

Beate Sauer wurde 1966 in Aschaffenburg geboren. Sie studierte Philosophie und katholische Theologie in Würzburg und Frankfurt/Main. Seit 1997 lebt und arbeitet sie als freie Autorin und Journalistin in Köln.

Für ihr – zu der Zeit noch unveröffentlichtes – Krimidebüt *Der Heilige in deiner Mitte* wurde Beate Sauer 1997 mit dem ersten Preis in der Sparte Krimi beim 10. Nordrhein-Westfälischen Autorentreffen ausgezeichnet.

Dies ist ein Roman. Ähnlichkeiten mit real existierenden Personen und Orten sind rein zufällig.

Und Gott segnete den siebten Tag und erklärte ihn für heilig; denn an ihm ruhte Gott, nachdem er das ganze Werk der Schöpfung vollendet hatte.

Der Fall Kadamczik begann an einem Sonntag. Rückblickend muss ich sagen, es hätte keinen passenderen Tag für die Ermordung des Priesters und Professors geben können. Ich verabscheue Sonntage im Allgemeinen – diese ruhig gestellten Tage, die am Tropf einer schwerfällig verstreichenden Zeit hängen – und jener Sonntag war besonders übel.

Es begann schon beim Aufwachen. Ich drehte den Kopf auf dem Kissen, blickte hinüber zum Fenster. Statt der Hügelkämme, die die Stadt nach Westen hin begrenzen, sah ich eine matte, graue Fläche. Ich hob den Kopf ein wenig höher. Der Kirchturm, den ich normalerweise von meinem Fenster aus erkennen konnte, war nur als schattenhafter Umriss auszumachen. Ich habe nichts gegen Regenstürme oder Nebel mit Sichtweiten bis zu fünfzig Metern. Hochnebel dagegen deprimiert mich.

Nun gut. Ich wollte nicht in der Stadt bleiben. Ich hatte gerade einen ziemlich widerwärtigen Fall abgeschlossen und plante, ein paar Tage Urlaub zu machen. Ein kleines Haus auf dem Land, ein offener Kamin ... Meinen Koffer hatte ich am Vorabend gepackt.

Gegen zwei Uhr mittags saß ich schließlich beim Frühstück. Auf einem Poster, das über dem Schrank aus Kirschbaumholz hing, in dem ich mein Geschirr aufbewahrte, stapfte James Dean mit hochgeschlagenem Mantelkragen und unrasiertem Gesicht durch einen nassen, grauen Morgen. Es gab Tagesanfänge, an denen er für mich das einzig erträgliche Gegenüber war. Grüßend hob ich meine Kaffeetasse.

Der Duft von Toast zog durch die Küche und im Radio spielten sie etwas, das nicht weiter störte. Ich hatte das Gerät ohnehin nur eingeschaltet, weil ich den Wetterbericht hören wollte. Eine Verkehrsmeldung unterbrach die Musik: spiegelglatte Straßen, massenweise Unfälle. Genau in der Gegend, in die ich fahren wollte ...

Statt die Füße vor einem Kaminfeuer auszustrecken, rannte ich also in meiner zentralbeheizten Wohnung herum und fühlte mich wie eine Katze, der es den Auslauf verregnet hat. Katzen pflegen in so einer Situation ihre Krallen in Sessel und Tischbeine zu schlagen. Ich verfiel auf die blödsinnige Idee, meine Rumpelkammer auszumisten.

Ich zerrte Stapel alter, vergilbter Zeitungen unter den Dachsparren nach vorne. Und dann fand ich zu allem Überfluss auch noch das Manuskript. Es lag in einem Koffer zwischen Büchern, die ich vor Jahren aussortiert und wegzuwerfen nicht übers Herz gebracht hatte. Es war in Packpapier eingeschlagen, das an den Kanten schon brüchig geworden war, und ich drehte und wendete es in den Händen, wusste nicht, was dieses Päckchen enthalten könnte. Als ich das Papier auseinander faltete, blickte ich direkt auf die Titelseite: *Der Tod im Werk Rainer Maria Rilkes*.

Ich hatte die Fragmente meiner Doktorarbeit tatsächlich aufgehoben, sie von Umzug zu Umzug mit mir herumgetragen. Schließlich saß ich auf dem Sofa in meinem Wohn- und Arbeitszimmer, schlug da und dort das ein wenig klamme Manuskript auf. Temperaturschwankungen von etwa fünfzehn Jahren ließen die Schrifttypen auf den Rückseiten der Blätter durchscheinen. Verwaschen lila-blau ...

Die Zitate ... Bei manchen musste ich nur die ersten Worte lesen und wusste den Rest, ohne auf die Seite niederzuschauen, auswendig:

> *Früher wußte man (oder vielleicht man ahnte es), daß man den Tod in sich hatte, wie die Frucht den Kern. Die Kinder hatten einen kleinen in sich und die Erwachsenen einen großen. Die Frauen hatten ihn im Schooß und die Männer in der Brust. Den hatte man, und das gab einem eine eigentümliche Würde und einen stillen Stolz.*

Oder:

Sie alle haben einen eigenen Tod gehabt. Diese Männer, die ihn in der Rüstung trugen, innen, wie einen Gefangenen, diese Frauen, die sehr alt und klein wurden und dann auf einem ungeheuren Bett, wie auf einer Schaubühne, vor der ganzen Familie, dem Gesinde und den Hunden diskret und herrschaftlich hinübergingen: Ja die Kinder, sogar die ganz kleinen, hatten nicht irgendeinen Kindertod, sie nahmen sich zusammen und starben das, was sie schon waren, und das, was sie geworden wären.

Mittlerweile war es Abend geworden. Im Lichtkreis der Stehlampe balancierte ich drei Jahre meines Lebens – oder zumindest einen wichtigen Teil dieser Jahre – auf den Knien. Einige Seiten des Manuskripts lagen verstreut zwischen den Falten des Kelims, der das Sofa bedeckte, und ich empfand ... ja, ein Gefühl zwischen Peinlichkeit, Rührung und Scham; ähnlich der Erinnerung an eine Zeit intensiver Liebe, von der die Distanz zeigt, dass sie zwar intensiv war, aber leider dem völlig Falschen gegolten hat.

Das Schrillen des Telefons schreckte mich auf. Es schrillte und schrillte. Ich hatte vergessen, den Anrufbeantworter einzustöpseln. Mein Pech. Denn wenn ich Elvira aufs Band hätte sprechen hören, hätte ich das Gespräch nicht entgegengenommen und dieser Fall wäre mir erspart geblieben. Komisch, dass kaum jemand vermag, sich dem Läuten eines Telefons zu widersetzen. Ich vermute, uns treibt die Angst, am anderen Ende der Leitung könnte der Kairós zum Hörer gegriffen haben, der eine entscheidende, alles zum Guten wendende Augenblick. Der Augenblick, den wir keinesfalls versäumen dürfen ...

Ich nahm ab: »Strykowski.«

»Jakoba? Du bist noch nicht weg?«

Nun, Elvira war keine Verkörperung des Kairós. Ihre Stimme bedeutete Arbeit. Unangenehme Arbeit noch dazu. Andernfalls hätte Petersen, mein Chef, selbst versucht, mich zu erreichen.

»Oh nein, Elvira«, sagte ich. »Du hast mich nicht mehr angetroffen. Ich bin schon längst unterwegs. Eigentlich sitze ich zurzeit in einer abgelegenen Hütte vor einem Kaminfeuer, trinke Sherry und ...«

»Jakoba, es ist ein Mord geschehen.«

Dann ließ Elvira eine Schilderung unseres Personalstandes folgen. So, wie sie mir die Zustände in der Abteilung ›Gewaltverbrechen‹ darlegte, hätten wir gut und gern sämtliche Spezialisten einer 500-Betten-Klinik beschäftigen können. Von der Gynäkologie bis hin zur Krebsstation. Dabei war es im Grunde genommen gleichgültig, was sie mir erzählte. Es war nur die süße Verpackung der bitteren Pille. Wir beide wussten das. Elvira hatte es noch jedes Mal geschafft, mich mit einem Appell an mein Verantwortungsgefühl und an mein soziales Gewissen herumzubekommen.

Ich brummelte noch ein wenig schlecht gelaunt vor mich hin, das übliche Rückzugsgeplänkel, und fragte dann: »Okay. Wer, wo, wann und wie?«

Jedenfalls – ich hatte Petersen morgen einiges zu erzählen. Beispielsweise, dass er bei einem seiner zahlreichen Rotarier-Treffs, statt Nettigkeiten am kalten Büffet auszutauschen, endlich einmal mehr Stellen für unsere Abteilung fordern sollte. Schließlich traf er dort die entsprechenden Leute.

Elvira gab mir rasch ihr Wissen durch: »Fundort der Leiche ist die kirchliche Hochschule. Der Tote ist, das heißt, er war, irgendein bekannter Wissenschaftler. Veit Kadamczik. Ein Priester ...«

»Was?« Ich habe eine Abneigung gegen lebende Priester und konnte mir nicht vorstellen, dass mir ein toter wesentlich sympathischer sein würde.

Ich wollte Elvira gerade erklären, dass sie doch jemanden aus der Krankenabteilung aktivieren müsse, als sie sagte: »Übrigens, du arbeitest wieder mit Werner zusammen.«

Ihre Stimme klang betont gleichgültig. Sie kannte mich wirklich gut.

Einen Moment lang starrte ich auf das Telefon nieder. Gleichzeitig nahm ich wahr, dass in den Falten des Kelims, dort wo sich die schwarz gezackten Ränder einer ockerfarbenen und einer roten Fläche berührten, Staub zwischen den

Wollfäden schimmerte, meinte dann: »Gut, ich fahre los« und knallte den Hörer auf die Gabel.

Bevor ich zur Garderobe ging, um meine Jacke anzuziehen, trat ich ans Fenster und sah in die Dunkelheit hinaus. Die Stadt schwamm in einem weißlichen Dunst, den Laternenschein und Nässe über sie ergossen. Das Flutlicht am Sportplatz fiel kegelförmig gen Boden und erinnerte mich an den voll aufgedrehten, breiten Strahl einer Dusche. Verdammt, ausgerechnet Werner ...

Wer darf hinaufziehn zum Berg des Herrn,
wer darf stehn an seiner heiligen Stätte?
Der reine Hände hat und ein lauteres Herz,
der nicht betrügt und keinen Meineid
schwört. Er wird Segen empfangen vom
Herrn und Heil von Gott, seinem Helfer.

Ich fühlte, wie die feuchte Kälte nach mir griff, während ich die Stufen vor dem Eingangsportal hinunter lief, und verkroch mich tiefer in meine gefütterte Lederjacke. Der Himmel über der Stadt war von einem stumpfen, gräulichen Braun. Ich sehnte mich nach Sternen und einem hohen, silbernen Wintermond.

Mein alter Peugeot, der zwischen den Nobel-Karossen der anderen Bewohner auf dem Parkplatz vor dem Haus stand, war von einem dünnen Nässefilm überzogen. Einen Augenblick lang hoffte ich, er würde nicht anspringen. Ich hätte nichts dagegen gehabt, wenn mir noch eine Frist geblieben wäre: Beruf hin, Pflicht her, ich hatte einfach keine Lust, mich mit dem toten Priester-Professor zu befassen.

Auf mein Auto ist nie Verlass. Es sprang an. Schon beim zweiten Zündversuch. Die kirchliche Hochschule liegt am anderen Ende der Stadt. Ich kannte das Gelände, weil es an den Stadtpark grenzte, in dem ich öfter joggte. Die Uhr in meinem Auto zeigte fünf Minuten nach sieben. Die Straßen waren wie ausgestorben. Sonntagabend eben ...

Werner ... Wir waren ein klasse Team gewesen, bis wir vor anderthalb Jahren den Fehler begangen hatten, miteinander ins Bett zu gehen. Im Allgemeinen pflege ich Sex und Freundschaft tunlichst voneinander zu trennen. Eben weil Freundschaften hinterher keine Freundschaften mehr sind. Gut, ich hatte mich ein wenig in ihn verliebt. Keine Ahnung, was es für ihn bedeutet hatte. Jedenfalls bestätigte sich wieder einmal meine These, dass sich Verliebtheiten ziemlich schnell verflüchtigen, Freundschaften dagegen Bestand haben – vorausgesetzt, frau und man halten den Sex außen vor. Wir schafften es dann immerhin noch, gemeinsam zu dem Entschluss zu kommen, dass wir weder miteinander liiert waren noch länger zusammenarbeiten wollten. Und dass Werner sich in eine andere Abteilung versetzen lassen sollte: Erweiterung seines beruflichen Spektrums, breiterer Erfahrungshorizont ... So die offizielle Begründung.

Wir waren uns seitdem aus dem Weg gegangen und ich hatte wirklich nicht allzu oft an Werner gedacht. Aber dann war bei meinen letzten beiden Fällen Harald-Günther Schütz mein Assistent gewesen. Harald-Günther Schütz, das bedeutete: mit Teddybären bedruckte Krawatten, Seidenblousons und Gesprächsthemen, die sich – wenn er nicht gerade von »Alibis« redete, die es zu »knacken« galt, von »Indizien-Beweisen« und »Tathergängen« – darum drehten, weshalb Goretex-Jacken Wasser abweisender sind als Wolljacken, dass Leder wie eine Membran funktioniert und man deshalb bei Regen nasse Füße bekommt.

Und sein Rasen zum »Tatort«, mit Blaulicht und Sirene ... Ich gebe zu, Harald-Günther Schütz kam immer vor mir dort an. Werner übrigens auch. Aber bei ihm war dies etwas anderes. Überzeugung eben und keine Stufe auf der Karriereleiter. Und schließlich Harald-Günther Schützens Angewohnheit, stets mit angeschnalltem Schulterhalfter herumzulaufen. Sogar im Büro!

Ich kann es Leute recht gut merken lassen, wenn sie mir auf die Nerven fallen. Als ich ihn dann einmal im Beisein von Petersen und einem Mann aus dem Innenministerium fragte, ob er Probleme mit seinem Geschlechtsleben habe, weil er ständig dieses an der Schulter herumbaumelnde Phallus-Symbol benötigte, reichte es ihm und er suchte um seine Versetzung nach.

Ja, doch: Ich hatte schon längst Heimweh nach Werner gehabt, nach der Vertrautheit, die es einmal zwischen uns gegeben hatte.

Zwischen Hausdächern wurde der von Scheinwerfern angestrahlte Turm der Hochschul-Kirche sichtbar. Ein ziselierter Umriss vor hellgrauem Nachthimmel. Der Turm verschwand aus meinem Blickfeld, als ich um eine Kurve fuhr, tauchte dann wieder auf, jetzt zusammen mit einem

Teil des hinter ihm liegenden Gebäudes: das gewölbte Dach, ein kieloben treibender Schiffsrumpf im Dunst.

Häuser schoben sich vor die Kirche. Vom Nebel verwischte Fassaden. Seltsam, auch diese Straßen des reichen, alten Vorortviertels mit ihren eingezäunten Rasenflecken zu beiden Seiten der Eingangsportale sind mir menschenleer in Erinnerung geblieben.

Die Straße führte jetzt an einer hohen Mauer entlang. Hier irgendwo musste der Eingang zum Hochschulgelände sein. Säulen. Ein schmiedeeisernes Gitter. Ich riss das Lenkrad herum und fuhr durch die Toreinfahrt.

Polizeiautos standen wie Klötze aus einer umgekippten Spielzeugkiste kreuz und quer auf dem asphaltierten Hof vor der Kirche. Ich parkte neben den anderen Wagen. Erst, als ich mich anschickte, meinen Peugeot abzuschließen, fiel mir ein, dass ich nicht wusste, wo genau der »Tatort« war. Jenseits des Kirchendachs, über dessen Kanten Wasserspeier hinausragten und mir ihre aufgerissenen Mäuler entgegenbleckten, waren lang gestreckte, kastenförmige Gebäude auszumachen. Hinter den Gebäuden schien sich ein größerer Garten zu erstrecken. Dies ließen die Schattenrisse von Baumkronen vermuten.

Anstatt den Hörer auf die Gabel zu knallen, hätte ich Elvira doch noch etwas gründlicher befragen sollen. Ich überlegte kurz, ob ich sie anrufen sollte. Ich war jedoch nicht mit einem Dienstwagen, sondern mit dem eigenen Auto unterwegs. Ein Handy besaß ich nicht. Außerdem wusste ich den Fall bei Werner in guten Händen und ich hatte es nicht besonders eilig, mich mit dem toten Priester zu befassen.

Früher hätte Werner einen Streifenpolizisten gebeten, hier draußen auf mich zu warten. Nun gut, es war eben nicht mehr früher. Ich beschloss, meine ›Gelände-Inspektion‹ mit der Kirche zu beginnen. Während ich zu ihrem Portal hinüberlief, ging mir plötzlich der, zugegeben unpassende, Gedanke an Ostereier-Suchen durch den Kopf.

Als ich die Tür des hölzernen Windfangs, der das Portal zum Kircheninnern hin abgrenzte, hinter mir geschlossen hatte, umfing mich Wärme. Weihrauchgeruch hing schwach und süßlich in der Luft. Das Licht des Scheinwerfers fiel in breiten Bahnen durch die zwei spitzbögigen Fenster zu beiden Seiten des Eingangs, verlor sich jedoch, etwa ab der Kirchenmitte, im Halbdunkel. Ein Kokosläufer schluckte das Geräusch meiner Schritte, während ich langsam durch den Raum ging.

Ich ließ meinen Blick hinauf zu den Kreuzbögen des Deckengewölbes wandern, über die im Dunkeln nur undeutlich zu erkennenden Altäre in den Seitenschiffen und das massive Holz der hochlehnigen Kirchenbänke. Als ich den vorderen Teil des Sakralbaus erreicht hatte – jenen Teil, in dem der Altar stand – war mir warm geworden in meiner Lederjacke. Ich knöpfte sie auf, während ich das Kirchenschiff betrachtete. Auf einer Empore über dem Eingangsportal schimmerten Orgelpfeifen matt im Scheinwerferlicht.

Ich bin Polizeibeamtin, keine Kunsthistorikerin, aber sogar ich erkannte, dass die Kirche nicht echt war. Ich meine damit, nicht wirklich gotisch. Schwer zu sagen, woran ich dies festmachte. Meine Einschätzung sollte sich jedoch später bestätigen. Vielleicht, weil die Proportionen nicht stimmten, das Kreuzgewölbe etwas Lastendes an sich hatte. Ja, vielleicht wegen dieses Gefühls von niederdrückenden Mauern rings um mich her.

Langsam drehte ich mich zum Altar um. Weihnachten war nun schon einige Wochen vorüber, aber die Weihnachtsbäume unter den hohen, schmalen Fenstern, die den Raum hinter dem Altar abschlossen, hatte noch niemand abgeräumt. Eine Kerze auf einem kleinen Schrein an der Wand flackerte. Wenn ihr Schein auf eine der Kugeln am Baum traf, leuchtete Rot im Dämmerlicht auf und das Lametta über den Ästen warf einen silbrigen Lichtfunken. Es roch nach verbranntem Docht und warmem Wachs. Einen Augenblick lang glaubte ich, der Geruch rührte von den Kerzen am Baum her. Dann sah ich, dass sie elektrisch waren. Nein, die Kerzen auf dem Altar mussten den Geruch verursacht haben.

Meine Güte ... Jetzt dachte ich schon über brennende oder nicht brennende Kerzen nach. Ich schüttelte die Stille ab, die mich umfing, und besann mich, weshalb ich hier war. Diese Kirche hätte jedenfalls jede Menge Möglichkeiten geboten, eine Leiche so zu verstecken, dass sie nicht sofort gefunden wurde.

Beispielsweise in den dunklen Winkeln, dort wo die äußersten Sitze des Chorgestühls zu beiden Seiten des Altarraums beinahe vollständig von den Zweigen der Weihnachtsbäume verdeckt wurden. Oder hinter dieser Wand zwischen dem Altar und den Weihnachtsbäumen – eine Art Paravent –, die refliefartig herausgearbeitete Figuren zeigte. Wenn der zuckende Lichtfunke über sie glitt, glomm ein Rot auf, das dem der Kugeln glich. Möglichkeiten, aber keine Leiche.

Ich wollte schon wieder zum Eingang zurückkehren, als ich im Schein der brennenden Kerze die Grabplatte am Boden entdeckte. Ich ging näher heran. Ja, ich hatte mich nicht getäuscht. Sie musste alt sein, wohl das älteste Stück in dieser Kirche, vielleicht aus einem Bau übernommen, der zuvor an dieser Stelle errichtet gewesen war.

Die Platte zeigte ein von Tritten abgewetztes, aber noch immer deutlich erkennbares Skelett. Unproportioniert, mit seinem rachitischen Brustkorb, dem übergroßen Kopf und den zu lang geratenen Extremitäten – dennoch beeindrukkend. In seiner archaischen Form erschien es mir hart und unerbittlich, je länger ich im züngelnden Schein der Flamme auf es niedersah. Gevatter Tod, Freund Hein ...

Als ich wieder aufblickte, bemerkte ich, dass ich nahe bei den Zweigen eines der Weihnachtsbäume stand, rechts neben mir das Chorgestühl. Die Leute von der Hochschule hatten dafür gesorgt, dass niemand, der hier saß, seinen Platz wegen des Baumes aufgeben musste. Zwischen Zweigen und Sitz blieb genügend Raum, um hindurchzugehen. Musste wohl auch so sein, denn jetzt, als ich um den Baum herumging und den schwachen Geruch von Harz einatmete, sah ich, dass sich neben dem Chorgestühl eine Tür befand.

Sie führte in einen dunklen Raum, in dem ich erst einmal nichts wahrnehmen konnte, außer dass es hier viel wärmer war als in der Kirche. Schwer hing der Geruch von Weihrauch in der Luft. Dann hoben sich neben dem Fenster die Formen zweier wuchtiger Schränke aus der Dunkelheit. Irgendwo an einer Wand schimmerte Metall. Ich wagte einige Schritte in den Raum hinein. Schräg gegenüber dem Fenster zeichnete sich ein hoher, rechteckiger Umriss in der Wand ab. Ich tastete mich heran, fand eine Klinke, drückte sie nieder und blieb überrascht stehen.

Es war wie ein Kulturschock. Ein Gefühl, als hätte ich mit Hilfe einer Zeitmaschine in Sekundenschnelle hundert Jahre übersprungen. Als hätte die Türschwelle, die ich eben überschritt, die Mitte des neunzehnten von den sechziger Jahren dieses Jahrhunderts abgegrenzt. Die Welt, die ich hinter mir gelassen hatte, war voll Kitsch gewesen; die, in der ich mich jetzt befand, karg und nüchtern. Zylinderförmige Lampen aus Milchglas, die von der Decke herabhingen, erhellten den Raum. Eine Art Halle, denn eine Treppe schwang sich in einem lang gezogenen Bogen hinauf in ein oberes Stockwerk. An ihrem Fuß hatte ein breit ausladender Blumenständer aus Kunststoff die Jahre überdauert. Auf ihm kümmerten einige Gummibäume, andere Dickblattgewächse und Kakteen vor sich hin.

Dann gab es noch dieses Mosaik, das wohl einen auferstandenen Christus darstellen sollte. Schaufelförmige, mit Wundmalen versehene Hände und Füße baumelten an dürren Armen und Beinen. Der Kopf, der ein entrücktes Lächeln zeigte, stak auf einem ebenso dürren Hals und erinnerte mich an eines dieser Puppenstuben-Biegepüppchen. Der Geschmack dieser Hochschulleute hatte sich über die Jahre hinweg gewandelt – allerdings auf gleich bleibend niedrigem Niveau.

Ich überlegte, ob ich die Treppe hinaufgehen oder den Weg durch die zweiflügelige Glastür auf der gegenüberliegenden Seite der Halle wählen sollte. Ich entschied mich für die Glastür. Im Erdgeschoss liegen gewöhnlich Küche, Speisesäle und irgendwelche Gemeinschaftsräume. Die Chance, hier unten jemandem zu begegnen, war entsprechend größer.

Ich hatte gerade die Glastür erreicht, als ich hinter mir das Surren eines Aufzugs hörte und dann das tappende Geräusch eines Stockes auf dem Steinfußboden. Ich drehte mich um. Ein alter Mann kam auf mich zu. Er war sehr hager. Die dunkelbraune Kutte, die er trug, fiel in weiten Falten um seinen Körper. Obwohl sein Oberkörper tief über den Stock gekrümmt war und irgendwie unbeweglich schien, ging er rasch. Der Stock wurde mit einer ungeduldigen Bewegung angehoben und hart auf den Boden gestoßen.

Da ich den alten Mann aus Höflichkeit erst einmal an mir vorübergehen lassen wollte, bevor ich ihn nach dem Toten fragte, drückte ich den Türflügel, neben dem ich stand, zur Wand. Der Greis näherte sich, mit dem Stock auf den Boden klopfend, der Tür, würdigte mich jedoch keines Blickes. Er schob den anderen Flügel der Glastüre mit seinem Oberkörper beiseite. Ich starrte auf sein Profil, während er an mir vorüberging. Das Profil eines länglichen, schmalen und ausgezehrten Kopfes, der völlig kahl war, mit großen, eng anliegenden, knorpeligen Ohren und einer scharf gebogenen Nase. Seine Haut, die zu weit für dieses Gesicht geworden war, hing faltig zu beiden Seiten seines Kinns herab. Er musste uralt sein.

Ich sah immer noch dem langsamen Ausschwingen des Türflügels zu, als ich ihn sagen hörte: »Sie haben hier nichts zu suchen.«

Ich starrte ihn an. Die Iris seiner Augen war von einem matten Grün. Der Augapfel hatte eine gräuliche Färbung und war von roten Äderchen durchzogen. Er wirkte nicht verärgert, sondern wie ein Mensch, der von einer unumstößlichen Wahrheit überzeugt ist.

Seine trockene, ein wenig heisere Stimme blieb kühl, als er jetzt, wahrscheinlich weil ich nicht reagiert hatte, hinzufügte: »Sie befinden sich innerhalb der Klausur.« Dann hob er seinen Stock und deutete den Gang entlang: »Dort geht es hinaus.«

Ich begriff: »Ah, ich befinde mich innerhalb der frauenfreien Zone?«

Sein Blick wurde um eine Spur schärfer, doch er sagte nur »Genau« und hob nochmals den Stock: »Dort geht es hinaus.«

Ich kam zu dem Schluss, dass es ziemlich idiotisch war, ihm weiterhin die Tür aufzuhalten, und ließ sie hinter mir zufallen. Wir befanden uns jetzt auf derselben Seite des Ganges.

»Wo liegt die Leiche?«

Ich hatte ihn überrumpelt. Etwas, das ich nicht deuten konnte – Überraschung? Schrecken? –, zuckte über sein Gesicht.

»Was interessiert Sie das?« Seine Stimme klang trocken und abwehrend wie zuvor.

»Ich leite die Ermittlungen in diesem Mordfall.«

Er nahm es reglos hin, doch wir maßen einander mit Blicken. Zum ersten Mal, seitdem Elvira bei mir angerufen hatte, konnte ich mich für diesen Mordfall erwärmen.

»Die katholische Kirche hat keine Frauen in leitenden Positionen«, sagte er schließlich. In seinen Augen glomm ein Funken Sarkasmus auf: »Ich habe dies nie bedauert.« Er schickte sich an weiterzugehen. Ich vertrat ihm den Weg.

»Gut«, sagte ich. »Wenn es Ihnen hilft, erlaube ich Ihnen, mich als Neutrum zu betrachten. Als ›die Vertretung der Staatsgewalt‹ meinetwegen.« Das war natürlich das falsche Geschlecht gewesen. Ich verbesserte mich: »Ich meine, als ›ausführendes Organ der Staatsgewalt‹. Als ›das Werkzeug des Gesetzes‹.« Petersen hätte seine helle Freude gehabt, wenn er mich so hätte reden hören.

»Gebt dem Kaiser, was dem Kaiser gehört, und Gott, was Gott gehört.« Der Greis betrachtete mich weiterhin unbewegt. Der Funke tanzte in seinen Augen.

Bibelstellen ... klasse. Damit kannte ich mich wirklich gut aus. Ich wagte einen halbherzigen Versuch: »Hat nicht irgendeiner von Ihren Leuten, ich meine, von Ihren frühen Leuten, einer von denen, die in der Bibel stehen, gesagt: ›Alle Obrigkeit kommt von Gott‹?«

»Ach, der Römerbrief«, erwiderte er wegwerfend. »Ich vermute, Sie spielen auf das dreizehnte Kapitel an? Nun, Luther deutete diese Stelle buchstabengetreu. Der Protestant! Wir Katholiken haben zu Römer 13,1f eine wesentlich differenziertere Sicht. Thomas von Aquin beispielsweise ...«

Ich hatte es satt. »Hören Sie«, sagte ich, »ich finde die Leiche auch ohne Ihre Hilfe. Und ich erzähle Ihnen nicht, dass Sie verpflichtet sind, der Polizei bei der Aufklärung eines Verbrechens zu helfen. Ist mir zu blöd. Mir ist der Tote ohnehin ziemlich gleichgültig. Aber Sie haben ihn doch gekannt ... Er war ein Kollege von Ihnen ...«

Wieder zuckte ein Ausdruck über sein Gesicht, den ich nicht deuten konnte. Dann sagte er langsam, während er an mir vorbeiblickte: »Er liegt im ersten Stock. Im Hochschulgebäude. Gehen Sie die Treppe hoch und halten Sie sich links. Im Übrigen«, jetzt sah er auf und betrachtete mich wieder kühl: »Pater Kadamczik war kein Kollege von mir, sondern ein Mitbruder.«

Entreiß mich den Feinden, mein Gott,
beschütze mich vor meinen Gegnern!
Entreiß mich denen, die Unrecht
tun, rette mich vor den Mördern.

Mitbruder ... Mit-Bruder ... Bruder-Mit ...

Ich kaute in Gedanken auf dem Wort herum, während ich die Treppe hinauflief und dann nach links in einen Gang einbog. Mitbruder ... Das Wort bewegte sich zäh und faserig in meinem Mund. Wie holziger Spargel. Blutsbruder machte sich wesentlich besser. Da schwang doch wenigstens der Duft von Freiheit und Abenteuer mit.

Ich hatte fast damit gerechnet, dass sich der Weg, den mir der Greis beschrieben hatte, als falsch erweisen würde. Der kürzeste Weg zum nächsten Ausgang. Oder zu einer Falltür, durch die alle Frauen, die ins Sperrgebiet eingedrungen waren, in eine Art Verlies hinabplumpsten.

Aber als ich jetzt um eine weitere Ecke bog, erkannte ich am anderen Ende eines langen Ganges einen Kollegen. Werner war nicht hier, wie ich erleichtert feststellte.

Die Wände des Ganges waren vermutlich weiß gestrichen, wirkten jedoch in dem Licht, das aus quadratischen, mit einem gitterförmigen Raster versehenen Lampen schien, hellgrau. Bläuliches Grau war die Farbe der Türen, die in regelmäßigen Abständen von diesem Gang abzweigten. Sie trugen Namensschilder aus Pappe. *Pater Jungmann ... Pater Scherer ... Pater Braunstetter ...* Und dunkelgrau, mit weißen Adern durchzogen, war die Farbe des Linoleums, das den Boden bedeckte.

Meine Schuhe klapperten und der Kollege wandte sich mir zu. Es war Joost. Er zog die Augenbrauen unter seinen struppigen Haaren nach oben: »Na, Jakoba, bist wieder mal spät dran. Das Auto?«

»Nee«, entgegnete ich, »eigentlich habe ich Urlaub.«

Ich beugte mich über Joosts Schulter und hörte ihn sagen: »So etwas ist mir noch nicht untergekommen. Der arme Kerl.«

So, wie sich mir die Leiche präsentierte, glaubte ich Joost gern, dass er Derartiges bisher noch nicht gesehen hatte. Die Kollegen von der Spurensicherung hatten schon begonnen, den Toten zu verpacken. Plastikhandschuhe bedeckten seine Hände. Schuhe und Socken waren von seinen Füßen gezogen und lagen, in Beutel gesteckt, neben ihm. Aber an Lage und Kleidung der Leiche hatten die Kollegen noch nichts verändert.

Er war ein großer Mann. Sein Körper lag quer über den Flur gestreckt. Die gespreizten Finger seiner Hände schienen mit letzter Kraft nach der Türschwelle eines Zimmers gegriffen zu haben, unfähig, sie zu erreichen. Das eigentlich Anstößige, das, was Joost zum Ausspruch »armer Kerl« verleitet hatte, war der Hintern des toten Mannes. Der Mörder hatte die Kutte des Opfers bis zum Rücken hochgerafft und Hose und Unterhose bis zu den Kniekehlen hinuntergezerrt. Zwischen den Kleiderwülsten wölbte sich das nackte Gesäß. Ein nicht mehr junger Hintern, denn das Fleisch unter der schon wächsern werdenden Haut war nicht mehr straff, sondern wies die charakteristischen kleinen Dellen des Alterns auf.

Dann, als ich meinen Blick zum Kopf der Leiche wandern ließ, sah ich das Buch. Ein aufgeschlagenes Buch, in das der Schädel gepresst war. Konnte man an einem Buch ersticken? Einen Moment lang fragte ich mich dies tatsächlich. Doch der Mann war nicht erstickt. Unter seinem Oberkörper breitete sich Blut aus.

Nein, dieser Mörder hatte die Leiche nicht verbergen wollen. Im Gegenteil. Er hatte sie kunstvoll ausgestellt. Wortfetzen tauchten in meinem Gedächtnis auf: *Schaubühne ... Sterben ... Den Tod in sich haben, wie die Frucht den Kern ... Starben das, was sie schon waren, und das, was sie geworden wären ...*

Die Worte fielen zurück ins Unbewusste, als jetzt die Tür, vor der der Tote gelegen hatte, aufgerissen wurde und ein anderer Kollege, einer von der Spurensicherung, seinen Kopf in den Gang hinausstreckte: »Hier drinnen sind wir fertig. Sollen wir dir helfen?«

»Ja«, sagte Joost, »die Fotos von der Leiche sind gemacht. Wir können ihn zur Seite legen.«

Die Kollegen traten zu dem Ermordeten, hoben ihn hoch und trugen ihn zu einem körpergroßen Plastiksack, der auf dem Boden bereitlag. Bevor sie den Toten hinein gleiten ließen, drehten sie ihn um und für einen Moment konnte ich sein Gesicht sehen. Es war verzerrt, vielleicht vom Schmerz, vielleicht vom Schock, als er die Waffe auf sich gerichtet gesehen hatte. Dennoch war zu erkennen, dass es attraktiv gewesen sein musste. Breit und knochig. Hohe Stirn. Gerade Brauen. Ein breiter Mund. Das, was gemeinhin als ›männlich‹ bezeichnet wird. Mir fiel ›herrisch‹ dazu ein. Das Gesicht passte nicht zur mittelmäßigen Hässlichkeit dieses Klosters.

Blutspuren bedeckten das Linoleum und die Türschwelle. Eine Lache hatte sich auf dem Teppichboden im angrenzenden Raum gebildet.

»Sein Zimmer?« fragte ich Joost und wies zur offenen Tür.

Er nickte.

Ich trat über die Schwelle und blickte mich um. Maßgefertigte Bücherregale bedeckten die Wand, in der sich die Tür befand, sowie eine angrenzende Wand. Die Regale waren einfach konstruiert. Die Seitenteile wie Leitern, in die die Querbretter eingehängt waren. Aber gerade diese Schlichtheit brachte das schön gemaserte, rötliche Holz gut zur Geltung.

Als Schreibtisch hatte der Tote einen alten, groben Holztisch benutzt. Eines dieser Stücke, die vor Jahrzehnten als Esstische gedient hatten, dann in der Nachkriegszeit in den Keller verbannt wurden und jetzt in exklusiven Möbelgeschäften astronomische Preise erzielten. Darauf ein Bildschirm von der Größe eines Fernsehapparates, Tastatur, Festplatte.

Das Besondere an dem Tisch waren die Steine, die unter der Schreibtischlampe aus Metall lagen – das heißt, als ich näher heranging, erkannte ich, dass es keine Steine waren, sondern Versteinerungen; an die Spirale eines Schneckenhauses erinnere ich mich noch und an den Abdruck einer urzeitlichen Blüte – außerdem an das Blumengesteck in einer Vase aus schwarzem, matt glasierten Ton. Eine weiße

Amaryllisblüte und ein kahler Zweig. Die Blätter der Blüte schimmerten im Licht. Die raue Rinde des Zweiges blieb stumpf. Etwas daran rührte mich.

Der Schreibtischstuhl bestand aus gebogenem Metall und Leder, passend zu Sessel und Sofa, die vor einem der drei großen Fenster gruppiert waren. Das Fenster war eine undurchsichtige Fläche, auf der ich mich inmitten des Zimmers spiegelte. Seitenansicht einer Dame vor geschmackvollem Interieur. Jakoba Strykowski. Nicht mehr jung und noch nicht alt. Modisch geschnittene, kinnlange graue Haare, lange, gerade Nase, große Augen, ein recht aparter Mund, gekleidet in eine teure Lederjacke. Ich fühlte mich plötzlich fremd und deplatziert.

»He, Jakoba, sieh dir das mal an.« Joosts Stimme riss mich aus meiner Melancholie. Er stand vor der Tür und streckte mir etwas entgegen.

Ich wollte zu ihm gehen, aber das Bild hielt mich auf. Ich konnte nicht daran vorbeigehen, musste es mir ansehen. Es hing über einem hüfthohen, wahrscheinlich ebenfalls maßgeschreinerten Büroschrank und war dreiteilig. Ein breites Rechteck in der Mitte, zwei schmale zu seinen Seiten. Ein Triptychon. Das Bild in der Mitte war fast völlig schwarz, bis auf einen schmalen, gelben Rand, der das Schwarz umgab. Die beiden anderen Bilder zeigten nur dieses Gelb. Nur dieses Gelb? Die Farbe schien sich in sich zusammenzuziehen und wieder aus sich hervorzugehen. Sie schimmerte, lebte ...

Ich fragte mich, was diese Bilder bedeuten mochten. Brach das Gelb unter dem Schwarz hervor oder schickte sich die Schwärze an, das Gelb zu verdecken?

»He, Jakoba?« Joost war neben mich getreten und berührte meinen Arm.

»Hmm?«

Sein Blick streifte flüchtig die Bilder: »Würde meine fünfjährige Tocher auch hinbekommen.«

Ich sparte mir die Antwort.

»Jakoba, weißt du, was das ist? Da hat der Kopf der Leiche drauf gelegen.«

Joost hielt mir ein dickes, in durchsichtige Plastikfolie verpacktes Buch vor die Nase. Für den Bruchteil einer Sekunde verschwamm die Schwärze des mittleren Bildes mit der der Lettern.

Die Buchstaben waren von einer strengen, archaischen Schönheit. Klar umrissene Formen. Wie gemeißelt. Ich drehte das Buch um. Auf dem Einband stand: *Biblia Hebraica*.

»Das ist eine hebräische Bibel«, sagte ich zu Joost.

»Wieso hebräisch?« Auf seinem zerfurchten Jungengesicht zeichnete sich Verwunderung ab. »Das hier ist doch eine katholische Hochschule?«

Seine Allgemeinbildung war, was Religionen betraf, offenbar noch schlechter als meine: »Die hebräische Bibel ist mehr oder weniger das Gleiche wie das Alte Testament. Nur eben in der ursprünglichen Sprache.«

»Ich denke, die Bibel ist was Christliches? Im Konfirmationsunterricht haben wir in einer Bibel gelesen.«

»Ja, das war das Alte Testament zusammen mit dem Neuen.«

Während sich Joost über die Frage ausließ, wie das Alte Testament für sich genommen Bibel sein konnte und das Neue zusammen mit dem Alten ebenfalls, betrachtete ich die aufgeschlagenen Seiten. Einige, mittlerweile getrocknete Blutspritzer waren auf das Papier niedergefallen. An einem der Spritzer hing ein schwarzes Haar. Der Tote hatte, erinnerte ich mich, festes schwarzes Haar gehabt, in das sich da und dort eine graue Strähne mischte. Trotzdem fragte ich Joost sicherheitshalber, ob dies auch wirklich die Seiten wären, auf denen der Kopf des Toten gelegen hatte. Er bejahte entrüstet. Er und die Kollegen seien sehr wohl in der Lage, Beweisstücke ordnungsgemäß zu sichern.

Oben links stand, in lateinischen Lettern geschrieben, das Wort *Hosea*. Etwa in der Mitte der rechten Seite befand sich eine fett gedruckte Ziffer, eine Elf, und etwa auf derselben Höhe der linken Seite, ebenfalls fett gedruckt, die Ziffer Zwölf.

»Was war der Tote eigentlich von Beruf?« fragte ich Joost gedankenverloren. »Wie hieß er?«

»Veit Kadamczik. Professor für Exe-irgendwas Altes Testament.«

Wir standen mittlerweile wieder auf dem Flur. Die Routine der Spurensicherung nahm ihren Lauf. Die Blutspuren im Gang wurden fotografiert und vermessen. Ein Stück von uns entfernt wartete der Tote in seinem Sack immer noch auf den Abtransport.

»Das dürfte übrigens die Mordwaffe sein.« Joost hob mit spitzen Fingern von einem der Koffer der Kollegen einen Beutel hoch. Der Inhalt des Beutels erwies sich als ein Messer, dessen Farbe, wo es nicht von Blut verschmiert war, einen warmen Goldton hatte. Die Schneide hatte die Form eines spitzwinkligen Dreiecks, die Oberfläche wirkte ein wenig uneben, wie gehämmert. Der Griff wies einige Löcher auf, in denen wohl einmal Nägel oder etwas Ähnliches gesteckt hatten.

»Sieht ziemlich altertümlich aus. Findest du nicht?« meinte Joost.

»Hmm.« Ich nickte. »Hat es dem Toten gehört?«

»Wissen wir noch nicht. Werner redet gerade mit 'nem Kollegen von dem Toten. Auch so ein Professor für diese Alte Testament Sache.«

»Werner, ah ja ...«

»Tja, das Messer ist museumsreif und diese Bibel ist auch nicht gerade der neueste Reißer. Sag mal, die ist doch vorchristlich, oder?« Joost blickte mich aus großen, blauen Augen unter dem Gestrüpp seiner strohblonden Haare an, als habe er erst jetzt begriffen.

»Der alte Teil sozusagen ja.«

»Und, meinst du nicht auch, dass zwischen dem Messer und dieser Bibel ein Zusammenhang besteht?« Ein Strahlen hatte sich auf Joosts Gesicht ausgebreitet. Er war begeistert, wie immer, wenn er den seiner Ansicht nach entscheidenden Schlüssel zur Lösung eines Falls gefunden hatte.

»Könnte sein ...« Mir ging gerade ein anderer Gedanke durch den Kopf: »Hat Mittermaier« – Mittermaier war der Gerichtsmediziner – »irgendeine Vermutung geäußert, dass ein Sexualverbrechen vorliegt?«

»Du meinst ...? Der arme Kerl, weil ...?« Das Strahlen auf Joosts Gesicht schwächte sich ein wenig ab: »Ja, natürlich hat er. Er muss das aber erst noch untersuchen.«

»Wer hat eigentlich die Leiche gefunden?«

»So 'ne Tante, ich wollte sagen: eine Frau«, verbesserte er sich rasch, als er meinen Gesichtsausdruck sah. »Die war völlig fertig mit den Nerven. Hat wohl noch nie einen nackten Männerhintern gesehen. Nein, Jakoba, reg dich nicht auf. Die hat wirklich nie einen gesehen. Die scheint so einem Orden anzugehören, was weiß ich, ist aber kein Pinguin. Und irgendwer hat vorhin gesagt, Frauen in Orden, das wäre bei den Katholiken dasselbe wie mit den Männern, die Priester sind. Die dürften auch nicht. Kein Sex, verstehst du?« Joost stand mit hochgezogenen Schultern und abwärts gerichteten Handflächen vor mir. Seine Miene zeigte tiefes Entsetzen.

»Ist ja gut. Ich verstehe.« Beruhigend klopfte ich ihm auf die Schulter. »Werner, sagtest du, ist bei diesem Professor für Exegese Altes Testament?«

»Exegese, das war das Wort, das ich mir nicht merken konnte.« Joost fand seine gute Laune wieder. »Genau, Werner ist bei ihm. Vitello, ich glaube, der Professor heißt Vitello.«

Dann ging Judit zum Bettpfosten am Kopf des Holofernes und nahm von dort sein Schwert herab. Und sie schlug zweimal mit ihrer ganzen Kraft auf seinen Nacken und hieb ihm den Kopf ab.

Hosea elf und zwölf ... Ich kramte in den Schubladen ›Religionsunterricht‹ und ›kulturelles Wissen‹ meines Gedächtnisses, während ich mich auf den Weg zum Büro des Professors machte. Aber ich fand keine Assoziation zu diesem Wort. Nichts ...

Die Tür zu Vitellos Zimmer, ein Stockwerk höher, stand offen. Ich sah Werner, schräg mit dem Rücken zum Eingang, dünn und langbeinig, in einem Sessel sitzend. Werners Profil war mir halb zugewandt, seine Aufmerksamkeit jedoch auf einen Mann gerichtet, der ihm gegenüber in einem Schaukelstuhl vor- und zurückwippte. Der Mann war dick. Seine Kutte spannte über dem Bauch, dort wo seine Hände ordentlich ineinander gefaltet lagen. Kleine Hände. Rundlich, mit schmalen, gewölbten Nägeln. Die Nägel waren recht lang gewachsen, aber gepflegt und zu einem Halbrund geschnitten.

Der Mann setzte gerade an, etwas zu Werner zu sagen, wobei er den Oberkörper ein wenig an der Stuhllehne empor schob. Seine Stimme klang hell und eigentümlich kindlich: »Von gewissen Kreisen wird immer behauptet, die Bibel, besonders das Alte Testament, sei frauenfeindlich. Aber das ist keineswegs der Fall. Denken Sie an die Gattinnen der Erzväter. Welch bedeutende Frauen: Sara und Rebekka, Rahel und Lea ... Oder denken Sie an Rut, die in die Fremde wanderte. Oder an Batseba, die Geliebte und Gattin König Davids, die Mutter Salomos ...«

Werner schlug die Beine auseinander und streckte sie, wie um einen träg gewordenen Blutkreislauf wieder in Schwung zu bringen.

Ich bemerkte, dass er mich ansah. Unsere Blicke schrammten aufeinander zu und aneinander vorbei. Ich weiß nicht, was auf meinem Gesicht zu lesen war. Seines wurde einen Augenblick lang leer.

Schließlich raffte sich Werner zu einem schiefen Grinsen auf und sagte: »Steht nicht irgendwo in der Bibel, dass der Mann über die Frau herrschen soll?«

Ich erinnerte mich plötzlich an ein in dunklen Brauntönen gehaltenes Bild. Frauenarme, die einen Männerkörper auf ein Bett niederdrückten. Eine Hand, die in sein Haar griff und seinen Kopf zurückbog. Eine andere, die das Schwert hielt, das ihm durch den Hals schnitt. Und an das Antlitz der Frau, die das Schwert führte. Entrückt in einem zärtlichen, strengen Grauen.

Ich machte einige Schritte in den Raum hinein: »Was ist mit Judit, die dem Holofernes den Kopf abschlug. Ist das nicht auch biblisch?«

»Kein hebräischer Text und darum auch nicht in der hebräischen Bibel zu finden. Ein griechischer Urtext. Er ist auch schon in der Septuaginta, der griechischen Fassung des Alten Testaments, enthalten. Aber Sie haben durchaus Recht: Judit ist eine bemerkenswerte Frauengestalt.« Vitello lächelte zwischen uns beiden hin und her und ließ seinen Oberkörper wieder ein wenig in sich zusammensinken.

Ich stellte mich vor und sagte dann: »Werner, kommst du bitte?«

Mit einer Entschuldigung an Vitello erhob er sich schlaksig aus seinem Sessel. Wir gingen schweigend ein Stück des Ganges entlang und blieben neben einer dieser blaugrau gestrichenen Türen stehen.

Werners Gesicht unter den kurzgeschorenen, schwarzen Haaren war noch hagerer geworden und zu beiden Seiten des Mundes zeichneten sich tiefe Falten ab. Das braune Jackett, das er zu ausgewaschenen Jeans trug, hing ihm wie immer zu weit um die Schultern. Na ja, im Neonlicht der Deckenbeleuchtung wirkte ich wahrscheinlich auch nicht gerade blühend.

Es roch nach Bohnerwachs. Ich verfolgte mit den Augen die Maserung im Linoleum des Fußbodens und begriff, dass er Mamor imitieren sollte.

Schließlich fragte Werner: »Hast du immer noch dieses Auto?«

»Ja.«

»Du könntest dir allmählich ein neueres, zuverlässigeres kaufen. Eines, das dich etwas pünktlicher zu deiner Arbeit bringt.«

»Tja«, sagte ich, »eigentlich habe ich Urlaub.«

»Urlaub ...« Werner grummelte das Wort schlecht gelaunt vor sich hin: »Wenn in eurer Abteilung keine Epidemie ausgebrochen wäre, wäre ich nicht hier.«

»Ja, die Krankheiten«, erwiderte ich. »Sie sind auch der Grund, weshalb ich ...«

»Hör mal«, unterbrach mich Werner. »An diesem Wochenende hat eine Tagung an der Hochschule stattgefunden. Es ging um irgendwelche Gottesbilder. Das Thema ist ja egal. Jedenfalls, sie haben die Vorträge, die während der Tagung gehalten wurden, auf Video aufgezeichnet. Kadamczik hat heute Nachmittag referiert. Wegen seines Vortrags gab es Ärger. Der Professor und irgendeine feministische Theologin sind sich in die Haare geraten.« Werner sprach das Wort ›feministisch‹ gleichsam mit spitzen Fingern aus.

Er betrachtete mich mit hochgezogenen Augenbrauen: »Ich wollte mir das Video gleich ansehen. Aber du bist schließlich die Frau mit der literaturwissenschaftlichen Vergangenheit. Kommst du mit?«

Ich nickte. Der lebende Kadamczik interessierte mich.

Werner drehte sich um und ging zu Vitellos Büro. Einen Augenblick später kam er zurück. In der Hand hielt er eine Videokassette. Schweigend liefen wir einen dieser langen, grauen Flure entlang und eine Treppe hinauf.

Als wir den Vorraum des nächsten Stockwerks erreicht hatten, meinte Werner: »Hier müsste das Zimmer irgendwo sein« und riss ungeduldig eine Tür auf.

Graugekachelte Wände und ein durchdringender Geruch nach Putzmitteln. Die Männertoilette.

»Nee, lass das«, meinte ich. »Wenn sie uns hier zusammen finden, erhalten wir Hausverbot.«

Werner knallte die Tür zu und starrte mich verärgert an.

»Ich meine nur die Tatsache an sich«, sagte ich. »Katholiken haben schlechte Phantasien.«

Werner wandte sich um und ging weiter. Er murmelte etwas Unfreundliches vor sich hin, das ich jedoch nicht verstand. Die nächste Tür trug ein Schild mit der Aufschrift *Fernsehraum*.

Der Opferwein raubt meinem Volk den Verstand: Es befragt sein Götzenbild aus Holz, von seinem Stock erwartet es Auskunft. So werden eure Töchter zu Dirnen, und eure Schwiegertöchter brechen die Ehe.

Werner schob die Videokassette in den Rekorder, schaltete den Fernsehapparat ein und begann, das Band zurückzuspulen. Währenddessen verkroch ich mich tiefer in den Sessel – einer von vier Sesseln in der ersten Reihe, hinter der sich sieben oder acht Reihen ähnlich abgewetzter Sessel bis zur rückwärtigen Zimmerwand erstreckten. An einer Wand hing ein großes Farbfoto, das schäumende Meereswogen zeigte. Am unteren Bildrand befand sich eine Aufschrift. Irgendetwas mit *Wasser des Lebens*. Darunter ließ eine Blume in einer schmalen, braunen Tonvase den Kopf hängen. Es war empfindlich kühl im Raum.

»Was auch immer man diesen Leuten vorwerfen mag, Energie verschwenden sie jeweils nicht«, sagte ich muffelig und zog meine gefütterte Lederjacke fester um mich.

Werner stoppte das Band. Dann drehte er sich um und setzte sich in den Sessel neben mich. Er grinste schwach: »Na ja, ist doch immerhin ein Pluspunkt.«

»Aber nur ein sehr kleiner.«

Auf dem Bildschirm erschien jetzt ein grauhaariger Mann Mitte fünfzig, der ein weißes Hemd, Krawatte und einen schwarzen Anzug trug, in dessen rechtem Jackenrevers etwas metallen blinkte. Das silberne Brillengestell mit den eckigen Gläsern war ›Marke Krankenkasse‹ und entsprach dem freundlichen, ein wenig langweiligen Gesicht.

»Pater Kollmann, der Leiter des Ordens«, sagte Werner.

»Ah ja.«

Pater Kollmann breitete die Arme aus, als wollte er das Publikum umarmen, lächelte, wobei er gleichzeitig die Stirn in Falten legte, und sagte, wie sehr er sich freue, jetzt Pater Kadamczik für den Vortrag »Männlich, weiblich – Gottesbilder und Kult im Hosea-Buch« begrüßen zu dürfen. Dann fügte er hinzu, dass es sich ihm als Ordensbruder von Pater Kadamczik eigentlich verbiete, dessen Verdienste um die Exegese des Alten Testaments besonders hervorzuheben. Aber die Anwesenden wüssten ja ohnehin, dass mit Pater Kadamczik einer der herausragendsten Vertreter dieses Fachs referiere.

Einen Augenblick stutzte ich bei dem Wort ›Hosea-Buch‹ und dachte an die lateinischen Lettern über den kunstvoll und archaisch anmutenden Schriftzeichen der hebräischen Bibel. Doch nun trat Pater Kadamczik an das Redner-Pult und nahm meine Aufmerksamkeit gefangen. Es war natürlich seltsam, ihn, dessen Leiche ich vor noch nicht einmal einer halben Stunde in den Plastiksack hatte gleiten sehen, nun lebendig zu erblicken. Aber ich glaube, auch unter anderen, normalen Umständen wäre er mir aufgefallen.

Pater Kadamczik war tatsächlich ein sehr großer Mann gewesen – was durch die schmalgeschnittene Kutte, die er trug, noch betont wurde – und das Ordensgewand kleidete ihn vorzüglich. Die Kutte und die dunklen Augen verliehen dem Gesicht die Intensität eines mittelalterlichen Gemäldes. Ein Eindruck, der sich steigerte, als die Jalousien geschlossen und Kadamcziks Kopf nur noch von der Leselampe des Pultes, schräg von unten, beleuchtet wurde. Dieses Licht hob den markanten Knochenbau des Gesichtes besonders hervor, ließ es geheimnisvoll, maskenhaft und ein wenig dämonisch wirken. Ich war mir sicher, Kadamczik wusste um seine Ausstrahlung.

An alle Details des Vortrags erinnere ich mich nicht mehr. Einige Einzelheiten sind mir aber im Gedächtnis geblieben. Zum Beispiel, dass der Protagonist dieses ›Hosea-Buchs‹ ein Prophet gleichen Namens und mit einer Frau verheiratet war, die Gomer hieß. Diese Gomer wiederum war eine Hure. Worüber ich mich wunderte. Denn ich hatte gedacht, ein Prophet sei so etwas wie ein Priester und lebe zölibatär. Und außerdem hatte ich nicht damit gerechnet, dass ein Kirchenmann eine Hure heiraten würde.

Auf den Inhalt des Vortrags achtete ich nicht sonderlich. Ich konzentrierte mich mehr darauf, wie Kadamczik sprach und sich bewegte. Er hatte eine tiefe, angenehme Stimme und sprach eher leise ins Mikrofon. Seine Gestik war sparsam. Meist stützte er sich mit den Unterarmen auf das Rednerpult. Dann und wann zog er die Winkel seines breiten, vollen Mundes ein wenig melancholisch nach unten oder strich sein dichtes Haar mit einer raschen Bewegung aus der Stirn. Und ab und zu lächelte er plötzlich, für mich ohne ersichtlichen Grund, ins Publikum. Dieses Lächeln verschwand so unvermittelt von seinem Gesicht, wie es darauf erschienen war.

Auf der Wand hinter Kadamczik erschien nun die Projektion eines Dias. Ein Oval, in dessen Mitte eine nackte Frauenfigur mit breitem Becken und schmaler Taille stand. In ihren seitlich ausgestreckten Händen hielt sie je einen Zweig. Kadamczik erzählte etwas von einer »kanaanäischen Baumgöttin«. Das Dia wechselte. Die Zeichnung einer weiblichen Statue war zu sehen. Kadamczik bezeichnete sie als »Astarte«. Schamdreieck und Nabel dieser Astarte waren besonders hervorgehoben. Ihre Hände umfassten ihre Brüste und hoben sie ein wenig an.

Der Vortragende redete jetzt von Israelitinnen, die unter »Eichen, Storaxbäumen und Terebinthen« die Ehe brachen und zu Dirnen wurden. Weitere Dias, die Frauenfiguren zeigten, folgten. Dann erzählte Kadamczik etwas von »Kultprostitution der Israelitinnen im Namen der kanaanäischen Göttin Astarte«.

Plötzlich erschien wieder dieses rasche Lächeln auf seinem Gesicht und er beugte den Oberkörper etwas weiter zum Mikrofon: »Meine Damen und Herren, ich möchte den exegetischen Teil meines Vortrags nun beenden. Aber einige Anmerkungen eher dogmatischer Natur seien mir noch erlaubt. Frauen und Kult – das Alte Testament zeichnet hier eine Linie, die mit Chawa – der ›Eva‹ – in der Schöpfungs- und Sündenfallgeschichte beginnt, sich über die Totenbeschwörerin von En-Dor fortsetzt – diese Frau, die König Saul aufsucht, nachdem er von Gott abgefallen ist und von der er sich Weisung über seine Zukunft erhofft – und endet schließlich mit Gomer, der hurerischen Frau des Propheten

Hosea, und den abtrünnigen Königinnen Israels und Judas. Königinnen, die nicht Jahwe, sondern fremden Göttinnen und Göttern opfern. Die Frauen sind es, die besonders anfällig auf die kanaanäischen Fruchtbarkeits-Religionen und deren Göttinnen reagieren. Sie beten die Astarten an und opfern ihnen. Sie betreiben Kultprostitution. Sie beschreiten den Weg, der Gott missfällt und der schließlich zum Untergang der Reiche Israel und Juda führt. Aus alldem lässt sich ableiten: Frauen sind wesensmäßig, von ihrer Natur her, nicht zum Kult, nicht zum Priesteramt berufen. Sie sind auf die Vermittlung des Mannes, des Priesters angewiesen, der ihnen die Sakramente spendet und Zugang zu Gott ermöglicht. Sie sind, um einen bekannten katholischen Theologen zu zitieren, die Empfängerinnen, die ›durch die Entgegennahme des Samens, aber auch durch alle ihre eigenen weiblichen Organe und Kräfte instand gesetzt sind, die Frucht auszutragen und zu gebären‹.«

Wieder lächelte Kadamczik ins Publikum: »Ich wiederhole: zu empfangen und zu gebären. Nicht: zu geben und zu vermitteln. Letzteres ist dem männlichen Priester vorbehalten.«

Einen Moment starrte ich auf den Bildschirm. Dann kam ich zu dem Schluss, dass ich mich nicht verhört hatte, und sagte: »So ein Arsch. Warum habe ich heute Nachmittag nur vergessen, meinen Anrufbeantworter einzuschalten? Dann säße ich jetzt in den Kasseler Bergen und müsste mich nicht mit diesen katholischen Idioten befassen.«

Werner warf mir von der Seite einen raschen Blick zu: »Der Pater hat doch Recht. Männer sind den Frauen nun mal überlegen.«

Ich sah ihm fest in die Augen: »Ich habe nicht die geringste Lust, dieses Thema schon wieder zu diskutieren. Und erst recht nicht auf diesem Niveau.«

Werner zuckte die Achseln: »Na und? *Ihr* Feministinnen begebt euch doch selbst auf dieses Niveau.«

»*Wir* Feministinnen?«

»Ja, *wir* Männer sind schlecht, gemein, gewalttätig, lassen lieben ...«

»Ach, Blödsinn ...«

»Außerdem, gib zu, dass du diesen Pater nicht magst.«

Ironisch erwiderte ich: »Das hast du ja wirklich schnell herausgefunden. Hauptkommissar Werner Arlt, Menschenkenner und ...«

»Du weißt, dass es darum geht, objektiv zu bleiben.«

Jetzt starrte ich nicht den Bildschirm, sondern Werner fassungslos an. Wir hatten uns immer gestritten. Einfach deshalb, weil wir in den meisten wichtigen Lebensfragen unterschiedlicher Meinung waren. Aber mangelnde Objektivität hatte er mir noch nie vorgeworfen.

Langsam sagte ich: »Objektivität ist nicht der springende Punkt. Niemand ist objektiv. Es kommt darauf an zu wissen, dass man nicht objektiv ist. Anstatt, wie Kriminalbeamte, Juristen und Wissenschaftler es häufig tun, unter dem Mäntelchen der vermeintlichen Objektivität höchst subjektiv zu urteilen. Und das weißt du so gut wie ich.«

Aus den Augenwinkeln nahm ich wahr, dass sich Pater Kadamczik am Rednerpult verbeugte. Applaus brandete auf. Werner setzte an, etwas zu erwidern.

Aber ich meinte ungeduldig: »Sei mal still« und legte meine Hand auf seinen Arm. Früher eine eingespielte Berührung zwischen uns, wenn ich seinen Redefluss unterbrechen wollte. Als mir dies bewusst wurde, zog ich meine Hand weg.

Der Pater mit der Krankenkassenbrille stand nun wieder hinter dem Rednerpult und dankte Kadamczik für den »gehaltvollen Vortrag«. Dann gab er noch einige andere nette und bedeutungslose Worte von sich und bat schließlich »Frau Doktor Verena Carsten« ans Rednerpult.

Als Verena Carsten in den Aufnahmebereich der Videokamera trat, war ich überrascht und spürte sofort, dass es Ärger geben würde. Interessiert beugte ich mich in meinem Sessel nach vorn. Erwartet hatte ich eine biedere Frau mit einer Dauerwellen-Frisur, gekleidet in ein züchtiges Kostüm.

Verena Carsten war klein und füllig, strahlte Energie und Entschlusskraft aus. Ich schätzte sie auf Mitte dreißig. Sie hatte kinnlanges, in der Mitte gescheiteltes schwarzes Haar, trug eine schwarze, schmalgeschnittene Hose, einen weiten schwarzen Rollkragen-Pullover und ebenfalls schwarze, hochhackige Schuhe. Dazu kontrastierten ihre leuchtend rot geschminkten Lippen. Die Form ihrer Brillengläser erinnerte entfernt an Schmetterlingsflügel. Das Gestell war breit, dunkelgrün und schimmerte perlmuttern. Unter den rechten Arm hatte sie eine Aktentasche und einen hölzernen Schemel geklemmt.

Sie stellte sich neben das Rednerpult, blickte, wie mir schien, ein wenig spöttisch ins Publikum und bat dann mit einer tiefen, ein wenig heiseren Stimme, jemand möge die Jalousien öffnen, damit »es wieder Licht« werde. Während sich langsam das Dämmerlicht des Spätnachmittags mit dem der Deckenbeleuchtung mischte, setzte sie das hölzerne Ding, das sie unter dem Arm getragen hatte, hinter dem Rednerpult ab, stellte sich darauf und begann, ihre Papiere zu ordnen.

Endlich zog sie das Mikrofon zu sich herab, denn trotz des Schemels war sie immer noch ein gutes Stück kleiner als Kadamczik, warf den Kopf zurück, bedachte das Publikum mit einem konzentrierten, abschätzenden Blick und begann zu reden.

Auch die meisten Details ihres Vortrags habe ich vergessen. Der Beginn ist mir jedoch im Gedächtnis geblieben: »Zuerst möchte ich Pater Kadamczik danken. In seinem Vortrag hat er auf sehr erhellende Weise, wie ich finde, Exegese und Dogmatik miteinander verknüpft.« Verena Carsten hielt einen Moment inne. Ihre Augen waren auf jemanden im Publikum – ich vermutete: Kadamczik – gerichtet. Für den Bruchteil einer Sekunde schien ein Lächeln um ihren Mund zu zucken.

»Pater Kadamczik hat sich nicht gescheut, klare Worte zu gebrauchen und ein Problem deutlich zu benennen. Diese Klarheit und Stringenz fordert und verpflichtet mich als Koreferentin. Das hohe wissenschaftliche Niveau meines Vorredners bedeutet eine zusätzliche Herausforderung für mich.« Wieder zuckte es um ihren Mund.

Viel verstand ich nicht von dem, was Verena Carsten danach sagte. Aber immerhin doch genug, um zu erkennen, dass sie auf höchst elegante Weise Kadamcziks Vortrag Punkt für Punkt auseinander nahm. Sie tat es äußerlich kühl, aber, wie das Funkeln in ihren Augen zeigte, mit Leidenschaft und Genuss. Das Stühlerücken, Räuspern und Rascheln des Publikums ließ sie unbeeindruckt.

Schließlich erhob Verena Carsten ein wenig die Stimme und sagte: »Ich möchte nun zur Schlüsselstelle meines Vortrags kommen. Der Stelle Hosea 11,9f bzw. meiner Übersetzung dieser Stelle.«

Ich sah die Buchseiten, auf die Kadamcziks Kopf gepresst worden war, vor mir. Auf ihnen hatten die Ziffern elf und zwölf gestanden ...

Mit derselben erhobenen Stimme sprach Verena Carsten weiter: »Traditionellerweise wird die Stelle 11,9f übersetzt: ›Ich will meinen glühenden Zorn nicht vollstrecken und Ephraim nicht noch einmal vernichten. Denn ich bin Gott, nicht ein Mensch, der Heilige in deiner Mitte. Darum komme ich nicht in der Hitze des Zorns.‹«

Sie fixierte ihr Publikum, in dem das Rascheln und Räuspern für einen Augenblick verstummt war, und sagte nach einer kurzen Pause: »Ich halte eine andere Übersetzung für angemessen und wissenschaftlich korrekt. Nämlich diese: ›Ich will meinen glühenden Zorn nicht vollstrecken und Ephraim nicht noch einmal vernichten. Denn ich bin Gott, nicht ein Mann, der Heilige in deiner Mitte. Darum komme ich nicht in der Hitze des Zorns.‹«

Verena Carsten schwieg und wiederholte dann langsam und deutlich: »Denn ich bin Gott, nicht ein Mann.«

Ich benötigte einige Sekunden, bis ich begriff.

Werner ebenfalls. Denn dann stöhnte er auf und fragte: »Wen interessiert denn das?«

»Mich. Sei still«, sagte ich ungeduldig.

Werner wandte mir sein lebhaftes, schmales Gesicht zu: »Nein, wirklich, wen interessiert denn das? Ob Gott nun nicht wie ein Mann oder nicht wie ein Mensch ist?«

»Mich zum Beispiel. Außerdem, um Mary Daly zu zitieren: ›Gott ist Mann. Also ist das Männliche Gott.‹«

»Das ist doch Haarspalterei ...«

»Unsinn. Dein abgebrochenes Geschichtsstudium dürfte dir immerhin so viel an wissenschaftlichem Denken vermittelt haben, dass du die Folgen begreifst, die sich aus den unterschiedlichen Übersetzungen ergeben.«

Werner schüttelte unwillig den Kopf und ich sagte rasch: »Dieser Vortrag ist wichtig für den Fall. Ich erkläre es dir später.«

Darauf schwieg er. Ich bekam noch mit, dass zwei hebräische Wörter, nämlich ›isch‹ und ›adam‹, für die unterschiedlichen Übersetzungen wichtig waren, verstand aber nicht, warum.

Schließlich schien Verena Carsten am Ende ihres Vortrags angelangt zu sein. Sie packte ihre Papiere zusammen und meinte so etwas wie: Sie hoffe, bewiesen zu haben, dass das Frauenbild des Propheten Hosea nicht so negativ und sein Männerbild nicht so positiv sei, wie von Pater Kadamczik behauptet. Und dass der Prophet vor allem auch die israelitischen Priester für den Untergang des Reiches verantwortlich gemacht habe.

Verena Carsten hatte ihre Blätter nun zusammengeschoben, hielt sie in den Händen und blickte nachdenklich in den Saal. Dann warf sie, als hätte sie sich zu etwas entschlossen, den Kopf in den Nacken und schlug mit der Kante des Manuskripts auf das Rednerpult. Ein hartes Geräusch tönte durch den Raum.

Ihre Augen funkelten und sie sagte: »Ich denke, ich habe meine Argumentation ausreichend wissenschaftlich belegt. Deshalb möchte ich jetzt ganz unwissenschaftlich, subjektiv und polemisch feststellen: Ich halte Pater Kadamcziks Vortrag für eine methodische Katastrophe. In meinen Augen ist er eine akademische Blamage, geprägt von männlicher Arroganz und einem patriarchal verengten Blickwinkel. Ein übles, sexistisches Machwerk. Und ich wünsche Pater Kadamczik, dass dieser Vortrag in den Bibliotheken vermodert, mitsamt all seinen anderen wissenschaftlichen Machwerken.«

Einen Augenblick blieb es still im Saal. Verena Carsten

trat vom Rednerpult weg und aus dem Aufnahmebereich der Kamera. Dafür stürzte Pater Kollmann an der Kamera vorbei hinter das Pult. Der Geräuschpegel im Saal stieg bedrohlich an.

Pater Kollmann streckte seine Hände beschwörend in Richtung des Publikums und versuchte, des anschwellenden Lärms Herr zu werden: »Bitte, bitte, meine Damen und Herren ... Wir können doch über alles reden. Ich schlage vor, wir machen eine kurze Pause und steigen anschließend in die Diskussion ein.«

Irgendjemand stieß gegen die Kamera. Das Bild verwackelte, wurde wieder klar. Aber die Kamera war in der Halterung verrutscht, ihr Objektiv nicht mehr auf das Rednerpult, sondern auf den Saal gerichtet. Rücken schoben sich an der Kamera vorbei, drängten sich um Kadamczik und Verena Carsten, die im Hintergrund des Saals vor einem langen Tisch standen, auf dem Kaffeegeschirr gedeckt war. Der Pater hatte Verena Carsten an der Schulter gepackt, sein Gesicht war blass vor Zorn.

Ein Rücken schob sich vor das Objektiv, versperrte die Sicht. Dann erschienen Kadamczik und Verena Carsten wieder im Bild. Sie schüttelte den Kopf, sagte etwas und zerrte seine Hand von ihrer Schulter. Kadamczik schrie sie an. Ich hörte den Klang seiner Stimme, konnte seine Worte jedoch nicht verstehen. Verena Carsten starrte ihn an. Ihr Gesicht wurde steinern. Einen Augenblick stand sie bewegungslos. Schließlich wandte sie sich zum Tisch. Sie nahm eine Kuchenplatte in ihre Hand. Die Kuchenplatte landete in Kadamcziks Gesicht. Dann ging Verena Carsten langsam, mit hoch aufgerichtetem Rücken zum Ausgang des Saales.

Eine Frau soll nicht die Ausrüstung eines Mannes tragen, und ein Mann soll kein Frauenkleid anziehen; denn jeder, der das tut, ist dem Herrn ein Greuel.

Nun flimmerten schwarzweiße Balken über den Bildschirm. Jemand hatte die Videokamera abgeschaltet.

»Das ist nicht zum Lachen«, hörte ich Werner neben mir sagen. Erst in diesem Augenblick wurde mir bewusst, dass ich vor mich hingrinste.

»Das ist Körperverletzung im Zusammenhang mit Sachbeschädigung.«

Ich drehte mich zu ihm um, setzte an: »Du hast sie wohl nicht mehr alle ...«, bemerkte dann jedoch, dass auch Werner Mühe hatte, ernst zu bleiben.

Er schüttelte den Kopf: »Eine Ansammlung von Verrückten.«

»Da sind wir wenigstens einmal einer Meinung.«

Werner sah mich an. Ich stellte wieder einmal fest, dass ich nicht recht wusste, ob seine Augen eigentlich hellbraun oder hellgrau waren. Schließlich sagte er: »Na, immerhin.«

»Was ›immerhin‹?«

»Dass wir einer Meinung sind.«

»Ähm, ja«, erwiderte ich. »Selten, aber es kommt tatsächlich vor.«

Unsere Augen ließen einander wieder los. Für einige Momente fixierte ich einen imaginären Punkt an der Wand und dachte: Jakoba, pass auf. Lass es sein. Du weißt, dass es übel endet.

Ich berichtete Werner, dass der Kopf des toten Kadamczik auf den Seiten einer hebräischen Bibel gelegen hatte. Seiten des Hosea-Buches, auf denen die Ziffer elf gestanden hatte.

Er nickte: »Hosea elf – war das nicht die Stelle, die diese Theologin so pseudo-genial übersetzt hat?«

»Genau. Die Stelle, die besagt, dass Gott kein Mann ist.«

Werner ignorierte meine Spitze und meinte, dass es an der Zeit wäre, sich einmal mit Verena Carsten zu unterhalten.

Ich stimmte ihm zu. »Hat Joost die Adressen der Anwesenden notiert oder hast du es getan?«

»Joost«, antwortete Werner. »Hast du ihn schon gesehen?«

»Ja, bei Kadamcziks Leiche.«

»Und, wie findest du ihn?«

»Wie ich Joost finde?« Ich grinste: »Wie immer.«

Werner murmelte etwas von einem »unverbesserlichen Optimisten«. Seine Stimme klang leicht gereizt. Wir drei – Werner, Joost und ich – hatten schon früher zusammengearbeitet. Obwohl ich wahrhaftig nicht immer vor Lebensfreude sprühte, kam Werner wesentlich schlechter mit Joost aus als ich – für mich ein Rätsel des menschlichen Zusammenlebens.

Während wir zu dem Zimmer gingen, in dem Joost die Zeugen befragte, gab mir Werner einen kurzen Zeitabriss. Der Gottesdienst hatte etwa eine halbe Stunde nach Ende der Tagung begonnen. In der Zwischenzeit hatte sich Kadamczik vom Kuchen gesäubert und war, etwa fünf Minuten vor Gottesdienstbeginn, von Pater Kollmann, dem Leiter des Ordens, vor seinem Büro gesehen worden. Pater Kollmann hatte wie alle anderen Tagungsteilnehmer und die Hausbewohner ein Alibi: Er war in der Messe gewesen. Direkt nach dem Gottesdienst hatte Margarethe Niemaier, Kadamcziks Assistentin, ihren Chef tot im Gang gefunden. Weshalb Kadamczik die Messe nicht besucht hatte, war noch nicht klar.

Als Werner und ich das Zimmer betraten, war Joosts Miene gequält. Den Block, der vor ihm auf dem mit einem wachstuchbedeckten Tisch lag, zierte eine abstrakte Zeichnung aus wild ineinander verwobenen Linien und Kringeln.

Das Gesicht der Frau, die gegenüber von Joost am Tisch saß, war geschwollen und fleckig vom Weinen. Ihre blassgrünen Augen hinter der goldgeränderten Brille, die zu groß in dem schmalen Gesicht wirkten, schwammen in Tränen. Ich schätzte ihr Alter auf Mitte vierzig. Ihr Haar war schon fast weiß. Sie trug eine helle Bluse und eine graue Wollweste. Ihre Arme hatte sie um ihren schmächtigen Oberkörper geschlungen, als wollte sie sich selbst festhalten.

Als Joost uns sah, erhob er sich hastig, trat auf den Gang und zog die Tür zu. Er lehnte sich an die Wand, atmete tief aus und sagte: »Sie macht mich fertig. Diese Margarethe Niemaier macht mich einfach fertig.«

»Kadamcziks Assistentin?« fragte ich.

Joost nickte.

So, wie sie aussah, hatte ich mir eine katholische Theologin vorgestellt. Es ist immer schön, wenn sich Vorurteile bestätigen.

»Sie heult die ganze Zeit. Es ist kein vernünftiges Wort aus ihr herauszubekommen ...«

»Hör mal«, unterbrach Werner ihn. »Wir brauchen die Adresse von Verena Carsten.«

»Verena Carsten? Welche Verena Carsten?« Joost blickte Werner verständnislos an.

»Eine Theologin. Heute Nachmittag hat sie einen Vortrag gehalten«, erklärte Werner.

»Ich habe mit keiner Verena Carsten gesprochen.«

»Klein, schwarze Haare, schwarz gekleidet, knallrot geschminkte Lippen ...« half ich nach.

Joost schenkte mir einen mitleidigen Blick: »Knallrot geschminkte Lippen? In diesem Haus? Mein Gott, Jakoba, da würde ich mich bestimmt dran erinnern.«

»Das heißt, du hast nicht mit ihr gesprochen?« fragte Werner ungeduldig.

Joost schüttelte gleichmütig den Kopf: »Sag ich doch – nein.«

Werner bohrte weiter: »Und du hast tatsächlich die Adressen aller Leute, die zur Zeit des Mordes im Haus und in der Kirche anwesend waren, aufgenommen?«

Joost zuckte die Achseln: »Ja, habe ich. Eine Verena Carsten war nicht dabei.«

Werner und ich sahen uns an. Dann meinte ich langsam: »Dieser Pater Kollmann müsste ihre Adresse haben.«

Werner nickte: »Zumindest sein Sekretariat.«

Mir fiel etwas ein. »Geh schon einmal voraus. Ich komme gleich nach.«

Werner warf mir einen überraschten Blick zu, machte sich

jedoch kommentarlos auf den Weg zu Pater Kollmanns Büro.

Als ich das Zimmer betrat, zerknüllte Margarethe Niemaier ein feuchtes Papiertaschentuch zwischen ihren Fingern. Immer noch rannen Tränen über ihr Gesicht.

»Sie waren doch Pater Kadamcziks Assistentin«, sagte ich. »Hatten mit dieser Exegese Altes Testament zu tun ...«

Margarethe Niemaier deutete ein Nicken an. Ihre großen, rot geweinten Augen waren voller Scheu auf mich gerichtet.

»Können Sie mir sagen, ob die Lage der Leiche irgendeinen biblischen Bezug hat?«

»Sie meinen, wie Pater Kadamczik ...?« Sie flüsterte fast.

»Genau. Der nackte Hintern. Die Hände, die ausgestreckt waren, als versuchten sie, mit letzter Kraft die rettende Tür zu erreichen ...«

»Oh Gott, nein.« Die Tränen rannen rascher. »Wie entsetzlich.«

»Was heißt ›wie entsetzlich‹? Gibt es einen Bezug zur Bibel?«

»Nein, nein, ich weiß nicht ... Daran hätte ich nie gedacht ...« Ihre Hände drehten an dem Taschentuch, bis es sich wie ein Strick um die Finger legte.

Ich bemühte mich um Geduld: »Und, wenn Sie jetzt daran denken? Vergegenwärtigen Sie sich die Lage des Toten.«

Margarethe Niemaier stieß einen erstickten Schrei aus und schüttelte abwehrend den Kopf.

»Doch«, beharrte ich. »Vergegenwärtigen Sie sich die Situation.«

Sie schlug die Hände vor das Gesicht. Ich wartete, dachte schließlich, dass der Gedanke, der mir vorhin durch den Kopf gegangen war, doch jeder Grundlage entbehrte. Da hörte ich Margarethe Niemaier tonlos sagen: »Eine Stelle aus dem Richter-Buch. Die Schandtat der Männer von Gibea ...«

»Die Schandtat der Männer von Gibea?«

»Ja«, Margarethe Niemaier sah mich verwirrt an. Die Taschentuch-Schnur zwischen ihren Fingern zerriss. »Die Männer von Gibea vergewaltigen eine Frau. Die Frau versucht die Türschwelle des Hauses zu erreichen, in dem sich ihr Mann aufhält. Doch vor der Türschwelle bricht sie tot zusammen ...«

Denn Gott bin ich und kein Mann, die aufgeschlagenen Bibelseiten, der nackte Hintern und jetzt auch noch eine vergewaltigte Frau, falls Margarethe Niemaiers Deutung zutraf.

Leise fluchte ich vor mich hin, während ich zu Pater Kollmanns Zimmer lief. Ich hatte vergessen, Werner nach dem Weg zu fragen. Aber wenn mich meine Erinnerung nicht trog, befand sich an einer Tür des Ganges, in dem der ermordete Kadamczik gelegen hatte, ein Schild mit dem Namen *Kollmann*.

Jetzt lag der Gang verlassen da. *Pater Jungmann, Pater Scherer, Pater Braunstätter, Pater Kollmann ...*

Am anderen Ende des Flures sah ich die Kreidezeichung, die den Umriss der Leiche markierte. Gedankenverloren betrachtete ich die Linien, die einen Ausschnitt des Bodens umschlossen, ihm eine Bedeutung verliehen. Der Kollege hatte die Hände der Leiche nicht einfach mit einem Oval umrandet. Er hatte auch die Daumen nachgezeichnet. Dies ließ die Hände nahe der Türschwelle eigentümlich lebendig werden. Leidend. Wie verkrüppelt.

Wieder meldete sich der penetrante Rilke in meinem Gedächtnis: *Schaubühne ... starben das, was sie schon waren, und das, was sie geworden wären ...* Verärgert über mich selbst, schüttelte ich den Kopf. Während ich mich abwandte, streifte mein Blick die Tür von Kadamcziks Zimmer. Eine gestempelte und mit einer Unterschrift versehene Banderole klebte jetzt zwischen Tür und Rahmen. Joost hatte den Raum ordnungsgemäß versiegelt.

Eine Frauenstimme rief mich in Pater Kollmanns Zimmer. Sie gehörte einer Nonne, die hinter einem hellen Kunststoffschreibtisch saß. Das Zimmer, in dem ich mich befand, war ein Vorraum. Von der gegenüberliegenden Wand ging eine Tür ab, hinter der ich jemanden sprechen hörte. Missbilligend, wie mir schien, sah mir die Nonne entgegen, während ich auf sie zutrat und mich vorstellte. Ihr Gesicht irritierte mich. Ein ebenmäßiges, ovales Gesicht mit einer leicht gebogenen Nase und einem recht schön geschnittenen Mund, das hätte attraktiv sein können – wenn es nicht diese auffällig blasse, fast wächserne Haut gehabt hätte. Diese Hautfarbe und der schwarze, von einem schmalen, weißen Streifen umrahmte Schleier, unter dem die Haare der Nonne vollständig verschwanden, ließen das Gesicht schablonenhaft und austauschbar erscheinen. Einen eigentümlichen Kontrast dazu bildeten die Augen unter den blonden, schmalen Brauen. Sie waren von einem intensiven, leuchtenden Hellblau, hatten einen strengen Blick.

Das Gesicht der Nonne wirkte weder jung noch alt. Doch auf den kräftigen, nicht unschönen Händen, die müßig auf der Schreibtischplatte lagen, traten die Adern hervor und da und dort zeigten sich braune Flecken. Sie musste Ende fünfzig, Anfang sechzig sein.

Das Zimmer war zweckmäßig, fast unpersönlich eingerichtet. Zwischen zwei hohen, Kunststoff beschichteten Regalen, in denen Aktenordner standen, hing ein großer Übersichts-Kalender, in dem, obwohl das Jahr erst vor kurzem begonnen hatte, viele Termine eingetragen waren. Den einzigen Schmuck bildeten eine kleine Vase, in der einige weiße Nelken standen, und eine Madonnen-Figur, die auf einer Erdkugel schwebte und mit nackten Füßen auf eine sich windende Schlange trat.

»Ist Pater Kollmann in diesem Zimmer? Ich muss meinen Kollegen Werner Arlt sprechen.«

Ich schickte mich an, an die Verbindungstür zu klopfen, doch die Nonne erhob sich rasch von ihrem Stuhl und kam mir zuvor. Ihr Rücken, der sich zwischen mich und die Tür schob, drückte Abwehr aus. Sie klopfte kurz und öffnete die Tür, ohne auf Antwort zu warten.

»Pater Kollmann? Eine Frau Hauptkommissarin Strykowski möchte Sie sprechen ...«

Der feindosierte Unterton der Geringschätzung entging mir keineswegs. Sollte mir bestimmt auch nicht entgehen. Die Nonne hatte eine klare, kühle Stimme, die sich, wenn sie sang, gewiss in einen metallischen, durchdringenden Sopran verwandelte. Eine dieser Singstimmen, die jedes Lied verderben. Ich kam zu dem Schluss, dass ich die Nonne ebenso wenig mochte, wie sie mich, und trat neben sie.

»Danke Schwester Agnes. Frau Strykowski, bitte ...« Ein blass und erschöpft wirkender Pater Kollmann bat mich ins Zimmer und deutete auf ein Sofa, wo Werner unter einer bunten Madonnen-Statue saß, die ein Jesuskind im Arm trug.

Werner sah mich gereizt an und Pater Kollmann wanderte durch das Zimmer: »Alles ist furchtbar und unfassbar und in diesem Haus ... In diesem gottgeweihten Haus ... Oh Herr, wo warst du?«

Nach einer halben Minute entschied ich, dass ich nicht gewillt war, mir dieses Lamento länger anzuhören, tätschelte Werners Arm, sagte, ich würde gleich noch einmal vorbeikommen. Ich fing einen unfreundlichen Blick von Werner auf, grinste etwas boshaft zurück und schlüpfte aus dem Zimmer.

Schwester Agnes, die Nonne, saß wieder hinter dem Schreibtisch, wieder lagen ihre Hände regungslos auf der Tischplatte. Ihre Augen waren auf die gegenüberliegende Wand gerichtet. Nur eine weiße, ebene Fläche war dort zu sehen. Nichts anderes.

Da ich annahm, dass sie mir keinen Platz anbieten würde, zog ich einen Stuhl, der neben einem der Regale stand, zum Schreibtisch und setzte mich. Sie runzelte die Stirn, reagierte aber nicht weiter. Überrascht bemerkte ich, dass zwischen dem Computerbildschirm und einer flachen Ablage für Stifte mehrere Arzneimittel-Packungen standen. Sie waren mir vorhin nicht aufgefallen. Ich erkannte ein Herz- und ein Nerven-Beruhigungsmittel. Zart besaitet schien mir Schwester Agnes aber eigentlich nicht zu sein.

Ich fragte: »Wo waren Sie eigentlich zur Zeit, als Pater Kadamczik ermordet wurde? Zwischen halb sechs und halb sieben Uhr abends?«

Sie betrachtete ihre Hände. Schließlich sagte sie unwillig: »In der Küche.«

»In der Küche? Nicht in der Kirche?«

»Nein.«

Ich konnte mir nicht verkneifen zu bemerken: »Kirche, Küche ... Gibt es hier irgendwo auch ein Kinderzimmer?«

Sie ignorierte mich.

»Was haben Sie in der Küche gemacht?«

Schwester Agnes verzog ein wenig den Mund: »Was denken Sie wohl? Gearbeitet ...«

»Küchenarbeit vor Gottesdienst? Das Weltliche vor dem Sakralen?«

Sie sah konsequent an mir vorbei: »Ich hatte heute Morgen bereits die Messe besucht.«

»Welche Arbeit haben Sie in der Küche verrichtet?«

Die Andeutung eines Lächelns erschien um ihre Lippen: »Das Abendessen zubereitet.«

»Wer hat Ihnen dabei geholfen?«

Kühl entgegnete sie: »Niemand.«

»Für wie viele Leute haben Sie gekocht?«

»Oh, für ungefähr fünfzig.«

»Kochen Sie immer für so viele Menschen? Und das allein?«

Die Andeutung des Lächelns wurde stärker: »Ich koche nicht immer für so viele Menschen. Ich übernehme nur selten den Küchendienst. Pater Kollmann benötigt mich im Büro und für Verwaltungsaufgaben. Aber heute Abend wollte ich meinen Mitschwestern Schwester Cäcilie, Schwester Fidelis und Schwester Ruth den Gottesdienstbesuch ermöglichen. Sie hatten das Essen ohnehin schon am Nachmittag vorbereitet. Die Speisen mussten nur erwärmt werden.«

Mitschwestern ... Eine ähnlich absurde Wortverbindung hatte ich doch schon einmal gehört. Dann erinnerte ich mich wieder: Der Greis hatte von Mitbrüdern gesprochen ...

»Haben Sie die Küche während des Gottesdienstes verlassen?«

»Ich habe überprüft, ob die Tische im Speisesaal korrekt gedeckt waren.«

»Kann das jemand bezeugen?«

Nun sah mir Schwester Agnes in die Augen. Ihre Stimme klang kalt: »Was sollen diese Fragen?«

»Oh, ganz normale Routinefragen. Kann jemand bezeugen, dass Sie Küche und Speisesaal nicht verlassen haben?«

Sie zuckte die Achseln: »Natürlich nicht.«

»Mochten Sie Pater Kadamczik?«

Sie lächelte frostig: »Es spielt keine Rolle, ob ich einen der Patres mag oder nicht. Es geht darum, dass ich meine Pflichten erfülle. Auf dem Platz, der mir zukommt.«

»Und dieser Platz ist die Kirche und die Küche? Weshalb nicht der Lehrsaal?«

Schwester Agnes' Wangen röteten sich ein wenig: »Die Frau ist die Helferin des Mannes. Das ist die Stelle, die ihr zukommt. Alles andere ist Hochmut und Vermessenheit. Die Gabe der Frau besteht im Empfangen, in der Passivität und in der Intuition. Der Mann ist aktiv und schöpferisch ...«

Gabe des Empfangens ... Hatte ich heute auch schon einmal gehört. Ach ja, Kadamcziks Vortrag.

Der Eifer auf ihrem Gesicht ließ keinen Zweifel zu: Die Nonne meinte tatsächlich, was sie sagte.

»Gut«, sagte ich. »Dann beschreiben Sie mir doch bitte, wie ich Ihren angestammten Platz, die Küche, finde.«

Mit keinem Wort mehr als nötig erklärte sie mir den Weg, wobei sie wieder an mir vorbeiblickte.

Ich hatte schon fast die Tür erreicht, als mir einfiel: »Haben Sie schwache Nerven oder Herzbeschwerden?«

Irritiert wandte sie mir den Kopf zu: »Nein, weshalb fragen Sie?«

Ich deutete auf die Medikamente, die auf dem Schreibtisch standen.

»Oh, die«, ihre Stimme wurde lebhaft. »Sie gehören Pater Kollmann.«

Ironisch meinte ich: »Und, zählen Sie ihm die Tropfen und Tabletten einzeln ab?«

Schwester Agnes erwiderte, als wäre es das Selbstverständlichste auf der Welt: »Natürlich tue ich das.«

Draußen auf dem Gang atmete ich erst einmal tief durch. Mir war nach einem Schnaps oder einem Whiskey zumute. Nach irgendetwas Hochprozentigem. Da ich Derartiges in dieser Hochschule jedoch ohnehin nicht bekommen würde, konnte ich, während Werner in Pater Kollmanns Zimmer saß, ebenso gut rasch die Küche in Augenschein nehmen.

Die Küche lag im Erdgeschoss. In der Nähe des Aufzugs, wo ich vor einiger Zeit den Greis getroffen hatte. Nachdem ich die Küchentür geöffnet hatte, befand ich mich in einem großen Raum mit gekacheltem Fußboden und Wänden. Ein schwacher Geruch von Soße und gebratenem Fleisch lag in der Luft. Küchengeräte und Arbeitsflächen schimmerten matt im Licht, das von draußen in die Küche fiel. Es rührte von einigen Lampen her, die vor den hohen Fenstern, die fast die gesamte Front des Raums einnahmen, standen. Die Lampen säumten einen Weg, der an dem Gebäude entlangführte. Jenseits davon erstreckte sich eine leicht ansteigende Wiese, in deren Mitte ich den kahlen Umriss eines riesigen Baums erkennen konnte. Hinter dem Baum verschwamm die Nacht im Nebel.

Ich suchte nach einem Lichtschalter und kniff, nachdem ich ihn gefunden und gedrückt hatte, für einen Moment geblendet die Augen zusammen. Dann, als ich mich an das Neonlicht gewöhnt hatte, sah ich, dass die Küche vor Sauberkeit strahlte. Die Arbeitsflächen aus Metall, der große Gasherd und die Abdeckplatten über den Kochmulden waren glänzend poliert. Dasselbe galt für die Töpfe und Pfannen, die sich in einem stählernen Regal stapelten. Etwas beschämt dachte ich an das Durcheinander aus schmutzigem, fettigem Geschirr, Brotkrümeln und Kaffeeflecken, das meist in meiner Küche herrschte. Den einzigen Hinweis darauf, dass diese Küche hier von menschlichen Wesen benutzt wurde, gaben einige Flecken auf den weiß-rot karierten Baumwoll-Handtüchern, die an Haken neben den Waschbecken hingen.

Schüsseln und Platten standen auf einer Art Anrichte. Darüber befand sich eine mit Schiebetüren aus Plastik-Lamellen verschlossene Durchreiche. Einige von den Metallhauben und Alufolien, die die Gefäße bedeckten, hob ich an. Kartoffeln, Nudeln und Fleischstücke in einer dicklichen, braunen Soße, die schon eine Haut bildete und einen intensiven Geruch verströmte. Ich hasse dicke Bratensoßen.

Dennoch meldete mir mein Magen, dass ich seit dem Frühstück nichts mehr gegessen hatte. Ich griff nach einer mit Lachs, Mayonnaise und Eiern belegten Brotscheibe und schob sie in den Mund. Der Lachs war faserig und schmeckte versalzen. Egal, ich hatte Hunger.

Ich nahm eine weitere Brotscheibe und kaute unlustig darauf herum. Tja, Schwester Agnes hätte wahrhaftig genug Zeit gehabt, Pater Kadamczik den antiken Dolch in die Brust zu rammen und seine Leiche auf dem Flur zu drapieren. Nur schade, dass kein Motiv zu erkennen war, weshalb sie den Pater aus dem Weg hätte räumen sollen. Ideologische Gesinnungsgenossen bringt man in der Regel nicht um.

Die Tür flog mit einem Krachen auf und ich zuckte erschrocken zusammen. Eine kleine, rundliche Nonne mit einem gutmütigen Gesicht kam in die Küche gerannt. Sie warf mir einen verwunderten Blick zu, störte sich jedoch nicht weiter an meiner Anwesenheit und begann, die Schüsseln und Platten in einen Kühlschrank zu räumen.

Das gute Essen ... Sie hätten es über all der Aufregung ja völlig vergessen und es dürfe doch nicht verderben ...

Die kleine Nonne entpuppte sich als Schwester Cäcilia. Sie bestätigte Schwester Agnes' Geschichte. Ungefragt fügte sie hinzu, dass Schwester Agnes häufig den Küchendienst übernahm, wenn – wie an diesem Tag – Abendgottesdienste außer der Reihe stattfanden.

Schwester Cäcilia lächelte mich an: »Wissen Sie, diese Gottesdienste sind besonders festlich. Für mich, Schwester Fidelis und Schwester Ruth ist es immer eine Freude, daran teilnehmen zu können. Schwester Agnes ist eine gute Mitschwester ...«

Was geschehen ist, wird wieder geschehen,
was man getan hat, wird man wieder tun:
Es gibt nichts Neues unter der Sonne.

Schwester Agnes eine gute Mitschwester ... Schön für die Schwestern. Aber mir war damit nicht geholfen.

Als ich wieder draußen auf dem Gang stand, gähnte ich laut vor mich hin. Mir wurde plötzlich bewusst, wie müde ich war. Ich steuerte auf den Aufzug zu, dessen Kabine sich gerade im Erdgeschoss befand, und drückte den Knopf für das dritte Stockwerk.

Der Aufzug setzte sich in Bewegung. Auf der Leuchtanzeige über der Tür erschien eine Eins. Dann eine Zwei. Der Aufzug stoppte. Niemand stieg ein. Nochmals drückte ich den Knopf für das dritte Stockwerk.

Wieder setzte sich der Aufzug in Bewegung. Drittes Stockwerk. Der Aufzug fuhr weiter, ohne anzuhalten. Viertes Stockwerk. Er stoppte. Ich bohrte meinen Finger auf den Knopf neben der Drei. Der Aufzug ruckte, fuhr nach oben, statt abwärts. Erst, als die Leuchtziffer über der Tür eine Sechs zeigte, hielt er an.

Ich entschied, dass ich auf alle Fälle schneller mein Ziel erreichte, wenn ich die Treppe benutzte, und verließ den Aufzug. Kaum, dass die Tür hinter mir zugefallen war, fuhr er abwärts. Ich begann, an meinem Verstand zu zweifeln.

Der Vorplatz, auf den ich trat, war dunkel. Die Wände rechts und links wurden von hohen Fenstern unterteilt. Irritiert blickte ich mich um. Als sich meine Augen an die Dunkelheit gewöhnt hatten, erkannte ich, dass am anderen Ende des Vorplatzes eine Treppe nach unten führte. Ich befand mich im obersten Stockwerk des Hauses.

Plötzlich wurde der Raum um mich heller. Die Fenster verloren ihre Durchsichtigkeit. Als ich mich umdrehte, sah ich, dass sich schräg hinter mir ein Reckteck aus Licht über den Boden erstreckte. Vor einer erleuchteten Türöffnung erhob sich dunkel der Umriss eines über einen Stock gekrümmten Körpers. Der Durchgang in seinem Rücken gab den Blick frei auf ein stählernes Bettgestell, auf dem eine Wolldecke lag.

Dann sagte die trockene, ein wenig heisere Stimme, die ich bereits kannte: »Sie befinden sich schon wieder an einem Ort, an dem Sie nichts verloren haben.«

Kühl stellte der Greis dies fest. Aber es lag keine Feindseligkeit in seiner Stimme. Ich spürte, dass er mich musterte, vermochte es jedoch nicht, diese seltsame, von Dunkelheit umhüllte Stille zu brechen.

Der schattenhafte Umriss bewegte sich ein wenig, als ob der Greis das Gewicht seines auf den Stock gestützten Körpers verlagern wollte. Dann lachte er kurz und, wie mir schien, bitter auf und sagte einige Worte in einer fremden Sprache, deren Melodie mir eigentümlich vertraut war: »Hawel hawalijm amar Kohelet, hawel hawalijm hakol hawel.«

Ich lauschte den Worten nach. Sie zogen in der Stille ihre Kreise und mich in ihren Bann.

Langsam schloss der Greis die Tür. Das Rechteck aus Licht verschwand.

»Eitel, eitel, alles ist eitel? Sagt Ihnen dieser Satz etwas? Oder, eine andere mögliche Übersetzung: Windhauch, Windhauch, alles ist Windhauch?«

Während er sprach, ging er auf mich zu. Ich konnte sein Gesicht nicht erkennen, war mir aber sicher, dass seine Augen auf mich gerichtet waren.

Der Greis trat neben mich an das Fenster, blickte hinaus und, wie unter einem Bann, wandte auch ich mich um. Der vom Dunst verhüllte Himmel hatte seine graubraune Farbe bewahrt. Der Nebel verbarg die Lichter auf den jenseitigen Hügeln. Die des Stadtzentrums fransten aus zu einem weißlich-grauen Gespinst. Öde und verloren lag der Park unter uns. Das Dach eines Schuppens glänzte schwarz vor Feuchtigkeit. Einige ausgeschlachtete Fahrräder und ein Klappbett lehnten neben Mülltonnen. Rauch erhob sich in die Luft und vermischte sich mit dem Nebel.

»Eine Generation geht, eine andere kommt. Die Erde steht in Ewigkeit. Die Sonne, die aufging und wieder unterging, atemlos jagt sie zurück an den Ort, wo sie wieder aufgeht.« Die linke Hand des Greises spiegelte sich im Glas, beschrieb einen großen Bogen.

»Hatten Sie auch etwas mit dieser Exegese Altes Testament zu tun?«

Steif erwiderte er: »Ich habe dieses Fach unterrichtet.« Er schwieg einen Moment, dann sagte er: »Was geschehen ist, wird wieder geschehen, was man getan hat, wird man wieder tun. Es gibt nichts Neues unter der Sonne.« Der Klang seiner Stimme war spöttisch und müde zugleich.

»Kohelet. Der Prediger.« Ich drehte mich zu ihm um. Irgendetwas war nicht in Ordnung. Das wusste ich. Aber ich kam nicht darauf, was es war.

Der Greis nickte mir kaum merklich zu. Er schwieg, betrachtete mich eindringlich. Schließlich meinte er: »Sie sollten beachten: Es gibt nichts Neues unter der Sonne.« Seine Stimme wirkte plötzlich drängend.

»Und warum sollte ich das beachten?«

Statt einer Antwort stieß der Greis den Stock hart auf den Boden. Der Bann brach. Als sei ihm dies bewusst und als wollte er ihn vollends zunichte machen, wiederholte er: »Sie haben hier nichts zu suchen. Was würden Sie davon halten, wenn sich Fremde in Ihrer Wohnung breit machten? Ich vermute, Sie würden gar nichts davon halten.«

»Nein«, erwiderte ich. »Prinzipiell natürlich nicht. Aber es bestehen doch gewisse Unterschiede. Für Sie sind Fremde gleichbedeutend mit Frauen, während ich gegen gewisse Männer in meiner Wohnung nichts einzuwenden habe.« Während ich ihm antwortete, versuchte ich herauszufinden, was mich irritierte.

Er schnaufte verächtlich: »Sie sind wohl eine dieser Feministinnen, wie?«

»Ich betrachte die Bezeichnung Feministin nicht als Schimpfwort.« Was war mir nur aufgefallen?

»Gott als Frau, Gott als Mutter ...« Wieder wurde der Stock hart auf den Boden gestoßen. »Dieser empörende Auftritt heute Nachmittag. *Er* ist mehr als Person. *Ihn* auf ein Geschlecht, auf ein Bild festzulegen, *Ihn* mit menschlichen Maßstäben zu messen, beschmutzt *Seine* Allmacht, *Seine* Größe und Erhabenheit.«

»Das ist der Punkt«, entgegnete ich. »*Seine* Allmacht, *Seine* Größe und Erhabenheit. Warum versuchen Sie es nicht einmal mit *Ihrer* Allmacht und *Ihrer* Größe ...« Die Irritation hatte mich befallen, als ich zum Fenster hinausgesehen hatte ... Ich wandte mich um und blickte über die Stadt und den Park.

»Unsinn ...«

Ich unterbrach ihn: »Sagen Sie noch einmal, was Sie vorhin gesagt haben.«

»Wie bitte?«

»Kohelet.« Der Schuppen, die Mülltonnen ...

»Es gibt nichts Neues unter der Sonne.«

Der Rauch ... Verdammt, der Rauch kam aus einer der Mülltonnen ...

Ich hörte den Greis noch sagen: »Manchmal wünschte ich, es wäre nicht wahr.«

Aber ich rannte bereits zur Treppe.

Da kam das Feuer des Herrn herab
und verzehrte das Brandopfer, das
Holz, die Steine und die Erde.

Flammen leckten an der Öffnung des Müllcontainers empor. Der beißende Geruch von verbranntem Kunststoff hing in der Luft. Ich zerrte die Plombe des Feuerlöschers ab, den ich neben der Ausgangstür von der Wand gerissen hatte, und richtete die Düse auf die Öffnung. Weißer Schaum spritzte hervor, legte sich auf das Feuer.

Ich trat näher heran, hustete, versuchte durch den Qualm, der aus dem Container quoll, etwas zu erkennen. Meine Augen tränten. Als sich der Rauch ein wenig gelichtet hatte, sah ich in der hinteren Ecke des Müllbehälters Flammen züngeln. Ich schob die Düse des Feuerlöschers durch die Container-Öffnung und drückte den Hebel nach unten. Der wirbelnde Schaum versperrte mir die Sicht.

Eine Hand legte sich auf meine Schulter. Dann hörte ich Werner sagen: »Seit wann bist du unter die Feuerwehrmänner gegangen?«

Ich spähte in den Container, um mich zu vergewissern, dass kein Schein von Flammen mehr zu sehen war. »Frauen«, erwiderte ich geistesabwesend.

»Was, Frauen?«

»Feuerwehrfrauen, nicht -männer.«

Werner zog mich zu sich herum und schrie mich an: »Kannst du diese feministische Scheiße nicht einmal lassen? Erst verschwindest du spurlos. Dann rennst du an mir im Treppenhaus vorbei und schreist, ich soll die Feuerwehr verständigen, und jetzt spritzt du mit einem Feuerlöscher durch die Gegend? Was zum Teufel soll das?«

Einen Moment war ich sprachlos. Dann packte ich seine Handgelenke: »Was das soll? Meinst du, ich mache das zu meinem Vergnügen? Verdammt, irgendjemand fackelt hier etwas Wichtiges ab. Oder glaubst du, der Container hat sich selbst entzündet?«

Wütend starrten wir uns an. Dann nahm Werner seine

Hände von meinen Schultern und ich ließ seine Knöchel los. Das Geräusch einer Sirene ertönte in der Ferne, kam näher. Lichter im Haus gingen an.

Schließlich erschien ein schwaches Lächeln auf Werners Gesicht. Er sagte: »Ich muss verrückt gewesen sein, diesen Fall zu übernehmen.«

Unfreundlich murmelte ich: »Gleichfalls« und wandte mich ab. Dabei entdeckte ich einige Meter entfernt ein zerknülltes Stück Papier auf dem asphaltierten Boden. Es lag in einer Lache. Ich zog ein Tuch aus meiner Jackentasche, hob das Papier auf und faltete es vorsichtig auseinander. Es war ein Kontoauszug. Ausgestellt auf den Namen Veit Kadamczik.

Ein Feuerwehrauto fuhr um die Ecke des Gebäudes. Gleichzeitig kam Joost angerannt. Ein verstörter Pater Kollmann erschien, der mit seinen Gesundheitssandalen durch die Pfützen watete. Ich bemerkte Schwester Agnes, die einen Mantel über dem Arm trug, den sie Pater Kollmann reichte, und einige Mönche, die sich heftig gestikulierend auf dem Platz versammelten. Erregtes Stimmengewirr füllte die Luft. Ich überließ es Werner, sich um die Feuerwehr zu kümmern und die Ordensleute zu beruhigen, und winkte Joost beiseite.

»Sieh sofort nach, ob das Siegel an Kadamcziks Tür noch intakt ist. Dann überprüfst du, ob im Zimmer etwas fehlt ...«

»Was fehlt?«

»Weiß ich nicht. Dinge, die einfach da sein müssten ...«

»Dinge, die einfach da sein müssten?« Joost fuhr sich durch die Haare, die nun noch strubbeliger nach allen Seiten abstanden. »Jakoba, du hast Nerven. Ich sehe was, das du nicht siehst ... Ich suche was, das du nicht kennst ...«

»Kontoauszüge, Urkunden. Und prüfe nach, ob jemand den Computer manipuliert hat.«

»Den Computer?« Joosts Miene erhellte sich.

»Ja, und verständige die Kollegen von der Spurensicherung. Sie müssen den Inhalt des Containers untersuchen.«

Joosts Blick wanderte zu dem angesengten, verbrannten Kunststoff rund um die Container-Öffnung und dem Schaum, der auf dem Boden flockte. Er verzog das Gesicht.

»Ach ja, und bevor du Kadamcziks Zimmer auseinander nimmst – sag mir Bescheid, ob das Siegel aufgebrochen wurde, oder nicht.«

»Zu Befehl!« Joost führte die rechte Hand salutierend an die Stirn.

»Tut mir Leid. Bitte.«

Werner kam mit einem der Feuerwehr-Leute auf mich zu.

»Tja, dein erster Einsatz als Feuerwehrfrau war recht erfolgreich«, meinte Werner. »Du hast das Feuer tatsächlich gelöscht.«

Ich ignorierte ihn und wandte mich an den Feuerwehrmann, einen kleinen, vierschrötigen Mann um die fünfzig, der ein waches Gesicht hatte. »Wie lange dauert es, bis das Papier in einem Container zu brennen beginnt?«

Der Feuerwehrmann hob die Schultern: »Schwer zu sagen. Das hängt von verschiedenen Faktoren ab. Wie voll der Container war ... Welches Material in ihm lag, ob mehr Papier oder mehr Pappe ... Und natürlich auch davon, wie das Feuer entfacht wurde. Falls jemand Brandbeschleuniger, zum Beispiel Öl, über das Papier gießt, brennt es sehr schnell.«

»Es könnte also sein, dass zwischen dem Entzünden des Papiers und dem Ausbruch des Feuers einige Stunden vergangen sind?«

Er nickte: »Durchaus möglich, dass das Feuer lange Zeit im Container glomm, bis es sich zu einem richtigen Brand entwickelte.«

Werner musterte mich: »Worauf willst du hinaus? Dass der Container möglicherweise schon während des Gottesdienstes in Brand gesetzt wurde?«

Sein Funkgerät piepste. Er nahm es aus der Jacke, meldete sich und blickte, während er zuhörte, zu mir herüber.

»Joost war's«, sagte er dann. »Das Siegel an Kadamcziks Tür ist intakt.«

»Warte einen Augenblick.« Ich beobachtete, dass Pater Kollmann und Schwester Agnes zurück zum Hochschulgebäude gingen. Ich lief ihnen nach, holte sie bei der Tür ein.

»Kann ich Sie kurz sprechen?« fragte ich die Nonne.

»Aber gewiss hat Schwester Agnes Zeit für Sie.« Pater Kollmann schenkte mir ein müdes, aber tapferes Lächeln. »Wir müssen alles unternehmen, damit dieses furchtbare Verbrechen aufgeklärt wird. Wenn Sie glauben, dass ich Ihnen irgendwie weiterhelfen kann, wenden Sie sich an mich ...«

»Was wollen Sie wissen?« fragte Schwester Agnes knapp.

»Könnte ich Sie ...?«

»Oh ja, gewiss, ich gehe.« Pater Kollmann verabschiedete sich hastig.

»Während Sie in der Küche waren – haben Sie irgendjemanden draußen auf dem Weg verbeilaufen sehen? Oder haben Sie im Gang vor der Küche Geräusche gehört?«

»Nein.« Schwester Agnes' Gesicht verriet nichts. Aber ihre Augen hatte sie nicht unter Kontrolle. Sie leuchteten voller Triumph. Spröde fragte sie: »Wollen Sie noch etwas wissen?«

Ich verneinte.

Der Körper der Nonne drückte Abwehr und Verachtung aus, als sie das Haus betrat.

Wieder verspürte ich das Bedürfnis, tief durchzuatmen. Aber der Geruch von verbranntem Kunststoff lag immer noch über dem Platz, hatte sich in der feuchten, windstillen Luft festgesetzt.

Einige Feuerwehrmänner hatten inzwischen begonnen, den Deckel des Containers mit einem Schneidbrenner abzutrennen. Funken sprühten auf und fielen in einem weiten Bogen nieder. Ich gesellte mich zu Werner, der neben dem Container stand und, wie mir schien, den Feuerwehrmännern gedankenverloren zusah.

»Hast du Verena Carstens Adresse herausgefunden?«

Er zuckte zusammen. »Ja, habe ich«, antwortete er ein wenig verlegen, als hätte ich ihn bei etwas Verbotenem ertappt. »Sie wohnt in dieser Stadt. Nicht weit entfernt von der Hochschule.«

David erschlug zweihundert von den Philistern, brachte ihre Vorhäute zum König und legte sie vollzählig vor ihn hin.

»Warum hast du eigentlich Pater Kollmanns Gejammer über dich ergehen lassen und dich nicht sofort von ihm losgeeist?« fragte ich Werner, während wir in seinem Wagen über den Parkplatz der Hochschule Richtung Straße fuhren. Er hatte sich geweigert, in mein Auto zu steigen, da er, wie er sagte, »nicht beabsichtigte, plötzlich irgendwo in der Stadt stehen zu bleiben und nicht weiter zu kommen«.

»Tja, weil ich noch mehr von ihm erfahren wollte als nur Verena Carstens Adresse«, erwiderte Werner, die Augen auf die Straße gerichtet, und lenkte den Wagen in einem eleganten Bogen um die Toreinfahrt.

»Ach, und was hast du herausgefunden?«

»Einiges über Pater Kadamczik. Stammt aus einem Elternhaus der oberen Mittelschicht. Bildungsbürgertum. Er war das einzige Kind. Mit zwanzig Eintritt in den Orden. Glänzende Examina. Wissenschaftlich und musisch hoch begabt. Zusatzstudien an kirchlichen Eliteuniversitäten in Rom und in Jerusalem. Promotion in Exegese Altes Testament summa cum laude mit siebenundzwanzig Jahren. Habilitation mit dreißig. In der Fachwelt und von Rom hoch geschätzt ...«

»Bei den Meinungen, die Kadamczik vertrat, wundert es mich nicht, dass Rom ihn schätzte«, sagte ich. »Was die Fachwelt betrifft, schon eher. Ich habe seinen Vortrag ja nicht völlig verstanden. Aber das, was ich verstand, erschien mir nicht besonders wissenschaftlich. Ich muss Verena Carsten Recht geben, dass ...«

»Ach ja, *deine* feministische Theologin.« Werners Hand klopfte auf das Lenkrad.

»Verena Carsten ist nicht *meine* feministische Theologin.«

»Sie hat den falschen Vortrag eingereicht.«

»Wie bitte?«

»Sagte ich doch gerade. Pater Kollmann hat mir erklärt,

dass sich üblicherweise Referent und Koreferent vor einer Tagung die Referate zuschicken.«

»Weiß ich. Ich habe auch einmal studiert.«

Werner ließ sich nicht aus der Ruhe bringen: »Sie hat einen anderen Vortrag eingereicht als den, den sie heute Nachmittag gehalten hat. Einen – wie sich Pater Kollmann ausdrückte – ›seriösen, wissenschaftlich fundierten Vortrag, der mit der Exegese des Alten Testaments in Einklang steht‹.«

»Hat sie tatsächlich?« Ich grinste.

Werner wandte die Augen von der Straße ab und sah mich mit hochgezogenen Brauen an: »Findest du das etwa wissenschaftlich – einen falschen Vortrag einzureichen?«

»Ich schätze, das war Notwehr. Wenn die Hochschulleute den Vortrag zuvor gekannt hätten, hätten die sie doch nie und nimmer referieren lassen.«

Werner stöhnte unwillig. Er fuhr schnell. Schneller als es die Geschwindigkeitsbegrenzung erlaubte. Die Straßen waren immer noch leer.

»Pater Kadamczik soll sich übrigens für die Verständigung zwischen Kunst und Kirche eingesetzt haben und von der Kunstszene sehr geschätzt worden sein. So Pater Kollmann. Was meinst du dazu?«

Ich dachte an das attraktive, herrische Gesicht. Die geschickte Selbstinszenierung am Redner-Pult und das Triptychon, das in seinem Zimmer hing. An diese schimmernden Gelbtöne ...

»Doch«, sagte ich langsam. »Ich glaube, dass Kadamczik etwas von Kunst und der Kunstszene verstand.«

Werner grinste ein wenig: »Pater Kollmann schien darüber nicht recht glücklich zu sein. Er meinte, es gäbe noch einen anderen ›Mitbruder‹, der eine ›Neigung zur Kunst‹ habe. Einen Maler. Hat sich angehört, als hätte dieser Pater eine ansteckende Krankheit.«

»Ist ja interessant.« Ich beschloss, mit diesem Maler-Pater möglichst bald zu reden.

»Achte mal bitte auf den Weg«, sagte Werner unvermittelt. »Baunscheidtstraße – das müsste ganz in der Nähe sein.«

Ich beugte mich zur Windschutzscheibe vor, um die Straßenschilder besser lesen zu können. Den Namen entzifferte ich erst, als wir schon fast an der Straße vorbeigefahren waren. Werner murmelte, dass auf meine Orientierung nie Verlass sei, bremste und fuhr ein Stück zurück.

Die Baunscheidtstraße war eine schmale Straße, an beiden Seiten mit Ebereschen bepflanzt. Die Häuser waren mehrstöckig, alt und wirkten gutbürgerlich. Die Nummer acht, in der Verena Carsten wohnte, war ein roter Backsteinbau mit weißen Sprossenfenstern und einem Erker, der sich vom ersten Stock bis zum Dachgeschoss erstreckte.

Werner und ich öffneten das leise knarrende Tor eines weißgestrichenen Holzzaunes und gingen über unebene, feuchte Steinplatten zur Haustür. Der Vorgarten machte einen gepflegten Eindruck, der Anstrich der Haustür war makellos, die Glasscheibe sauber. Laut den Schildern über den Klingeln wohnten acht Parteien im Haus. Werner drückte den Knopf, der sich unter Verena Carstens Namensschild befand. Von ferne hallte das Geräusch im Haus wider.

Ein Mann, der einen Hund an der Leine hielt, kam die Treppe hinunter und öffnete die Haustür. Er betrachtete uns verwundert, hielt uns jedoch die Tür auf. Wir gingen ins Haus. Verena Carsten wohnte im zweiten Stock. Wieder drückte Werner die Klingel. Wieder war das Geräusch zu hören, lauter jetzt als zuvor, aber ebenso erfolglos.

Dann flog die Tür der Nachbarwohnung auf und eine ältere, gut gekleidete Dame lief rasch auf uns zu. Ich dachte, sie würde sich wegen des Lärms beschweren. Aber sie lächelte uns an: »Wie gut, dass ich Sie gehört habe. Sie sind sicher Herr und Frau Franzen ... Frau Carsten ist immer noch nicht zu Hause. Sie hat mir einen Schlüssel gegeben und mich gebeten, Sie einzulassen.«

Werner sagte, wobei er den Blickkontakt mit mir vermied: »Wann wollte Frau Carsten, ähm, Verena denn nach Hause kommen?«

»Oh, sie meinte, so gegen sieben Uhr. Sie musste heute Nachmittag einen Vortrag halten. Aber das wissen Sie ja ...

Und für den Fall, dass die Tagung länger dauern sollte, hat sie mir den Schlüssel gegeben. Ja, ich weiß auch nicht, wo sie bleibt. Mittlerweile ist es nach zehn ...« Die ältere Dame schüttelte den Kopf. »Warten Sie, ich hole Ihnen den Schlüssel.«

Sie ging eilig in ihre Wohnung. Werner räusperte sich.

»Ach«, meinte ich. »Hast du mir nicht früher vorgehalten, dass meine Methoden ab und zu hart am Rande der Legalität lägen?«

Werner zuckte die Schultern: »Es zwingt dich niemand, mit in die Wohnung zu kommen.«

»Und es fällt natürlich überhaupt nicht auf, wenn ich hier im Treppenhaus stehen bleibe ...«

Werner grinste: »Doch, es fällt natürlich auf. Also hast du einen guten Grund, mit reinzugehen. Du musst mich decken.«

Die alte Dame kehrte zurück und Werner nahm dankend den Schlüssel entgegen.

Verena Carstens Wohnung war mit Parkett ausgelegt, hell und geräumig. Einen Teil der großen Diele trennten Schiebetüren ab. Den Raum dahinter nutzte Verena Carsten als Kleiderschrank. Einige Koffer und eine Reisetasche lagen auf dem Boden. Auch an Kleidung und Schuhen schien nichts zu fehlen. Nein, kein Hinweis darauf, dass die Wohnungsbesitzerin zu einer Reise aufgebrochen war.

Die Küche war aufgeräumt. Nicht einmal Frühstücksgeschirr stand in der Spüle. Aber vielleicht hatte sie die Küche deshalb so sauber hinterlassen, weil sie Besuch erwartete. Das Schlafzimmer war klein und wurde völlig von einem breiten Bett beherrscht. Den schmalen Raum zwischen dem Bett, der rückwärtigen Wand und den beiden Seitenwänden überbrückten genau eingepasste Holzbretter. Zwischen Büchern, die sich dort stapelten, einigen dünnen Schals und Schmuckstücken standen eine rote Azalee, eine benutzte Kaffeetasse und ein Teller voller Krümel. Das Bett war nicht gemacht.

Das Wohnzimmer wurde von einem dieser breiten Sofas dominiert, die dazu einladen, sich in eine Decke zu kuscheln und ein Buch in die Hand zu nehmen. Auf dem Glastisch davor lag eine Schachtel Zigarillos. In dem hochstieligen Glas neben der Zigarillo-Packung befand sich ein Rest Rotwein.

Eine vierte Tür führte von der Diele in ein winziges Badezimmer. Auch hier deutete nichts draufhin, dass Verena Carsten verreist sein könnte: Zahnbürste und -pasta lehnten in einem roten Plastikbecher. Werner öffnete die fünfte und letzte Tür. Abrupt blieb er stehen. Neugierig kam ich näher.

Wütend sagte er: »Das sieht dieser Frau ähnlich.«

Wir befanden uns in einem kleinen Arbeitszimmer, und als Werner nun ein wenig zur Seite ging, erkannte ich, was seinen Unwillen erregt hatte: die perfekt ausgeleuchtete Schwarzweißfotografie eines antiken Torsos. Sie zeigte zwei pralle männliche Hoden auf einem Podest. So fein war die Auflösung des Fotos, dass die körnige, von der Sonne erwärmte Oberfläche des Steins ertastbar schien. Allerdings machte sie auch die Verletzung der Plastik besonders deutlich: Dort, wo sich der Penis hätte befinden müssen, befand sich nur eine unebene Fläche.

»Na«, meinte ich, »ist doch ein wunderbares Symbol für den Niedergang des Patriarchats.«

»Inspiriert diese Frau wohl bei ihren wissenschaftlichen Arbeiten.« Werner beugte sich vor und drückte die Wiedergabe-Taste des Anrufbeantworters, dessen Lämpchen blinkte.

Eine Frauenstimme meldete sich: Sie und Michael könnten heute leider nicht kommen. Die vereisten Straßen ... Und sie würde morgen noch einmal versuchen, Verena Carsten zu erreichen.

Die nächste Stimme war eigentümlich verwaschen, weder eindeutig männlich, noch weiblich. Sie sagte: »Du hast Pater Kadamczik umgebracht. Ich weiß es. Du bist die Mörderin.«

Werner und ich starrten uns an. Noch einmal drückte Werner die Wiedergabe-Taste. Kein Zweifel, wir hatten uns nicht verhört. Dann sagte ich: »Ich glaube, dieser Fall macht mich früher oder später wahnsinnig.«

Ich will meinen glühenden Zorn nicht vollstrecken und Ephraim nicht noch einmal vernichten. Denn ich bin Gott, nicht ein Mann, der Heilige in deiner Mitte.

»Du wirst mir doch aber sicher zustimmen, dass der Mord an Kadamczik auf irgendeine Weise mit der Bibel bzw. diesem Vortrag heute Nachmittag zusammenhängt«, sagte ich eine Weile später, als Werner und ich durch die neblige Nacht zurück zur Hochschule fuhren. Zuvor hatten wir uns gestritten, wie die weiteren Ermittlungen verlaufen sollten. Ich wollte mehr über die betreffenden Bibelstellen im Richter- und Hosea-Buch und über Kadamcziks Arbeit als Wissenschaftler herausfinden. Werner dagegen war der Meinung, dass wir erst einmal das Umfeld des Paters überprüfen müssten.

Er warf mir einen raschen Blick von der Seite zu: »Na und? Diese Bibelseiten, auf denen Kadamcziks Kopf lag, und diese Stelle aus dem – wie hast du gesagt, Richter-Buch? – auf die sein nackter Hintern anspielen mag: Das können auch falsche Fährten sein.«

Ich seufzte: »Tatsächlich? Und wenn es sich um eine falsche Fährte handelt, dann hatte Kadamcziks Mörder einen Grund, sie zu legen. Auch eine falsche Fährte führt zum Täter ...«

Amüsiert meinte Werner: »Ach, du deduzierst? Ist deine alte, unglückliche Liebe zur Literaturwissenschaft wieder einmal erwacht?«

»In mir ist keine ›alte, unglückliche Liebe‹ erwacht. Die Literaturwissenschaft war niemals meine ›unglückliche Liebe‹ ...«

»Ach, ich glaube, da machst du dir etwas vor ...«

»Quatsch. Vielleicht könnten wir uns ja darauf einigen, dass auch eine falsche Fährte zu dem führt, der sie gelegt hat. Und dass es deshalb wichtig ist, ihr nachzugehen.«

Werner zuckte die Achseln: »Viel Spaß beim Gespräch mit Vitello, dem Exegese-Spezialisten.«

Pater Vitello hatte seinen Schaukelstuhl verlassen und sich hinter den Schreibtisch zurückgezogen. Er saß aufrecht, den Kopf ein wenig nach vorn geneigt. Die altertümliche Schreibtischlampe aus rotem, emailliert wirkenden Metall beschien die Bücher- und Blätterstapel, die sich vor ihm auf dem Tisch türmten. Vitello musste das Geräusch meiner Schritte auf dem kahlen Boden gehört haben, aber er blickte erst auf, als ich direkt vor ihm stand.

»Oh, Verzeihung, ich war so in meine Arbeit vertieft.« Er bemühte sich um ein entschuldigendes Lächeln.

Ich konnte jetzt den Tisch überblicken. Nur in seiner Mitte war ein freier Raum geblieben. Hier standen Computerbildschirm, -tastatur und -festplatte. Und hier ruhten Vitellos Hände neben einem ordentlich gestapelten Manuskript.

»Nehmen Sie doch bitte Platz.« Er deutete zur Sitzgruppe hinüber, die von einer Stehlampe ausgeleuchtet wurde, und kam mit ein wenig schwerfälligen Schritten hinter dem Schreibtisch hervor. Wir verließen den einen Lichtkreis und traten in den anderen. Vitello setzte sich in seinen Schaukelstuhl und begann, die Hände auf dem Bauch gefaltet, sachte vor- und zurückzuwippen.

Auf seinem Gesicht stand immer noch das entschuldigende Lächeln: »Sie denken sicher, sein Mitbruder wurde ermordet und er, er sitzt an seinem Tisch und arbeitet, als sei nichts geschehen.« Die Hände lösten sich und flatterten empor: »Aber wir sind es gewohnt zu arbeiten und, glauben Sie mir, Arbeit ist manchmal das beste Heilmittel gegen den Schock. Pater Kadamczik hätte es auch nicht gutgeheißen, wenn wir unsere Pflichten vernachlässigten. Der Artikel muss morgen früh in den Postausgang.«

Ich gab die Höflichkeitsfloskel von mir, dass ich nicht beabsichtigte, ihn lange aufzuhalten, dachte, dass ich wohl nicht auf die Idee verfallen würde, meine berufliche Tätigkeit als Therapie gegen einen Schock zu nutzen, und bat: »Könnten Sie mir etwas über das Hosea-Buch und den Streit heute Nachmittag erzählen?«

»Oh Gott, Sie vermuten doch nicht, dass Frau Carsten in irgendeiner Verbindung zum Tod von Pater Kadamczik steht?« Eine seiner Hände hob sich zur Stirn. Sein Blick war erschrocken.

»Ich vermute gar nichts. Ich versuche nur zu verstehen, was geschehen ist. Und dazu benötige ich einige Informationen über das Buch und die Tagung. Sie müssen sich vor Augen halten, ich bin Laiin auf diesem Gebiet.«

»Nun, dann werde ich gewissermaßen bei Adam und Eva anfangen müssen.« Vitellos Lächeln war nun nicht länger entschuldigend, sondern eher ein wenig zaghaft. Er erzählte von den Königen David und Salomo, von einem Nord- und einem Südreich und nannte die Namen vieler anderer Könige, die mir nicht im Gedächtnis geblieben sind. Er erzählte von Kriegen, Thronräubern und Königsmördern, erzählte vom Auf- und Niedergang gewaltiger Reiche und den Höhen und Tiefen menschlicher Leidenschaften. Währenddessen wippte sein Körper im Schaukelstuhl vor und zurück und das sanfte Lächeln wich nicht von seinem Gesicht.

Ich hörte Vitello zu, ließ die Geschichten, getragen vom dünnen Rinnsal seiner Stimme, an mir vorübertreiben. Den schaukelnden Körper anzusehen machte mich nervös und ich begann, das Zimmer zu betrachten. Auch hier waren die Regale, die alle vier Wände bedeckten, maßgeschreinert. Doch anders als in Kadamcziks Zimmer bestanden sie aus einem schweren, dunkelbraunen Holz. Buchrücken bildeten schwankende Gruppen. Die Lücken zwischen ihnen füllten Aktenordner, Papierstapel und einzelne Blätter, da und dort ausgelegt. Wie helle Brücken, die die Leerräume überspannen sollten.

Vor dem Fenster bauschte sich ein gelblicher Vorhang und versperrte die Sicht nach draußen. Das Einzige, was dem Raum eine Ahnung von Gemütlichkeit verlieh, waren ein grün glasiertes Teeservice und einige bunte Blechdosen, die auf einem Regalbrett in der Nähe des Schaukelstuhls standen. Und auf dem Brett darunter entdeckte ich eine kleine, schwarze Spielzeug-Lokomotive, die sich, ein paar Wägelchen hinter sich herziehend, anschickte, einen Papierstapel zu erklimmen.

»Der Prophet Hosea wirkte etwa um die Mitte des achten,

vorchristlichen Jahrhunderts im Nordreich, das Israel genannt wurde.«

Hosea – die eintönig dozierende Stimme erinnerte mich wieder daran, weshalb ich eigentlich in diesem Zimmer saß. Ich gab ein, wie ich hoffte, interessiert klingendes »Ah ja ...« von mir.

»Die politische Situation des Nordreichs war zu jener Zeit sehr angespannt. Die Großmacht Assur bedrohte das Reich.«

Im Geist sah ich eine Hand voll rostiger Panzer Stellung beziehen.

»Auch moralisch und religiös lag das Land darnieder.«

Ein paar Ehebrüche und der Sonntagsgottesdienst wurde wahrscheinlich auch vernachlässigt.

»In dieser Situation erreichte die Berufung den Propheten.« Einen Moment hörte der Schaukelstuhl auf zu wippen und das entschuldigende Lächeln huschte wieder über Vitellos Gesicht: »Sie können dies wahrscheinlich nur schwer verstehen: Berufung ...«

»Ja, kann ich nicht ...« Meine Güte, er würde doch nun hoffentlich nicht damit beginnen, mir die Geschichte seiner Berufung darzulegen.

Doch der Schaukelstuhl begann erneut langsam vor- und zurückzuschwingen. Ein schwer deutbares Lächeln verblieb auf Vitellos Gesicht: »So begann der Herr durch Hosea zu reden. Der Herr sagte zu Hosea: Geh, nimm dir eine Kultdirne zur Frau und zeuge Dirnenkinder! Denn das Land hat den Herrn verlassen und ist zur Dirne geworden.«

Ich konnte nicht mehr recht folgen: »Diese Kultdirne, ist sie die Prostituierte, die der Prophet geheiratet hat?«

Vitellos locker ineinander gelegte Finger fassten sich fester: »Nun, ähm, Prostituierte ist wohl keine unbedingt treffende Bezeichnung ... In der Exegese gibt es verschiedene Theorien über die Gattin des Propheten. Recht einheitlich ist die Meinung mittlerweile dahingehend, dass diese Frau wohl an einem einer Göttin geweihten Tempel Dienst getan hat. Was dieser Dienst nun im Einzelnen beinhaltet haben mag, darüber gehen die Meinungen allerdings auseinander.«

Vitellos Blick streifte mich rasch und wanderte dann mit

einem nervösen Augenaufschlag wieder hinab zu seinen Händen: »Wenn diese Frau Prostitution betrieben haben sollte, dann im Rahmen eines Kults. Eingebettet in eine, wenn auch falsche, aber dennoch spirituelle Dimension.«

Ich verstand immer noch nicht: »Dieser von Gott berufene Prophet ... Er ist doch so etwas wie ein Priester ... Wie konnte er dann heiraten? Noch dazu eine Frau von, aus Sicht der Kirche, nicht einwandfreiem Ruf?«

»Aber nein!« Vitello schüttelte den Kopf und blickte mich groß und verwundert an. Er erzählte mir etwas von einem Konzil im dreizehnten Jahrhundert nach Christus. Von einem erst ab diesem Zeitpunkt für Priester verpflichtenden Zölibat. Und zur Zeit des Alten Testaments sei sowieso alles völlig anders gewesen ...

Sein im Schaukelstuhl zusammengesunkener Körper hatte sich währenddessen wieder ein wenig aufgerichtet, als Vitello meinte: »Außerdem, bedenken Sie, der Prophet nahm Gomer, das ist der Name der Kultdirne, nicht aus eigenem Willen zur Frau. Er ehelichte sie, lebte mit ihr, weil er dadurch eine symbolische Handlung vollziehen sollte.«

»Wie bitte?«

Vitello lächelte entschuldigend: »Die so genannte Sintflut – sagt Ihnen der Begriff ›Sintflut‹ etwas?«

»Noah und die Arche voller Tiere? Von jeder Tierart Männlein und Weiblein?«

»Nun ja, so ähnlich ...« Vitello räusperte sich: »›Sintflut‹ ist gewissermaßen der volkstümliche Name für eine Erzählung, die ihre Wurzeln in einem ursprünglich babylonischen Mythos gehabt haben mag. Nun, die Hintergründe der Geschichte sind für das, was ich Ihnen erklären möchte, ohne Belang. Von Bedeutung ist: Am Ende der ›Sintflut‹ schließt Gott mit Noach einen Bund. Gott setzt – so der biblische Erzähler – einen Bogen in die Wolken. Dieser soll das Zeichen des Bundes zwischen Gott und Noachs Nachkommen sein. Gott verspricht, dass niemals wieder eine Flut die Nachkommen Noachs vernichten wird und gleichfalls nicht die Nachkommen des Getiers, das auf der Arche die Wasser überdauert hat.«

Bogen in den Wolken, überschwemmtes Land ... Ich stellte mir die Wasseroberfläche vor, schwarz verfärbt von durch Wolken brechendem gleißendem Licht, und die leuchtende Säule eines Regenbogens, der sich in den Himmel emporschwang.

»Nun, dies sind natürlich nur Bilder. Dahinter verbirgt sich eine komplizierte Theologie, die sich über einen langen Zeitraum hinweg entwickelt hat.«

Ich seufzte innerlich. Sonne und Wolken verblassten.

»Im Buch des Propheten Hosea, darauf möchte ich hinaus, versinnbildlicht sich dieser Bund in einer neuen, bis dahin unerhörten Form.« Die Bewegung des Schaukelstuhls hatte ausgesetzt. Vitellos Augen waren mit einem erwartungsvollen Ausdruck auf mich gerichtet.

»Ja?«

»Dem der Liebe.«

»Oh ...«

»Bild dieser neuen Ausdrucksform ist die Ehe.«

»Die Ehe ...«

»Ja, deshalb nimmt der Prophet Gomer zur Frau. Denn in dieser Ehe soll sich der Ehe-Bund versinnbildlichen, den Gott mit seinem Volk Israel geschlossen hat. Der exegetische Fachausdruck dafür lautet: Symbolische Zeichenhandlung ...«

»Sie wollen damit sagen, Gott benutzt diesen Propheten und der Prophet benutzt die Frau ...«

»Wir sind alle Seine Werkzeuge.«

Ich starrte ihn an. Stille füllte den Raum. Vitellos Körper war in sich zusammengesunken. Ein ruhender Erdrutsch aus schwerem Fleisch. Den Kopf hielt er gesenkt. Die Finger seiner über dem Bauch gefalteten Hände griffen wieder fest ineinander. Ich bemerkte plötzlich, dass mich der Mann deprimierte. Dann brach das leise, knirschende Geräusch von Holz, das gegen Holz rieb, die Stille. Der Stuhl bewegte sich wieder.

Ich zuckte die Achseln: »Nun, wenn Sie das glauben wollen ...«

Vitello hob den Kopf. Einen Augenblick schien sein Gesicht ausdruckslos. »Sie dürfen nicht vergessen, dass Gott die Liebe ist. Von der Liebe handelt auch das Hosea-Buch. Es ist die Liebe zu Seinem Volk, die Gott dazu treibt, den Propheten zur Heirat mit Gomer zu veranlassen.« Vitellos Hände lösten sich und rieben aneinander. Das Vor- und Zurückschwingen des Stuhles, so schien es mir, beschleunigte sich. »Das Hosea-Buch erzählt uns – lassen Sie mich diesen Ausdruck benutzen – unter anderem zwei Liebesgeschichten. Die der Liebe Gottes zu Seinem Volk und die der Liebe des Propheten zu seiner Frau. Eine versinnbildlicht sich durch die andere.« Vitello blickte mich fragend an.

Ich nickte: »Die logischen Abläufe dieser Geschichte begreife ich.«

»Nun«, Vitello hüstelte, »wie soll ich mich ausdrücken? Gomer geht ›fremd‹. Sie lässt sich mit anderen Männern ein, nimmt sich Liebhaber. Und dasselbe gilt auch für das Volk Israel. Auch Israel betrügt Seinen Gott, indem es andere Gottheiten anbetet.«

Ich erinnerte mich an das Video von dem Vortrag: »Die Göttinnen-Statuen, die Pater Kadamczik zeigte?«

»Genau. Kanaanäische Fruchtbarkeitsgöttinnen beispielsweise. Hosea droht Gomer an, sie vor ›den Augen ihrer Liebhaber bloßzustellen‹. Gleichzeitig ist es Gott, der all dies Seinem Volk androht. Sie verstehen ...?«

»Der Prophet symbolisiert also Gott und die Frau das sündige Volk?«

»Ja, genau.« Vitello lächelte mich erleichtert an.

Ich beugte mich vor, sah ihm fest in die Augen und sagte eisig: »Ein Mann, der seine Frau schlägt. Oder, wenn Sie es feiner haben möchten: Nehmen Sie die Literatur. Othello, ein vor Eifersucht Wahnsinniger ...«

»Aber um Himmels willen! Sie simplifizieren ... So dürfen Sie das nicht sehen!« Der Schaukelstuhl stand still. Vitellos Hände beschrieben in Höhe der Brust Halbkreise. Sein schwerer Körper war auf dem Sitz nach vorne gerutscht und neigte sich mir beschwörend zu. Er wirkte aufrichtig entsetzt.

Ich war überrascht. Unter den Hüllen aus Trägheit und Fett schien es also doch so etwas wie Leidenschaft zu geben. Fehlgeleitet, aber immerhin.

Da ich weder die Zeit hatte, noch Lust verspürte, über Gott und die Liebe zu diskutieren, beschloss ich, das Gespräch wieder auf Pater Kadamczik und die Stunden vor dem Mord zu lenken. »Der Streit zwischen Pater Kadamczik und Verena Carsten hat sich doch vor allem an einer Bibelstelle entzündet«, sagte ich. »Es ging um eine Übersetzung. Irgendetwas mit ›Mann‹ und ›Mensch‹. Ich habe das nicht so recht verstanden ...«

Vitellos Körper entspannte sich. Er fand ins Wippen zurück: »Gewiss ja. Ich wäre noch darauf zu sprechen gekommen. Es ist wirklich höchst bedauerlich, dass sich Frau Carsten zu diesem Ausbruch hat hinreißen lassen. Und auf eine höchst subjektive – um nicht zu sagen, unwissenschaftliche Weise – an die Texte herangegangen ist.«

Ich räusperte mich: »Wenn Sie mir die Übersetzung erklären könnten ...«

»Nun, der eigentliche Streit ergab sich aus dem Kapitel Hosea 11 Vers 19b. Genau genommen betraf der Streit die korrekte Übersetzung eines Wortes. Das Wort ›isch‹ kann nämlich im biblischen Hebräisch sowohl ›Mann‹ als auch ›Mensch‹ bedeuten. Man kann durchaus sagen, dem Wort kommt eher die Konnotation ›Mann‹ als ›Mensch‹ zu. Außerdem gibt es im Hebräischen noch das Wort ›adam‹, das in der biblischen Verwendung der Sprache dieselbe Bedeutung wie ›isch‹ hat, nur gewissermaßen mit umgekehrten Vorzeichen. ›Adam‹ steht in der Regel eher für ›Mensch‹ als für ›Mann‹.«

»Ich verstehe.«

»Bei dem erwähnten Vers 11,19b verhält es sich allerdings umgekehrt. Dort steht das Wort ›isch‹. Der Zusammenhang legt es jedoch nahe, ›isch‹ mit ›Mensch‹ statt mit ›Mann‹ zu übersetzen.«

Ich rief mir wieder das Video ins Gedächtnis. Verena Carstens tiefe, ein wenig heisere Stimme, die gesagt hatte: Denn Gott bin ich und kein Mann.

»Ah ja. Sie übersetzen also anders als Frau Carsten und übereinstimmend mit Ihrem Kollegen Pater Kadamczik: Denn Gott bin ich und kein Mensch.«

»Richtig.« Vitello strahlte mich an.

»Aber eben sagten Sie doch, ›isch‹ bedeute in erster Linie Mann. Und im hebräischen Text stehe ›isch‹ ...«

»Gewiss. Aber Sie müssen den Kontext berücksichtigen, in dem dieser Vers steht. Gott ist eben Gott und kein Mensch. Deshalb ist es nicht notwendig, ihn vom männlichen oder weiblichen Geschlecht abzuheben. Er ist der ›ganz Andere‹.«

»Aha, sobald die Göttlichkeit die Männlichkeit kritisch hinterfragt, zählt plötzlich das allgemein Menschliche ...«

»Liebe Frau Strykowski, ich fürchte, Sie sind nicht ganz unvoreingenommen.« Vitellos Hände flatterten bittend.

Ich besann mich darauf, dass ich nicht als Privatperson, sondern sozusagen amtlich in diesem Zimmer saß, und verkniff mir daher die Antwort: »Nicht mehr als Sie und Ihre Kollegen.«

Ich erhob mich, gab ein paar höfliche Worte von mir und dankte Vitello für seine Hilfe. Als ich gerade das Zimmer verlassen wollte, fiel mein Blick noch einmal auf die Spielzeug-Lokomotive, die den Papierstapel erklomm. Aus einer Laune heraus fragte ich: »Sie mögen Züge?«

Etwas in Vitellos Gesicht leuchtete auf. Mit einer raschen Bewegung hob er seinen Körper aus dem Schaukelstuhl, der, des Gewichts beraubt, heftig vor- und zurückschwang, und drehte sich zum Regal um. Mit einer beinahe zärtlich anmutenden Bewegung griff er nach der Lokomotive, nahm sie in beide Hände und begann verschiedene Loktypen und Spurbreiten aufzusagen. Das Lächeln, mit dem er mich ansah, war scheu. Wie das eines Sammlers, der nicht recht weiß, ob das ihm kostbarste Stück beim Betrachter auf Interesse stoßen wird.

Plötzlich sagte er: »Nennen Sie mir irgendeinen Ort, an den Sie reisen möchten. Ich stelle Ihnen die Zugverbindung zusammen.«

Ich war überrascht und musste einen Augenblick lang überlegen. »Kassel«, erklärte ich dann ein wenig amüsiert. »Nennen Sie mir eine Zugverbindung nach Kassel. Die Straßen dort oben sind vereist.«

»Die nächstmögliche Verbindung?«

Ich nickte.

Die genaue Antwort habe ich vergessen. Ich erinnere mich aber, dass Vitello mir auf die Minute genau die Abfahrtszeit nannte und dass ich, wenn ich mich beeilt hätte, den letzten Zug am Bahnhof noch hätte erreichen können.

Vitello freute sich und ich fragte, ein wenig gegen meinen Willen: »Welche Zugverbindung würden Sie wählen?«

Seine Augen verloren ihr Leuchten: »Wohin ich möchte?« Er zögerte.

Ich nickte ihm aufmunternd zu.

Sanft tastend strichen seine Hände über den Zug. Langsam erwiderte er: »Rom und Ostia Antica jetzt im Vorfrühling ... warmer Stein ...« Dann straffte er sich: »Aber dies ist natürlich unmöglich. Die Arbeit ... Das sind nur unnütze Tagträumereien.«

Rom ... Ich betrachtete sein kindliches Gesicht und die Augen, die verlegen zwinkerten, und dachte, dass er froh sein konnte, wenn er es bis Südtirol schaffte.

Dennoch sagte ich: »Kommen Sie, stellen Sie sich eine Zugverbindung zusammen.«

Vitello lächelte unsicher, aber er begann, während er immer noch die Lok in seiner Hand streichelte, eine Verbindung aufzusagen. Auch er hätte seinen Zug noch erreichen können.

»Also«, meinte ich, »wir fahren gemeinsam zum Bahnhof. Ich steige in den Zug nach Kassel und Sie nehmen den nach Rom.«

Vitellos Gesicht spiegelte jähe Abwehr.

Doch bevor ich etwas erwidern konnte, hörte ich Werner hinter mir: »Jakoba ...« Er war unbemerkt in die offene Tür getreten. Missbilligend musterte er mich und bat mich, ihm zu folgen.

»Versäumen Sie Ihren Zug nicht.« Ich nickte Vitello zu.

Er schüttelte kaum merklich den Kopf und stellte das Spielzeug zurück ins Regal.

»Kassel«, sagte Werner, als ich ihn eingeholt hatte. »Du bist wohl nicht ganz bei Trost. Komm mal mit zu Kadamcziks Zimmer.«

Nun läßt du, Herr, deinen Knecht in Frieden scheiden. Denn meine Augen haben das Heil gesehen, das du vor allen Völkern bereitet hast.

Joost saß am Schreibtisch in Kadamcziks Zimmer. Seine zerwühlten Haare standen nach allen Seiten ab. Gedankenverloren spielte er mit einer der Versteinerungen, die neben dem Gesteck in der schwarz glasierten Vase lagen. Mit einem für seine Verhältnisse ungewöhnlich melancholischen Blick betrachtete er den Computerbildschirm.

»Was ist los?« fragte ich und beugte mich über Joosts Schulter. Er klickte das Dateiverzeichnis an. Es war leer, sämtliche Dateien gelöscht.

»Oh«, sagte ich. »Lässt sich herauskriegen, wann die Dateien gelöscht wurden?«

Joost schüttelte stoisch den Kopf: »Nein. Jedenfalls nicht sofort. Wir müssten die Festplatte einer Spezialfirma übergeben. Und das kostet Zeit«

»Habt ihr denn herausbekommen, wann Kadamczik zum letzten Mal an seinem Computer gearbeitet hat?«

»Laut Schwester Agnes auf jeden Fall noch heute Vormittag. Als sie ins Zimmer kam, um ihm frischen Kaffee zu bringen, saß er vor dem Computer.«

Lieber Himmel, Schwester Agnes ... Die Patres konnten einem direkt Leid tun: Big sister is watching you ...

»Gibt es Disketten?«

»Falls es welche gab, sind sie verschwunden«, ließ sich Werner vernehmen.

»Seid ihr euch sicher, dass ihr sie nicht übersehen habt?«

Joost verdrehte die Augen und gab der Versteinerung einen Schubs, so dass sie über die Schreibtischplatte schlitterte. »Wir haben sie nicht übersehen. Schwester Agnes hat uns erzählt, dass Pater Kadamczik die Disketten in zwei Plastikboxen aufbewahrte, die neben dem Computer standen. Siehst du hier irgendwelche Plastikboxen?«

»Woher weiß Schwester Agnes, wo Kadamczik seine Disketten aufbewahrte?«

Joost grinste: »Sie macht hier manchmal sauber, wenn die anderen Nonnen zu viel zu tun haben.«

»Ah ja ...«

»Tja, Jakoba, mancherorts funktioniert die Rollenverteilung halt noch.« Das kam von Werner.

Ich ignorierte ihn und fragte Joost: »Fehlt außer den Disketten noch etwas?«

Er lehnte sich in seinem Stuhl zurück und verschränkte die Arme hinter dem Kopf: »Persönliche Papiere.«

»Persönliche Papiere?«

»Ja.« Joost hob die Augenbrauen. »Kein Pass, kein Impfschein, keine Kontoauszüge, keine Briefe ... Das meine ich mit persönlichen Papieren.«

Ich setzte mich auf die Schreibtischkante und nahm nun auch, ohne mir dessen recht bewusst zu sein, eine der Versteinerungen in die Hand. Gedankenverloren folgte ich mit meinen Fingern den Linien, die vor Millionen von Jahren eine Schnecke im Lehm hinterlassen hatte. »Was meint Schwester Agnes zu den fehlenden Papieren?«

Werner sagte: »Oh, sie hat erklärt, sie hätte keine Ahnung, wo Pater Kadamczik seine persönlichen Dinge aufbewahrte.«

Ich schüttelte den Kopf: »Das nehme ich der Nonne nicht ab!«

»Glaube ich ihr auch nicht.« Werner grinste mich an.

Unwillkürlich lächelte ich zurück und spürte unsere alte, selbstverständliche Übereinstimmung. Ich räusperte mich: »Wer hatte eigentlich Zugang zum Computer?«

»Ach«, sagte Joost wegwerfend. »Jeder, der das Ding einschalten kann. Kann ich ja nicht verstehen, weshalb jemand kein Password benutzt. Scheint aber so Sitte an dieser Hochschule zu sein.«

»Woher weißt du das?«

»Von dieser Niemaier und dieser Schwester Agnes ...«

»Schwester Agnes kannte sich mit Kadamcziks Computer aus?«

Joost schüttelte den Kopf: »Nicht direkt ... Sie meinte aber, Pater Kollmann, ihr Chef, würde auch kein Password benutzen. Und schließlich sei das ja auch an dieser Hochschule nicht nötig: ›Hier vertraut jeder jedem.‹ Diese Niemaier bestätigte dann: Kadamczik hatte kein Password.«

»Gut«, Werner zuckte die Schultern. »Im Grunde genommen kann ja auch niemand außer den Patres an die Computer ran. Und wenn sie nicht in ihrem Büro sind, schließen sie den Raum ab.«

»Aber ...« Joost verlagerte seine entspannte Sitzhaltung und beugte sich angeregt nach vorne.

Ich verspürte keine Lust auf eine Grundsatzdiskussion über Computer-Passwörter und gähnte: »Habt ihr eigentlich schon mit Margarethe Niemaier darüber gesprochen, ob Kadamcziks Manuskripte noch alle vorhanden sind?«

Joost schüttelte den Kopf.

»Dann tut das bitte jetzt. Ihr habt sie hoffentlich noch nicht gehen lassen?«

Joost verneinte und Werner fragte spöttisch: »*Wir* sollen mit Margarethe Niemaier reden?«

»Ja, denn ich werde dieses Kloster umgehend verlassen. Wenn ich dich daran erinnern darf – eigentlich habe ich Urlaub. Außerdem werde ich mich zu Hause der Bibel widmen.«

Ich nickte ihm freundlich zu und lief zur Tür. Wieder hielten mich die Bilder auf. Ich blieb stehen, einen Augenblick lang versunken in dieses schimmernde, aus sich selbst lebende Gelb. Und wieder fragte ich mich, ob das Gelb unter der Schwärze des mittleren Bildes hervorbrach oder ob die Schwärze sich anschickte, das Gelb zu ersticken.

Der lange, graue Flur brachte mich in die Gegenwart zurück. Ich gähnte erneut und war froh, diese Hochschule endlich verlassen zu können. Ich hatte bereits die kleine Halle neben der Kirche erreicht, wo mir vor Stunden der Greis begegnet war, als mir einfiel, dass ich etwas vergessen hatte. Flüchtig sah ich zum Aufzug hinüber. Die Kabine stand im Erdgeschoss. Aber ich traute ihm nicht mehr, benutzte stattdessen die Treppe.

Das Treppenhaus war ein heller Schacht, dessen Licht sich in den angrenzenden Gängen verlor. Still, wie ausgestorben, erstreckte sich das Gebäude über und unter mir.

Aus der Zeit gefallen, dachte ich schläfrig, während ich dem Bogen der Stufen folgte. Du bist aus der Zeit gefallen. Dieses Treppenhaus ist ein Labyrinth, das niemals endet ...

Die Stille und meine Müdigkeit hatten mich so sehr in ihren Bann geschlagen, dass ich überrascht war, auf dem Vorplatz des vierten oder fünften Stockwerks plötzlich einen Mönch zu sehen, der sich an einem Sicherungskasten zu schaffen machte. Er war klein und rundlich, trug eine Kutte und im ersten Moment glaubte ich, Vitello stünde dort. Doch dann drehte sich der Mönch um. Augen, die hinter einer großen, runden Brille verborgen waren, die dem Gesicht einen eulenhaften Ausdruck verlieh, musterten mich erschrocken. Einige Sekunden lang verharrte er bewegungslos. Dann schlug er den Sicherungskasten zu und verschwand in einem der Gänge.

Ich blickte ihm kopfschüttelnd nach und fragte mich, ob er unter einer Frauen-Phobie litt. Da zerriss das schrille Geräusch einer Glocke die Stille.

Als ich das sechste Stockwerk erreicht hatte, kam mir der Greis entgegen. Unter seinen faltig herabhängenden Lidern warf er mir einen durchdringenden Blick zu, ging jedoch an mir vorüber, ohne mich eines Wortes zu würdigen.

»Ich brauche eine Bibel«, sagte ich. »Und was meinten Sie vorhin mit diesem Ausspruch ›Ich wünschte, es wäre nicht wahr‹?«

Die Augen des Greises funkelten. Er schien etwas erwidern zu wollen. Doch in diesem Moment ertönte die Glocke ein zweites Mal. Der Greis hob seinen Kopf, als vernähme er einen Ruf.

»Jetzt nicht«, entgegnete er. »Nach der Komplet. Sie findet ohnehin viel zu spät statt. Alles ist durcheinander geraten ...«

Ich wusste, es war sinnlos, in ihn zu dringen. Er ging, ohne mich weiter zu beachten, auf den Aufzug zu und betätigte den Schalter. Interessiert folgte ich ihm.

»Sie werden kein Glück haben«, sagte ich. »Der Aufzug ist defekt.«

Der Greis murmelte etwas von »Pater Karel« und »schlechten Scherzen« und schlug mehrmals energisch mit dem Griff seines Stockes gegen die Tür, die den Aufzugschacht abschloss. War es nun die Kraft seiner Persönlichkeit oder war der Defekt mittlerweile wieder behoben – ein leises Schnarren deutete an, dass sich der Aufzug dem sechsten Stock näherte.

Das Haus begann zu leben: Geräusche von Stimmen und Schritten tönten aus dem Treppenhaus herauf. Der Greis stieg in den Fahrstuhl. Bevor die Kabine langsam im Schacht verschwand, wandte der Greis mir sein Gesicht zu. Überrascht nahm ich wahr, dass es tiefe Trauer zeigte.

Auf dem Weg nach unten kreuzten Männer in Kutten meinen Weg. Manche betrachteten mich neugierig, manche ignorierten mich, einige nickten mir höflich zu. Alle jedoch schienen es eilig zu haben, als strebten sie einem Ziel zu, das sie keinesfalls verspätet erreichen durften. Auch Vitello hastete an mir vorüber. Der Bauch unter seiner Kutte schwang auf und nieder. Er schenkte mir ein rasches, entschuldigendes Lächeln.

In der kleinen Halle traf ich Pater Kollmann. Er kam auf mich zu und legte seine Hand auf meinen Arm: »Sie dürfen gern an der Komplet teilnehmen, wenn Sie möchten. Wir wollten unsere letzte Gebetszeit gerade an einem Tag wie diesem keineswegs ausfallen lassen. Auch wenn wir die gewohnte Stunde schon längst überschritten haben. Aber, das Gedenken an unseren toten Mitbruder ...« Er machte eine bedeutungsvolle Pause und sagte dann: »Jedenfalls – unser Chorgebet steht allen Menschen offen.«

Bevor ich erwidern konnte: »Also tatsächlich auch Frauen?«, fügte er hinzu: »Gehen Sie ruhig durch die Sakristei an den Mitbrüdern vorbei. Wir sind gerade dabei, uns dort zu sammeln.«

Nun gut, ob ich auf den Greis in diesem Vorraum wartete oder in der Kirche, war im Grunde genommen gleichgültig. Für die Kirche sprach, dass es dort Bänke gab.

In der Sakristei standen die Mönche paarweise in einer Reihe hintereinander. Geflüsterte Wort waren zu hören. Von den mir noch unbekannten Gesichtern in der Reihe, die ich im Vorbeigehen rasch musterte, blieb mir nur eines deutlich im Gedächtnis. Alle anderen hatten diese unauffällige Durchschnittlichkeit, die gemeinhin als ›Vertrauen erweckend‹ bezeichnet wird. Dieser eine war anders als die übrigen Mönche. Zuerst fielen mir seine intensiven blauen Augen auf, die mich, wie mir schien, interessiert anblickten. Er war sehr attraktiv, mit ebenmäßigen Gesichtszügen, aschblonden Haaren, die bis auf seine Schultern fielen, und blondem Bart. Typ Präraffaeliten-Jesus. Unter der Kutte trug er Jeans und Turnschuhe.

Ich drückte mich an der Reihe der Mönche entlang. Den Greis sah ich an der Spitze des Zuges. Er führte ihn gemeinsam mit einem anderen ebenfalls sehr alt wirkenden Mönch an. Die Lider des Greises waren geschlossen. Müden, faltigen Lappen gleich hingen sie über den tief eingesunkenen Augäpfeln. Die Lippen hielt er aneinander gepresst. Sie schienen im Mund zu verschwinden. Wie abgebissen.

Das Innere der Kirche war immer noch dämmrig, nur erleuchtet vom Licht des Schweinwerfers, das durch die Fenster zu beiden Seiten des Eingangs fiel. In der vordersten Bankreihe des Kirchenschiffes saßen die Nonnen. Schwester Agnes schaute zu mir herüber, dann, als sie meinen Blick bemerkte, sofort wieder zur Seite. Hinter mir ertönte das Geräusch vieler Schritte auf dem Steinfußboden und dazwischen das harte Tappen eines Stockes. Ich setzte mich auf eine Bank.

Lampen leuchteten auf. Der Zug der Mönche beschrieb um die Stelle am Boden, an der sich die alte Grabplatte befand, einen Bogen, und teilte sich vor dem Altar in zwei Gruppen, die langsam zum Chorgestühl hinschwenkten. Einen Moment verharrten die Geistlichen im Stehen, sangen einen Vers. Dann rafften sie, in einer meditativ anmutenden Gebärde, ihre Kutten zusammen und setzten sich nieder.

Ich weiß nicht – lag es am matten Schein der Lampen, der einen großen Teil der Kirche im Schatten beließ, oder am nun einsetzenden, seltsam eintönigen Gesang – eine Zeitlosigkeit füllte den Raum, die mich gefangen nahm.

Als die Mönche sangen: »Nun läßt du, Herr, deinen Knecht in Frieden scheiden, denn meine Augen haben das

Heil gesehen« und um ein Sterben in Frieden baten, erhoben sie sich und wandten sich dem Sitz zu, den die Äste der Weihnachtsbäume ein wenig verdeckten. Zuerst begriff ich nicht. Dann verstand ich, dass dies Kadamcziks Platz gewesen war.

Nach dem Gebet holte ich den Greis in der Sakristei ein. Er musterte mich ohne Sympathie und sagte barsch: »Kommen Sie mit.«

Er führte mich in einen kahlen Raum, dessen Wände mit rohen Regalen ausgekleidet waren, auf denen Kartons und in Folie verpackte Bücherstapel und Zeitschriften standen. Die Luft roch muffig. Er griff in einen der Kartons und reichte mir ein Buch mit hellgrünem Kunststoffeinband: »Hier.«

Ich wendete es in den Händen und fragte: »Ist das eine Bibel?«

Kühl entgegnete der Greis: »Ich wüsste nicht, welches Buch ich Ihnen sonst geben sollte.«

»Danke, Sie bekommen es die Tage zurück.«

Seine Augen funkelten: »Behalten Sie es. Betrachten Sie es als meinen Beitrag zu Matthäus 28,30.«

»Bitte?«

»Der Heidenmission.« Er stand bereits ungeduldig wartend an der Tür.

Ich lehnte mich gegen eines der Regale: »Was meinten Sie vorhin damit, manchmal wünschten Sie sich, es wäre nicht wahr?«

Er hob die Augenbrauen: »Habe ich das gesagt?«

»Ja, vorhin, als wir über Kohelet sprachen. Bevor ich das Feuer im Papiercontainer sah und die Treppe hinabrannte ...«

»Tatsächlich? Sie müssen sich verhört haben.«

»Nein«, erwiderte ich. »Ich habe mich nicht verhört.«

Der Greis schüttelte nur den Kopf und ging. Ich horchte noch einige Augenblicke nach dem sich entfernenden Geräusch, das sein Stock auf dem Boden verursachte, fragte mich, was er verschwieg und warum er es tat. Endlich verließ auch ich das Gebäude.

Leider kam ich nur bis zum Parkplatz, denn mein Wagen weigerte sich anzuspringen. Nachdem er einige Male müde gehustet und geseufzt hatte und schließlich alle Lämpchen auf dem Amaturenbrett erloschen waren, gab ich auf. Fluchend knallte ich die Autotür hinter mir zu und rannte durch den dünnen Regen, in den sich der Nebel mittlerweile verwandelt hatte, zurück.

Emanzipation besteht für mich nicht darin, dass ich mich für Dinge interessiere, die mir völlig gleichgültig sind. Wozu unter anderem Computer und Automotoren zählen. Also hatte ich im Prinzip kein Problem damit, Werner um Starthilfe zu bitten. Im Prinzip ... Denn eigentlich wollte ich ihn um nichts bitten. Außerdem hatten wir an diesem Tag ohnehin schon viel zu viel miteinander zu tun gehabt.

Ich fand Werner und Joost in dem Zimmer mit dem wachstuchbedeckten Tisch, in dem Joost Stunden zuvor schon ein Verhör mit Margarethe Niemaier geführt hatte. Jetzt saß Joost auf einem Sofa im Hintergrund des Raums unter einer Stehlampe mit grünlichem Schirm. Sein Gesichtsausdruck war leidend. Werner und Margarethe Niemaier hatten am Tisch Platz genommen. Sie war wieder – oder immer noch? – in Tränen aufgelöst. Werner bemühte die ritterliche Seite seines Wesens, sagte beruhigend und eindringlich, während er ein frisches Papiertaschentuch aus der Packung angelte und es Margarethe Niemaier über den Tisch schob: »Nein, Sie müssen sich keine Vorwürfe machen.«

»Aber ich fühle mich so schuldig. Ich habe ihn wirklich gehasst.« Margarethe Niemaiers Stimme schwoll klagend an.

»Nein, Sie müssen sich deswegen keine Gedanken machen ...« Werner bemerkte, dass ich an der Tür stand, und warf mir einen um Hilfe suchenden Blick zu.

»Ähm, wenn ihr hier fertig seid«, sagte ich. »Mein Auto springt nicht an und ...«

Werner und Joost erhoben sich eilig.

»Doch, doch«, meinte Werner. »Wir sind fertig.«

Alles hat seine Stunde. Für jedes Geschehen unter dem Himmel gibt es eine bestimmte Zeit: eine Zeit zum Gebären und eine Zeit zum Sterben, eine Zeit zum Umarmen und eine Zeit, um die Umarmung zu lösen, eine Zeit zum Lieben und eine Zeit zum Hassen.

»Weshalb fühlt sich Margarethe Niemaier schuldig?« fragte ich wenig später, über die geöffnete Motorhaube meines Autos gebeugt und damit beschäftigt, im schwachen Licht der Hofbeleuchtung die beiden Überbrückungskabel an den Batteriepolen festzuklemmen. »Und wen hat sie gehasst?«

»Kadamczik«, sagte Werner neben mir.

»Kadamczik?« Ich richtete mich auf und strich meine feuchten Haare aus dem Gesicht. »Weshalb Kadamczik?«

»Ich schlage vor, du bringst erst einmal diese Karre in Gang.« Werner bedachte den Peugeot mit einem unfreundlichen Blick. »Dann reden wir weiter.«

»Wenn wir mein Auto in Gang gebracht haben, muss ich losfahren.«

»Gut.« Werner setzte sich hinter das Lenkrad seines Wagens. »Wenn dein Auto anspringt, rufe ich später bei dir an ...«

Joost hatte gemeint, wir beide kämen wohl auch ohne ihn klar, seine Frau warte, und war schon nach Hause gefahren.

Ich setzte mich in den Peugeot, betätigte Gaspedal und Zündung. Der Motor von Werners Wagen sprang an. Funken stoben auf. Mein Auto ruckte. Das Batterie-Zeichen auf dem Amaturen-Brett glomm auf, erstarb wieder. Nichts.

Wir versuchten es noch einmal. Ein Funkenregen über meiner Motorhaube. Ansonsten keine Reaktion. Nicht einmal ein müdes Husten des Motors.

Werner lehnte sich gegen meine offene Autotür: »Lass es sein. Ich bringe dich nach Hause.«

Da dieser Tag schon viel zu lang gewesen war, machte ich die Kabel von den Batteriepolen los, warf sie in den Kofferraum und stieg in Werners Wagen.

»Ich habe dir immer gesagt, du solltest dir endlich ein anderes Auto kaufen.«

»Ja ja ...« Ich vergrub mich tiefer in meine klamme Lederjacke, drehte die Heizung auf und hielt meine kalten Hände über den Lüftungsschlitz. Dankbar registrierte ich die erwärmte Luft. »Wenn du mir bitte meine Frage beantworten würdest: Warum fühlte sich Margarethe Niemaier schuldig? Und warum hat sie Kadamczik gehasst?«

Werner lächelte schwach: »Margarethe Niemaier fühlt sich schuldig, weil sie Kadamczik hasste und weil Kadamczik tot ist.«

Ich benötigte einige Augenblicke, bis ich begriff, was Werner gesagt hatte, dann meinte ich sarkastisch: »Schade, dass sie sich nicht schuldig fühlt, weil sie Kadamczik umgebracht hat. Dann wäre dieser Fall gelöst.«

Werner schaltete: »Du glaubst doch nicht im Ernst, dass diese graue Maus jemanden getötet hat?«

»Was weißt du, was in einer so genannten ›grauen Maus‹ vorgeht.«

»Jedenfalls glaube ich nicht, dass sie sich plötzlich in eine reißende Tigerin verwandelt.«

»Gut«, sagte ich. »Wenn wir auf die Ausgangsfrage zurückkommen könnten: Warum hat Margarethe Niemaier Kadamczik gehasst? Gewiss nicht wegen theologischer Differenzen ...«

Werner grinste: »Das hast du gesagt.«

»Meinetwegen: ein Punkt für dich. Warum hat sie ihn gehasst?«

Werner konzentrierte sich darauf, einem Auto, das verbotswidrig in einer engen Einbahnstraße geparkt war, auszuweichen, und sagte erst, als die Straße wieder frei vor uns lag: »Sie hat sich von Kadamczik betrogen gefühlt.«

»Ah ja ...«

»Betrogen um ihre wissenschaftliche Leistung. So in dem Stil: Ich habe für ihn gearbeitet. Ich habe alles für ihn getan. Und Pater Kadamczik hat mich noch nicht einmal in einer Fußnote erwähnt.«

»Könntest du das etwas präzisieren?«

Werner hob die Schultern: »Margarethe Niemaier hat vor zwei Jahren an dieser Hochschule in Exegese Altes Testament promoviert. Kadamczik hatte ihr eine Assistentinnen-Stelle angeboten. Während sie noch an der Promotion arbeitete, wurden Fördergelder gekürzt. Margarethe Niemaier musste ihre Doktorarbeit schnell beenden, viel schneller als geplant, weil sie sonst kein Geld mehr bekommen hätte. Na ja, ihre Promotions-Note fiel wohl entsprechend schlecht aus ...«

»Hat sich Kadamczik darum bemüht, irgendwelche anderen Gelder locker zu machen?«

»Davon hat sie nichts erwähnt. Warum fragst du?«

Ich sah der Bewegung der Scheibenwischer zu, die die Regentropfen beiseite drückten und dünne Feuchtigkeitsringe auf dem Glas hinterließen, so dass die Lichter der entgegenkommenden Autos und der Straßenlampen verzerrt wurden: »Na ja, auf diese Weise hatte Kadamczik eine Arbeitskraft, die von ihm abhängig war. Mit einer schlechten Promotionsnote hat sie so gut wie keine Chancen, an einer anderen Hochschule arbeiten zu können.«

»Du meinst, das war Absicht von Kadamczik?«

»Weiß ich nicht. Kann aber gut sein, dass ihm diese Situation nicht ungelegen kam. Wie ging es dann weiter?«

»Ich sagte dir doch schon: Margarethe Niemaier hat sich etwas verworren ausgedrückt. Jedenfalls ist sie davon überzeugt, ›alles‹ für Pater Kadamczik getan und keine Stunden gezählt zu haben, und ›immer, wenn er mich brauchte‹ ...«

Ich seufzte: »Das alte Lied ... Glaube mir, sie war in Kadamczik verliebt.«

»Wie kommst du darauf?«

»Intuition. Ich bin mir sicher: Sie hat ihm Blumen ins Zimmer gestellt und, nachdem die Nonnen Staub gewischt haben, noch einmal Staub gewischt und dabei an ihn gedacht und ...«

»Um Himmels willen«, sagte Werner angewidert. »Na ja, jedenfalls – Margarethe Niemaier hoffte, dass Kadamczik ihre Arbeit schätzen und sie als Co-Autorin oder in einer Danksagung erwähnen würde. Was er aber nie tat. Vor kurzem bewarb sich Kadamczik um eine Gastprofessur im Ausland. Weil er ständig mit irgendwelchen Ausstellungen und Vorträgen beschäftigt war, verfasste Margarethe Niemaier ihm die Probevorlesung und schrieb, in seinem Namen, einige wissenschaftliche Artikel – zumindest hat sie das so dargestellt.«

»Ist ja durchaus möglich ...«

»Ja, ich weiß, die Sympathien sind eindeutig verteilt. Kadamczik beabsichtigte wieder nicht, Margarethe Niemaiers Namen anzuführen. Diesmal jedoch begehrte sie auf und forderte, erwähnt zu werden. Gab wohl eine ziemlich hässliche Szene. Die Einzelheiten gingen in Tränen unter.«

»Hm ... Was hält Margarethe Niemaier eigentlich von Verena Carsten?«

»Keine Ahnung. Habe ich sie nicht gefragt. Weshalb?«

»Ach nichts ...« erwiderte ich. Gedankenverloren betrachtete ich die Straße, durch die wir fuhren. Hinter den kahlen Alleebäumen sah ich die großen Schaufenster mit ihren elegant dekorierten Auslagen und bemerkte plötzlich, dass wir uns in der Innenstadt befanden, in entgegengesetzter Richtung zu meiner Wohnung.

»Wohin fährst du eigentlich?« fragte ich.

»Ach, Entschuldigung ...« Werner nahm eine Hand vom Lenkrad und strich sich über das Gesicht. »Ich wollte noch beim Polizeipräsidium vorbei und die Videokassette abgeben. Damit die Kollegen sie morgen früh sofort haben.«

Da Werner, wie ich ihn kannte, wahrscheinlich um sieben Uhr zur Arbeit kommen würde, hätte es völlig ausgereicht, wenn er die Kassette am Morgen im Tonlabor abgegeben hätte.

Aber ich sah, dass auch er müde war, und sagte: »Ist schon in Ordnung.« Dann fiel mir ein: »Fehlte etwas von Kadamcziks Arbeiten? Außer den Disketten? Hat Margarethe Niemaier etwas bemerkt?«

»Ja. Alle Manuskripte und Unterlagen von Kadamcziks Arbeit der vergangenen drei, vier Jahre, meint sie.«

Wir fuhren nun nicht mehr an sorgfältig renovierten, eleganten Gründerzeitfassaden vorüber, deren Harmonie nur ab und zu durch eine Beton-Bausünde aus den 50er- oder 60er-Jahren gestört wurde. Zu beiden Seiten der Straße standen nun mehrstöckige Mietshäuser vom Beginn des Jahrhunderts. An ihrem Ende, jenseits einer schmalen, zertretenen Grünanlage, befand sich das Polizeipräsidium.

»Margarethe Niemaiers Arbeit, die sie für Kadamczik geleistet hat, ist also auch vernichtet ...«

Werner schüttelte den Kopf: »Das meiste davon ist längst veröffentlicht. Allerdings unter Kadamcziks Namen.«

Der hohe, von Stacheldraht bekränzte Zaun, der den Hof des Polizeipräsidiums umgab, wurde sichtbar. Werner hielt vor der Schranke, kurbelte das Fenster hinunter und steckte seine Chip-Karte in den Automaten.

Während sich die Schranke langsam hob, fragte er: »Worauf willst du hinaus? Dass sich die graue Maus doch in die reißende Tigerin verwandelt und das an ihr begangene Unrecht gerächt hat?«

»Nein, aber ...«

»Vergiss es«, sagte Werner und fuhr auf einen Parkplatz in der Nähe des Eingangs. »Ganz abgesehen davon, dass ich an die Tigerinnen-These nicht glaube – Margarethe Niemaier hat den Gottesdienst besucht. Und sie hat ihn vor dem Ende nicht verlassen. Das haben zig Leute bezeugt. Sie hätte ungefähr fünf Minuten Zeit gehabt, Kadamczik zu erstechen und seine Leiche im Flur zu drapieren. Das schafft auch eine Tigerin nicht.«

»Hm ...«

Während wir den kurzen Weg zum Eingang liefen, fragte ich: »Warum ging sie nach dem Gottesdienst eigentlich zu Kadamcziks Zimmer?«

»Sie wollte ein wissenschaftliches Buch holen. Seit dem Streit mit Kadamczik arbeitete sie in ihrem Zimmer. Sie wohnt in einem Seitenflügel der Hochschule.«

»Wann war der Streit?«

Werner seufzte: »Vor zwei Tagen. Falls du sonst noch Fragen hast: Nein, Margarethe Niemaier hatte Kadamcziks Schlüssel noch nicht zurückgegeben. Denn die beiden haben seitdem nicht miteinander gesprochen.«

Wir waren an der Pforte angelangt. Hinter einer Glasscheibe saß ein uniformierter Beamter. Werner zückte seinen Ausweis und zeigte ihn dem Kollegen. Die Tür öffnete sich. Wir standen in der mit grauem, glänzendem Stein ausgelegten Halle, deren Wände in einem kränklichen Gelb gestrichen waren. Von der Halle zweigten zwei Gänge ab, die jetzt, mitten in der Nacht, menschenleer waren. Ich fühlte mich plötzlich zurück in die Hochschule versetzt. Wahrscheinlich würde ich nachher von Fluren träumen. Fluren, die sich endlos vor mir erstreckten. Ich würde verdammt sein, ihnen zu folgen, und an ihrem Ende würde Vitello in seinem Schaukelstuhl sitzen, vor- und zurückwippen, mich anlächeln und ...

»He, Jakoba!« Werner rüttelte mich an der Schulter.

»Ja ...« erwiderte ich verwirrt.

»Träumst du?«

Während Werner den Pfortenraum betrat, dem wenig begeisterten Kollegen die Kassette übergab und ein Formular ausfüllte, betrachtete ich ihn. Er wirkte wirklich müde. Werner fing meinen Blick auf. Ich fühlte mich ertappt und sah zur Seite.

Schweigend gingen wir zum Auto zurück und schweigend saßen wir nebeneinander, während wir wieder in Richtung Innenstadt fuhren.

Margarethe Niemaier ... etwas hatte ich Werner noch fragen wollen ...

Endlich kam ich drauf: »Wenn Kadamczik diese Gastprofessur im Ausland angetreten hätte, was wäre dann aus seiner Assistentin geworden? Hätte sie ihre Stelle behalten?«

»Nein, die Stelle wäre erloschen.«

»Und was hätte Margarethe Niemaier dann beruflich gemacht?«

»Was heißt hätte? Sie muss sich jetzt ohnehin eine neue Stelle suchen. Sie ist Lehrerin. Ich nehme an, sie wird in den Schuldienst zurückkehren.«

»Kannst du dir Margarethe Niemaier vor einer tobenden Schulklasse vorstellen?«

Werner hob die Augenbrauen: »Nein, kann ich nicht.

Aber Angst vor Arbeitslosigkeit scheidet als Mordmotiv wohl aus. Denn ihre Stelle ist sie durch Kadamcziks Tod ohnehin los.«

»Hm ...« Ich erinnerte mich plötzlich wieder an das Gesteck in der schwarz glasierten Tonvase. Die üppige Amaryllisblüte und der kahle Zweig ... Die Erinnerung deprimierte mich und der Blick auf den Regen, der an den Fenstern herabrann, und auf den Nachthimmel, der graubraun über der Stadt hing, heiterte mich auch nicht auf.

Unvermittelt fragte Werner: »Wie geht es dir eigentlich?« Er schaute konzentriert geradeaus auf die Straße.

»Gut, danke«, erwiderte ich. Nach einer Pause fügte ich hinzu: »Und dir?«

Werner schaute immer noch konzentriert auf die Straße: »Danke, auch gut.«

Für den Rest der Fahrt schwiegen wir und ich verwünschte die vereisten Straßen rund um Kassel, meinen Anrufbeantworter und Elvira.

Vor dem Haus, in dem ich wohnte, fuhr Werner an den Straßenrand und schaltete den Motor aus. Einige Augenblicke saßen wir still.

»Ja dann, morgen früh um acht Uhr im Polizeipräsidium. Treffen mit Petersen«, meinte Werner schließlich.

»Acht Uhr? Einen noch früheren Termin habt ihr wohl nicht gefunden?«

»Doch. Petersen wollte, dass wir uns schon um halb acht treffen. Ich habe ihn überzeugt, dass wir die Besprechung um eine halbe Stunde verlegen.«

»Ja? Vielen Dank«, sagte ich schlecht gelaunt.

»Keine Ursache. Um halb acht wäre mit dir noch viel weniger auszukommen als um acht.«

Ich betrachtete die leere Straße und wünschte, ich würde Werner umarmen oder er mich. Er tat es nicht. Und ich tat es auch nicht. Der Augenblick ging vorüber.

»Eine angenehme Nacht«, sagte ich, löste den Sicherheitsgurt und stieg aus dem Wagen. Als ich die Tür zuschlug, nahm ich wahr, dass Werners Augen einen verletzten Ausdruck hatten.

Als der Morgen anbrach, kam die Frau zurück; vor der Haustür des Mannes, bei dem ihr Herr wohnte, brach sie zusammen und blieb dort liegen, bis es hell wurde.

Der Aufzug hielt nicht an. Die rote Leuchtziffer über der Tür verwandelte sich von einer Zwei in eine Drei, dann in eine Vier, eine Fünf und eine Sechs. Ich presste meinen Zeigefinger auf den Schalter neben dem E. Die Leuchtziffer sprang zurück auf die Zwei. Die metallenen Schiebetüren blieben geschlossen. Ich wollte hier raus. Ich suchte nach dem Notsignal-Schalter. Aber es gab keinen.

Plötzlich stand der Greis neben mir, sah mich böse an und sagte: »Sie haben hier nichts zu suchen.« Ich wollte erwidern, dass ich nichts lieber täte, als diesen Aufzug zu verlassen. Doch er stieß seinen Stock wütend auf den Boden. Der dumpfe Laut übertönte meine Worte. Dann verwandelte sich das Geräusch in ein schrilles Klingeln, das an meinen Nerven zerrte. Ich sagte dem Greis, er solle seinen verdammten Stock endlich ruhig halten. Die Wände des Aufzugs wichen zurück.

Ich begriff, dass ich das Schrillen eines Telefons hörte. Mit halbgeschlossenen Augen beugte ich mich über den Bettrand und tastete nach meinem Telefon.

Elviras muntere Stimme tönte durch den Hörer. Viertel nach acht, wo ich denn bliebe? Ich erinnerte mich an das Treffen mit Werner, Joost und Petersen. Erinnerte mich auch daran, dass ich miserabel geschlafen und die Bibel als Bett-Lektüre verwendet hatte. Was ein Fehler gewesen war. Ich murmelte, dass ich sofort käme, dachte, dass mein Auto sicher nicht anspringen würde, bis mir einfiel, dass es ohnehin noch auf dem Parkplatz der Hochschule stand, bat Elvira, mir ein Taxi zu bestellen, und kroch aus dem Bett.

Während ich nach meinen Kleidern kramte, die zerstreut im Zimmer lagen, nahm die biblische Geschichte, die ich vor dem Einschlafen gelesen hatte, wieder Gestalt an. Diese Geschichte aus dem Richter-Buch, die – laut Margarethe

Niemaier – den Mörder möglicherweise dazu inspiriert hatte, Kadamcziks Hosen herabzuzerren und dessen Hände in die Nähe der Türschwelle zu legen. Ich bin einiges gewohnt. Dennoch hatte mich die Erzählung deprimiert.

Der Inhalt, in dürren Worten erzählt, war: Eine Frau verlässt ihren Mann – im Text als ›Levit‹ bezeichnet – und kehrt zu ihrem Vater zurück. Der Levit reist der Frau nach. Er verhandelt mit dem Schwiegervater und nimmt die Frau – die übrigens keinen Namen hat – wieder mit. Auf dem Rückweg machen die beiden in der Stadt Gibea Halt und finden Herberge bei einem alten Mann. Während sie sich ausruhen, schlagen Männer an die Tür des Alten und fordern den Leviten, um ihren ›Mutwillen‹ mit ihm zu treiben.

Der Alte reagiert entsetzt. Der Levit ist sein Gast ... Unmöglich ... Aber er selbst hat ja noch eine ›jungfräuliche‹ Tochter und die Frau des Leviten gibt es ja auch ... Die beiden will er den Männern aus Gibea bringen. Die Männer lehnen ab.

Da setzt der Levit seine Frau vor die Tür. Die Männer vergewaltigen die Frau die ganze Nacht lang. Am Morgen lassen sie sie gehen. Die Frau schafft es, bis zu dem Haus zu kommen, in dem sich ihr Mann versteckt. Die Hände auf der Schwelle, bricht sie vor dem Eingang zusammen und stirbt.

Diese Geschichte machte den Morgen nicht erträglicher. Ich grübelte über sie nach, während ich in meiner Küche gemahlene Kaffeebohnen in eine Tasse kippte, mit kochendem Wasser übergoß und James Dean, der auf dem *Boulevard of broken Dreams* wandelte, einen verschlafenen Blick zuwarf. Und auch, als ich im Taxi hockte und in die späte Dämmerung hinausstarrte, die sich zu einem unfreundlichen Wintertag lichtete, war ich mit dem Text noch nicht fertig.

Das eigentlich Perfide der Geschichte war, dass sie den Ehemann als unschuldiges Opfer darstellte; als jemanden, der gar keine andere Wahl gehabt hatte, als seine Frau auszuliefern. Und dass der Levit, nachdem er nach Hause zurückgekehrt war, den Körper der toten Frau in zwölf Teile zerschnitt, diese an irgendwelche israelitischen Stämme schickte und sie zum Krieg gegen Gibea aufrief, machte die ganze Angelegenheit nicht erträglicher. Ich empfand den tiefen, nagenden Hass, den ich immer fühle, wenn ich mit Vergewaltigungen zu tun habe.

Auch als ich Petersens Vorzimmer betrat und mir Elvira, die blond und blühend hinter ihrem Schreibtisch saß, entgegen lächelte, besserte sich meine Laune nicht. Elvira sah mein Gesicht, sagte: »Trink erst mal einen anständigen Kaffee«, drehte sich zur Kaffeemaschine um, die hinter ihrem Schreibtisch auf einem niedrigen Schrank stand, und griff nach einer Tasse.

Ich sah ihr beim Einschenken zu. Elvira – sie war Mitte vierzig – verkörperte eine zeitlose, üppige Schönheit. Eine Zeitlosigkeit, die durch ihre klassische Frisur – sie trug die Haare aus dem Gesicht gekämmt und im Nacken zu einem Knoten geschlungen – und ihre schlichte, elegante Kleidung noch betont wurde. Sie hätte sich vorzüglich als Modell für eine antike Fruchtbarkeitsgöttin geeignet. Diese Göttinnen halten häufig einen Bund Kornähren in den Händen. Elviras Attribut waren üppige Blumensträuße in leuchtenden Farben.

Ich nahm die Tasse entgegen und sagte, über den Kaffee gebeugt: »Elvira, du hast es genau gewusst.«

»Was habe ich gewusst?« fragte sie unschuldig.

Ich sah ihr in die Augen: »Werner ... Dass ich nicht nein sagen würde.«

Sie stützte das Kinn in die Hände und errötete kein bisschen: »Ihr wart immer ein so gutes Team. Ist doch schön, dass ihr wieder einmal zusammenarbeitet.«

»Ja«, erwiderte ich bissig. »Natürlich.«

»Wie klappt es denn so?« fragte Elvira, betrachtete prüfend den Strauß gelber Tulpen – ihre Lieblingsblumen –, der neben ihrem Computerbildschirm stand, und drehte eine der Blumen ein wenig zur Seite. Ihre Stimme klang sehr beiläufig.

»Es ist wie mit der Malaria«, sagte ich. »Man hat den Virus in sich. Ab und zu bricht er aus. Aber es geht auch wieder vorüber.«

Elvira war mit der Anordnung der Blumen immer noch nicht zufrieden, fasste die Blüten mit beiden Händen und ließ sie wieder auseinander fallen. Jetzt war sie mit dem Ergebnis einverstanden, denn sie schaute mich an und sagte: »Ich habe nie verstanden, weshalb ihr euch vor anderthalb Jahren eigentlich nicht zusammengerauft habt und ...«

»Ich hatte die Nase voll. Nichts als unnötige Schwierigkeiten und Komplikationen. Außerdem, kannst du dir uns als Paar vorstellen? Wir streiten uns ständig.«

Elvira lachte: »Na und? Es macht euch doch Spaß.«

»Nicht am Frühstückstisch«, sagte ich grimmig. »Nicht, wenn es um Haare im Waschbecken, schmutzige Wäsche und zerdrückte Zahnpastatuben geht.«

Elvira wollte etwas erwidern. Doch in diesem Augenblick flog die Tür zum Büro auf. Petersen stürmte in den Raum. Petersen, mein Vorgesetzter, war ein kleiner, hektischer, im Allgemeinen auf Harmonie bedachter Mann, der es sich weder mit seinen Mitarbeitern noch mit den Vorgesetzten verderben wollte. Ab und zu jedoch bekam er cholerische Anfälle, die sich durch eine zornesrote Gesichtsfarbe ankündigten. Jetzt hatte sein Gesicht, das – obwohl er die Fünfzig bereits überschritten hatte – immer noch ein wenig an einen schüchternen Abiturienten erinnerte, die Farbe eines Puters.

»Frau Strykowski, ich muss doch sehr bitten. Seit einer halben Stunde warten wir auf Sie und Sie sitzen in aller Ruhe hier.«

Meine Toleranzschwelle für Wutausbrüche ist am Morgen sehr gering und ich setzte zu einer gereizten Antwort an. Doch Elvira kam mir zuvor und meinte leichthin: »Ich hatte gestern Abend wirklich Glück, dass ich Frau Strykowski noch erreicht habe. Ihr Koffer war schon gepackt.«

»So, ah ja ...« Petersen räusperte sich und winkte mich, indem er ungeduldig mit der Hand wedelte, in sein Zimmer.

Werner verdrehte die Augen, als ich eintrat, und Joost grinste mir entgegen. Ich nahm auf der Kunstledercouch vor Petersens Bücherregal Platz, in dem Gesetzestexte, zwei

Brockhaus-Ausgaben und eine Gesamtausgabe von Thomas Manns Werken standen.

Petersen setzte sich hinter seinen Schreibtisch, den die Bilder seiner Frau und seiner beiden Töchter zierten. Seine Frau kannte ich. Sie hatte eine gelassene, freundliche Art und tolerierte die Eigenheiten ihres Gatten mit bemerkenswertem Humor. Den Töchtern war ich nie persönlich begegnet. Glaubte man Petersen, dann gab es, obwohl die beiden in der Pubertät waren, keine Probleme mit Jungs, Alkohol und Drogen. Petersen war überzeugt, dass es damit auch nie Probleme geben würde. Ich glaubte das nicht. Ebenso wenig wie ich den Mädchengesichtern, die in die Kamera lächelten, ihre Bravheit abkaufte.

Petersen zerrte an seinem Krawattenknoten und sagte mit einem vorwurfsvollen Blick zu mir: »Herr Joost, wenn Sie bitte noch einmal zusammenfassen könnten, über was wir eben gesprochen haben.«

Joost fuhr sich durch die Haare: »Ja, wir haben mittlerweile das Untersuchungsergebnis der Gerichtsmedizin und die Spurensicherung hat begonnen, den Containerinhalt auszuwerten.«

Ich beugte mich vor: »Was sagt der Gerichtsmediziner? Liegt ein Sexualverbrechen vor?«

Joost schüttelte den Kopf: »Dafür konnte Mittermaier keine Anzeichen entdecken.«

Für einen Moment spiegelte sein Gesicht Erleichterung. Amüsiert registrierte ich, dass sich auf seinen Wangenknochen eine zarte Röte ausbreitete.

Dann sprach er hastig weiter: »Kadamczik starb an einem Stich ins Herz. Der Tod durch Ausfall des Herzmuskels und inneres Verbluten trat innerhalb weniger Minuten ein.«

»Die Mordwaffe?«

»War der antike Dolch.«

»Fingerabdrücke?«

»Sind einige recht gut erhalten.«

»Tatsächlich?«

Das hatte ich nun wirklich nicht zu hoffen gewagt. Wenn wir Glück hatten, mussten wir einfach allen Bewohnern dieser Hochschule die Fingerabdrücke abnehmen und der Fall war geklärt. Wenn wir Glück hatten ...

»Tja und sonst ...« Joost blätterte in seinem Notizblock. »Kurz vor seinem Tod hatte Kadamczik ein starkes Herzberuhigungsmittel eingenommen. Das ergab die Analyse von Blut und Mageninhalt. Das Mittel hatte seine volle Wirkung noch nicht entfaltet. Mittermaier geht davon aus, dass der Pater das Medikament etwa zwanzig Minuten, bevor er den Stich ins Herz bekam, eingenommen hat.«

Nun, die Herzbeschwerden waren also vermutlich der Grund, weshalb Kadamczik nicht am Gottesdienst teilgenommen hatte.

»Weiter, weiter!« Petersens Stimme schwoll ein wenig an. »Der Container ...« Die Arme unseres Chefs kreisten durch die Luft, als wollten sie ein Rad antreiben.

Joost ließ sich nicht aus der Ruhe bringen, verschränkte die Hände hinter dem Kopf und streckte die Beine von sich. Ich hatte Mühe, ein Grinsen zu unterdrücken, und auch Werner wirkte amüsiert.

»Tja, der Container ...« Joost hob die Augenbrauen: »Nette Sachen, die die Spurensicherung gefunden hat. Verschmorte Disketten beispielsweise. Angekokelte Manuskriptseiten. Und Reste von Kontoauszügen. Ob Kadamcziks persönliche Papiere auch in Flammen aufgegangen sind, können die von der Spurensicherung noch nicht sagen. Aber da wir die Papiere nicht in seinem Zimmer gefunden haben, dürften auch die im Container gelandet sein.«

Kontoauszüge ... Ich dachte an das zerknüllte Blatt, das ich am vorherigen Abend vom durchnässten Boden aufgehoben hatte.

Laut sagte ich: »Was zum Teufel soll das?«

Petersen warf mir einen missbilligenden Blick zu.

»Du meinst, das passt alles nicht zusammen?« Zum ersten Mal, seitdem ich Petersens Büro betreten hatte, ergriff Werner das Wort. Was er sagte, war mehr Feststellung als Frage. Er dachte das Gleiche wie ich.

»Ja«, entgegnete ich. »Weshalb Manuskripte *und* Kontoauszüge? Wenn der Mörder oder die Mörderin Schwierigkeiten mit Kadamcziks theologischen Ansichten hatte und dessen Schriften im Container verbrannte, fände ich das zwar etwas übertrieben, aber verständlich. Was jedoch haben Kadamcziks Geldgeschäfte damit zu tun?«

Statt einer Antwort griff Joost nach seiner abgewetzten Umhängetasche aus Leder, die er als Aktentasche benutzte, und öffnete sie.

Werner zuckte die Achseln: »Vielleicht hatte Kadamczik einen wissenschaftlichen Ghostwriter, der Bücher und Artikel für ihn verfasste. Weil der Pater nicht mehr zahlen wollte, brachte der Ghostwriter ihn um? Die Manuskripte verbrannte er aus Rache. Die Kontoauszüge, um die Fährte zu verwischen.«

Ich forschte in seinem Gesicht. Es war ernst, aber in seinen Augen tanzten Funken. Meine Güte, dieser Fall brachte völlig neue Seiten an Werner zum Vorschein.

Erfreut griff ich seine Anregung auf: »Kadamczik war in Wahrheit gar nicht Kadamczik, sondern der Doppelgänger eines Mannes, der aussah, lebte und schrieb wie Kadamczik. Oder vielleicht war ja Margarethe Niemaier dieser Doppelgänger. Oder, als dritte Möglichkeit, jemand bezahlte Kadamczik, damit er nichts veröffentlichte ...«

»Frau Strykowski ... Bitte ...« Petersens Gesichtsausdruck war leidend.

»Ihr werdet nicht glauben, was wir in Kadamcziks Papierkorb gefunden haben.« Wie ein Zauberer das Kaninchen aus dem Hut zieht, legte Joost schwungvoll ein Blatt Papier auf den niedrigen Tisch vor der Couch und blickte uns Beifall heischend an.

Petersen trat rasch näher und beugte sich zusammen mit Werner und mir über das Blatt.

Dann sagte er: »Das kann doch nicht wahr sein.«

Ich bin selten einer Meinung mit Petersen. Aber in diesem Fall stimmte ich ihm zu.

Das Blatt war zerknittert und, wie es sich für polizeiliche Beweisstücke gehört, ordentlich in Plastikfolie eingeschweißt. Die Botschaft, linkisch geklebt aus Buchstaben und Wörtern, die aus Zeitungen ausgeschnitten waren, lautete: *Kadamczik, es wird Dir noch Leid tun, was Du getan hast. Du wirst es büßen.*

»Sieht aus, als hätte ein Kind Erpresser gespielt«, meinte Werner.

»Oder es soll absichtlich so wirken«, wandte ich ein. »Gab es noch mehr davon im Papierkorb?«

Joost schüttelte den Kopf.

»Und im Container?«

»Die Spurensicherung ist noch nicht fertig. Aber wahrscheinlich nicht.«

Ohne viel Hoffnung fragte ich: »Fingerabdrücke?«

Joost nickte. Er legte eine effektvolle Pause ein. Dann meinte er: »Aber sie stimmen nicht mit den Abdrücken auf dem Dolch überein.«

Einen Augenblick schwiegen wir.

Dann stöhnte ich: »Auch das noch. Dieser Fall macht mich wahnsinnig.«

Der Gebildete hat Augen im Kopf, der Ungebildete tappt im Dunkeln. Aber ich erkannte auch: Beide trifft ein und dasselbe Geschick. Und ich überlegte mir, daß auch Wissen Windhauch ist.

Als ich vor der Toreinfahrt der Hochschule aus dem Taxi stieg – einen Dienstwagen hatte ich nicht bekommen können, alle Autos im Einsatz, war mir beschieden worden –, bemerkte ich, dass sich der Hochnebel gelichtet hatte. Ein zerfasertes Grau füllte den Himmel, wie Farbe, die sich auf einem nassen Papier unregelmäßig verteilt. Ein weißlicher, verschleierter Fleck deutete an, wo sich die Sonne befand. Zwei uniformierte Kollegen, die im nahen Stadtwald Dienst taten, ritten an mir vorbei. Wir grüßten uns flüchtig.

Die Luft war immer noch feucht. Feuchtigkeit lag auch auf den Bäumen entlang des asphaltierten Weges und ließ ihre Rinde schwarz erscheinen. Im zertretenen Rasen zu beiden Seiten des Weges stand das Wasser in tiefen Pfützen. Doch die Temperatur war über Nacht angestiegen. Während ich zu den Gebäuden lief, stellte ich überrascht fest, dass ein Hauch von Frühling in der Luft lag.

Aus einem der schachtelförmigen Gebäude ertönte ein schrilles Läuten, das mich unangenehm an meine Schulzeit erinnerte. Einige junge Leute, wahrscheinlich Studierende der Hochschule, hasteten an mir vorüber. Kadamcziks Tod schien den Tagesablauf nicht gestört zu haben. Ich sprach einen Studenten an und fragte nach der Bibliothek. Er wies auf einen Weg, der an der Kirche vorbeiführte.

Jetzt, bei Tageslicht, wirkte der graue Stein, aus dem die Kirche erbaut war, stumpf und schwer, die Fratzen der Wasserspeier plump. An den Gebäuden neben der Kirche bröckelte da und dort der Verputz. Billig-Bau, dachte ich. Kaum zu glauben, dass die einmal die Gotik hervorgebracht haben.

Die Bibliothek schien aus der gleichen Zeit wie die Kirche zu stammen. Der gleiche graue Stein, die gleiche lastende

Bauweise, bestückt mit dem Zierrat von Gesimsen, Pilastern und spitzwinkligen Fensterbögen. Im Inneren führten einige Stufen zu einem etwas muffig riechenden Vorraum, dessen Steinfußboden ein Schachbrettmuster hatte. Mäntel und Jacken hingen an Haken. Die weißgekalkten Wände schwitzten. Mit einem Gefühl, als würden längst verlernte Handlungsweisen wieder von mir Besitz ergreifen, hängte ich meine Jacke auf, nahm eine Pfandmünze aus meinem Geldbeutel und schob meine Tasche in ein Schließfach.

Ein bogenförmiger Gang führte in den angrenzenden Raum, in dem ein Kutte tragender Mönch mit schütterem Haar und Brille hinter einem altertümlichen Schreibtisch saß und Zeitung las. Als ich ihn fragte, wo ich Bücher zur Exegese des Alten Testaments finden könnte, senkte er unwillig die Zeitung, wandte mir ein blasses, zerknittertes Gesicht zu und erteilte mir knapp Auskunft.

Ich wollte schon weitergehen, da fiel mir ein: »Es gibt hier einen alten Pater, der am Stock geht. Uralt. Ein Professor für Exegese Altes Testament. Wahrscheinlich emeritiert. Wie heißt er?«

Ein Lächeln, das ebenso selbstgefällig wie stolz war, erschien auf dem Gesicht des Mönches: »Oh, Sie können nur Pater Frisenius meinen.«

Nun, ich hätte nicht gedacht, dass der Greis es vermochte, ein Lächeln hervorzurufen.

Ich war durch einen kleinen, gewölbten Durchgang geschritten. Nun empfing mich der ehemals vertraute Geruch von trockener Heizungsluft, Papier, Staub und altem Holz. Mit einer plötzlichen Freude, die mir, als sie mir bewusst wurde, ein wenig peinlich war, ging ich zu einem Bücherregal und suchte in den rot gebundenen Bänden der Bibliographien nach einem Vermerk über Kadamcziks wissenschaftliche Arbeiten sowie nach Rezensionen.

Dann nahm ich mir die Karteikästen des Katalogs vor. Zum Namen Kadamczik fand ich recht viele Buchtitel. Zum Namen Frisenius schier unzählige. Fast ein Viertel der Katalogkärtchen der Buchstaben Fr-G schien seinen Namen zu tragen. Frisenius hatte, wie ich beim Durchblättern feststellte, unter anderem eine hebräische Grammatik verfasst, er war Herausgeber eines Wörterbuchs sowie Mitherausgeber verschiedener Reihen. Und er hatte einen Aufsatz über die Bedeutungsmöglichkeiten der Worte ›isch‹ und ›adam‹ geschrieben.

Ich notierte mir wahllos noch ein paar andere Titel von Frisenius und suchte mir dann einige Leseproben von Pater Kadamczik heraus. Etwa eine halbe Stunde verbrachte ich damit, die verschiedenen Bände zusammenzusuchen. Schließlich setzte ich mich an einen abgelegenen Tisch mit Blick auf den Park.

Jenseits der Büsche und kleinen Bäume lag der Weg, der an der Küche vorbei zu den Müllcontainern führte, und dahinter erstreckte sich die weite, hügelige Rasenfläche, die der mächtige Baum beherrschte. Das andere Ende der Wiese begrenzten Bäume. Zwischen ihnen standen einige kleinere Häuser, eher Hütten. Zu einer anderen Jahreszeit musste der Park sehr schön sein.

Ich holte meinen Blick wieder zurück und begann, mich den Büchern zu widmen. Kadamczik hatte über *Das Problem der priesterschriftlichen Einschübe im Richter-Buch, unter besonderen Berücksichtigung des ›Gottes Krieges‹* promoviert. Sein Doktorvater war Frisenius gewesen.

Ich blätterte einige Seiten der Dissertation durch, las quer. Ich verstand nicht viel vom Inhalt, musste aber zugeben, dass Kadamcziks Stil für einen Wissenschaftler auffallend lebendig war. Die Aufsätze, die die Promotion besprachen, waren voll des Lobes: *origineller Ansatz, überzeugend durchgehalten; öffnet der Forschung über das Richter-Buch neue Wege; niemand, der in Zukunft über das Richter-Buch und die Priesterschrift forschen wird, kann die Ergebnisse von Pater Kadamcziks Arbeiten ignorieren.*

Schien wahrhaftig ein wissenschaftlicher Volltreffer gewesen zu sein.

Was Pater Kadamczik wohl zu Kapitel 19 des Richter-Buchs, der Stelle, die von der vergewaltigten Frau und dem feigen Mann handelte, zu sagen gehabt hatte? Ich fand die Stelle im Index der Dissertation und schlug die entsprechende Seite auf. In einer Anmerkung fand sich folgender Kommentar:

> *Manchen Leser mag die Frage beschäftigen, ob der Mann richtig handelte, als er die Frau auslieferte. Diese Frage geht jedoch völlig an der Intention des Textes vorbei. Nicht das Schicksal der Frau ist für die Autoren des Textes von Bedeutung. Was zählt, ist das Heilshandeln Gottes an seinem Volk Israel, das sich schließlich in den – durch die ›Schandtat von Gibea‹ verursachten – Kriegen gegen die unbrüderliche Stadt manifestiert. Der Sieg des israelitischen Heerbannes über die Stadt Gibea war ein Schritt aus dem Chaos der vorköniglichen Zeit.*

Eine andere Deutung hatte ich, ehrlich gesagt, nicht erwartet.

Ein Seufzer hinter mir ließ mich aufblicken. Das Bild, das sich mir bot, amüsierte mich. Auf einem Tisch, zwischen zwei Regalreihen verborgen und umgeben von Bücherstapeln, lag der Oberkörper einer Studentin. Das heißt, ich nahm an, dass es sich um eine Studentin handelte, weil schulterlanges, blondes Haar auf die Tischplatte herabhing. Wohlig stöhnend kuschelte sie jetzt ihren Kopf auf einem zum Kissen gerundeten Arm zurecht, während der andere in einer schläfrigen Bewegung einem der Bücherstapel gefährlich nahe kam.

In Gedanken wünschte ich der Studentin einen erholsamen Schlaf, griff nach einer Festschrift, die anlässlich von Kadamcziks fünfzigstem Geburtstag herausgegeben worden war, und überflog mäßig interessiert das Inhaltsverzeichnis. Vitellos Name war aufgeführt, Frisenius' dagegen nicht. Auch als ich ein zweites Mal Autoren und Titel der Aufsätze durchlas, fand ich den Namen von Kadamcziks Doktorvater nicht. Ungewöhnlich ...

Und Vitello? Ich dachte plötzlich an den trägen Mann, der in seinem Schaukelstuhl vor- und zurückwippte, von einer Reise träumte, die er niemals unternehmen würde, und fragte mich, worüber er wohl promoviert hatte.

Aus einer Laune heraus ging ich noch einmal hinüber zum Bücherregal, auf dem die Bibliographien standen.

Vitello hatte, wie ich schnell herausfand, über ein grammatikalisches Problem promoviert. Tenor der Besprechungsaufsätze war: *fleißige, wissenschaftliche Arbeit; gründliche Erforschung der Quellen*. Armer Vitello ...

In diesem Moment schreckte mich das Geräusch von Büchern auf, die auf den Boden krachten. Die Studentin hatte die Stapel also doch zu Fall gebracht! Sie blickte benommen um sich, als habe sie noch nicht recht begriffen, was geschehen war.

Als ich zur ihr hinüberging, um ihr beim Aufheben zu helfen, murmelte sie: »Oh Gott ...« Und, als ich einige Bücher auf den Tisch packte: »Danke.«

Dann beugte sie sich selbst zum Boden hinab und griff nach einigen Bänden. Als sie wieder aufblickte, lachte sie leise und sagte: »Ich sollte eigentlich für eine Prüfung lernen. Aber wissen Sie, Kirchenrecht ist nicht das Spannendste ...«

Ich versicherte ihr mein Verständnis und kehrte an meinen Tisch zurück.

Frisenius ... Von ihm erwartete ich viel und ich wurde nicht enttäuscht. Er hatte einen eleganten, pointierten Stil, gegen den sich sogar Kadamcziks langweilig ausnahm. In seinen Aufsätzen verfeinerte Pater Frisenius diesen Stil zur Raffinesse. Lobende Eingangssätze, die den Leser in einer trügerischen Sicherheit wiegten, worauf mit Worten, deren Süffisanz sich allmählich steigerte, der zu besprechende Text auseinander genommen wurde. Das Ergebnis war meist vernichtend. Mittelmäßigkeit bei der Argumentation schien der Greis besonders zu verabscheuen. In einem solchen Fall wurde der Ton unter der geschliffenen Oberfläche ätzend.

Was Frisenius wohl zur Übersetzung von Hosea Kapitel 11 Vers 9 zu sagen hatte, zum Problem der richtigen Übersetzung der Worte ›isch‹ und ›adam‹?

Ich zog den Band, der den entsprechenden Aufsatz enthielt, zu mir über den Tisch. Frisenius schrieb: *Das Wort*

›isch‹ muß hier mit ›Mann‹ übersetzt werden. Dies legt auch die Interpretation der vorhergehenden Verse nahe.

Ich starrte auf die Seite hinab, fragte mich, ob ich keiner Sinnestäuschung unterlegen war. Nein, Frisenius hatte genauso übersetzt wie Verena Carsten: »Denn ich bin Gott, nicht ein Mann.«

Ich musste unbedingt mit ihm reden. Auch darüber, dass kein Beitrag von ihm in Kadamcziks Festschrift zu finden war ...

Als ich den Vorraum betrat, der als Garderobe diente, saß die Studentin, die eben den Bücherstapel zu Fall gebracht hatte, auf einem Holztisch, baumelte mit den Beinen und kaute an einem Apfel, wobei sie jedes Mal, wenn sie in die Frucht biss, die Augen ein wenig schloss.

Sie schaute mir entgegen, grinste ein wenig und sagte: »Sie sind sicher die Kommissarin, die den Mord an Pater Kadamczik untersucht.«

Ich nahm meine Jacke vom Haken: »Das hat sich aber rasch herumgesprochen.«

»Oh, Neuigkeiten machen hier schnell die Runde.« Sie kicherte ein wenig, machte dann plötzlich ein ernstes Gesicht und meinte: »Eigentlich sollte ich jetzt nicht lachen.«

Der Riemen meiner Tasche verfing sich an der Tür des Schließfachs: »Tun Sie sich keinen Zwang an. Haben Sie Pater Kadamczik gemocht?«

Sie zuckte die Achseln: »Ehrlich gesagt, auch wenn er jetzt tot ist – ich finde, er war ein ziemlicher Arsch. Einer von den Professoren, die jede Menge Vorlesungen ausfallen lassen. Den Stoff aber, den sie nicht gelesen haben, haargenau prüfen. Ohne ein Skript zur Verfügung zu stellen. Wenn es Margarethe Niemaier nicht gäbe, wären wir oft ziemlich aufgeschmissen gewesen ...«

»Sie hat Ihnen Unterlagen zur Verfügung gestellt?«

Die Studentin nickte: »Kadamczik hat sie übel ausgebeutet. Das ist hier allgemein bekannt. Verena und ich haben ihr schließlich geraten, sich zu beschweren.«

»Verena? Meinen Sie Verena Carsten?«

Sie sah mich überrascht an: »Natürlich. Verena und ich

nehmen an einem feministisch-theologischen Gesprächskreis teil. Margarethe Niemaier kommt manchmal auch. Ein bisschen verschüchtert, aber immerhin ...«

»Oh ...« Ich benötigte einige Sekunden, um diese Neuigkeit zu verdauen. Dann fragte ich: »Hat sich Margarethe Niemaier bei Pater Kollmann beschwert?«

Die Studentin lachte: »Wo denken Sie hin? ›Aber liebe Frau Niemaier, ich bin mir sicher, das ist ein furchtbares Missverständnis. Pater Kadamczik will nur Ihr Bestes.‹« Sie ahmte Pater Kollmanns salbungsvolle Sprechweise verblüffend genau nach. »Nein, sie hat sich bei Pater Frisenius beschwert.«

»Oh ...« sagte ich nochmals. Ich wollte noch etwas erwidern. Aber in diesem Moment ertönte der Piepser, den ich in meiner Tasche trug. Er zeigte Werners Nummer. Ich nickte der Studentin hastig zu, rannte in den angrenzenden Raum und griff mir, trotz des wütenden Potestes des Paters, das Telefon, das vor ihm auf dem Schreibtisch stand.

Werner meldete sich sofort: »Jakoba? Hör zu, Joost und ich haben Kadamcziks Konto überprüft. Jeden Monat gingen einige hundert Mark davon ab und wir wissen auch, wohin das Geld überwiesen wurde. In einer Viertelstunde hole ich dich auf dem Parkplatz ab.«

Ich drückte dem Mönch das Telefon in die Hände. Eine Viertelstunde ... Zu einem Gespräch mit Frisenius reichte die Zeit nicht aus. Aber ich konnte noch etwas anderes erledigen.

Da antwortete der Herr dem Ijob aus dem Wettersturm und sprach: Wer ist es, der den Ratschluß verdunkelt mit Gerede ohne Einsicht? Auf, gürte deine Lenden wie ein Mann: Ich will dich fragen, du belehre mich!

Getragen tönte Pater Kollmanns Stimme durch die Tür seines Vorzimmers. Ich zögerte einen Augenblick, dann klopfte ich.

Ich hörte Schwester Agnes unwillig »Herein« sagen, öffnete die Tür und stutzte. Pater Kollmann redete weiter, obwohl ich ihn nirgends im Zimmer erblicken konnte. Gleichzeitig glaubte ich, ein leiseres Echo seiner Stimme wahrzunehmen. Dann erkannte ich, dass die Stimme des Paters, die ich eben vor der Tür gehört hatte, aus einem Kassettenrekorder kam. Der Rekorder stand neben dem eingeschalteten Computerbildschirm. Die Finger der Nonne glitten über die Tastatur.

Schwester Agnes' Blick war auf den Bildschirm gerichtet, ihr Gesicht unbewegt. Doch beim Nähergehen bemerkte ich, dass ihre Augen gerötet waren. Konnte es tatsächlich sein, dass diese Frau geweint hatte?

Meine winzige Regung von Mitgefühl verschwand sofort wieder, als sie schroff fragte: »Was wollen Sie?«

»Verena Carstens Vortrag – den sie vor der Tagung eingereicht hat ... Liegt er Ihnen vor?«

Wortlos erhob sich die Nonne, schaltete den Rekorder aus und ging zu einem der Büroschränke aus Metall. Wieder hörte ich Pater Kollmanns Stimme, leiser jetzt. Mir wurde klar, dass er in seinem Zimmer war und auf jemanden einsprach. Ich konnte nicht verstehen, was er sagte. Sein Tonfall jedoch schien beschwichtigend.

Das Schubfach des Büroschranks schnarrte, als Schwester Agnes es aufzog. Pappe rieb gegeneinander, als sie die Hängeordner beiseite schob.

Jetzt erklang eine laute, wütende Stimme aus dem hinteren Zimmer, übertönte das raschelnde Geräusch. Die Stimme war mir bekannt, ich konnte sie jedoch nicht einordnen. Protestierend und vorwurfsvoll schwoll sie an: »Es steht mir zu. Es ist meine Stelle.« Pater Kollmann murmelte etwas.

Schwester Agnes drückte mir ein Manuskript in die Hände, eilte zu ihrem Schreibtisch und schaltete den Rekorder wieder ein.

Der Pater begann salbungsvoll von »Maria, der großmütigen Gefährtin«, der »demütigen Magd« und von »Gehorsam, Glaube und Hoffnung« zu reden.

Schwester Agnes hackte den Text in den Computer. Ich war mir sicher, dass sie das Tonbandgerät lauter gestellt hatte, und ihr Anschlag schien ebenfalls lauter geworden zu sein. Dennoch war immer noch die wütende Stimme zu hören, wenn ich auch nicht mehr verstehen konnte, was sie sagte.

Ich wog die Blätter des nicht gehaltenen Vortrags in den Händen, unwillkürlich konzentriert auf die laute Stimme im hinteren Zimmer, und fragte: »Sie kennen dieses Manuskript?«

Die Augen der Nonne wandten sich nicht vom Bildschirm ab: »Ich kenne es nicht. Aber ich habe es für Pater Kollmann kopiert und das Original in Pater Kadamcziks Korb gelegt.« Ihr Kopf machte eine Bewegung zu den übereinander gestapelten, mit Namensschildern versehenen Plastikkörben, die auf dem Tisch neben der Tür standen.

»Die Post für alle Mitglieder des Hauses trifft bei Ihnen ein?«

»Genau.«

»Und Sie öffnen die Briefe der Patres?«

»Ich öffne nur die Briefe, die an Pater Kollmann oder allgemein an die Hochschule adressiert sind.«

»Wenn das so ist – warum gelangte dann Verena Carstens Manuskript in Ihre Hände?«

Sie hatte sich schon wieder dem Computer zugewandt: »Nun, weil Frau Carsten es an die Hochschule schickte. Die Hochschule veranstaltete die Tagung.«

Ich wollte gehen, aber das emotionslose Gesicht der Nonne reizte mich: »Pater Kadamcziks Tod scheint hier ja niemanden tiefer berührt zu haben. Business as usual ... Oder verstehe ich das falsch?«

Ein blasses Rot breitete sich von Schwester Agnes' Wangenknochen bis auf ihren Hals aus. Für einen Moment verharrten ihre Finger in der Luft. Das Klappern der Tastatur verstummte. Ungestört von Nebengeräuschen sprach Pater Kollmann aus dem Rekorder über »das Geheimnis der Kirche, die ja selbst zu Recht auch Jungfrau und Mutter« genannt werde.

Kühl antwortete Schwester Agnes: »Der Einzelne ist nicht so wichtig.«

»Was ist denn wichtig?«

Etwas wie ein Lächeln erschien um ihren Mund, dennoch kam es mir vor, als ob ihre Stimme ein wenig zitterte: »Das Ganze, der Orden, die Kirche ...«

Draußen auf dem Flur musste ich wieder tief durchatmen. Diese Frau schnürte mir wirklich die Luft ab! Ich hatte schon fast das Ende des Ganges erreicht, als hinter mir eine Tür geöffnet wurde und die Stimme, die ich eben aus Pater Kollmanns Zimmer gehört hatte, sagte: »Es ist einfach nicht gerecht.« Die Stimme war zornig. Aber es schwang noch ein anderer Ton mit. Ein unterdrücktes Weinen wie bei einem Kind, das schreit und tobt, weil es sich machtlos fühlt. Interessiert drehte ich mich um.

Ich war überrascht, Vitello vor Pater Kollmanns Tür zu sehen, und noch überraschter, dass Schwester Agnes neben ihm stand, leise auf ihn einredete und ihm für einige Augenblicke den Arm um die Schultern legte, als ob sie ihn besänftigen wollte. Dann ließ sie ihn los, kehrte in das Zimmer zurück. Vitello stand unbeholfen und linkisch, wie ich ihn kennen gelernt hatte, im Flur. Ich wandte mich ab und lief die Treppe hinunter.

Werner wartete im Auto auf dem Parkplatz vor der Kirche. Er hatte die Fahrertür geöffnet, reckte seine Beine hinaus auf den Asphalt und blickte mir ungeduldig entgegen.

Als ich mich neben ihn setzte, fragte er gereizt: »Wo bleibst du denn?«

»Ich habe mit der Nonne geredet.«

Während Werner losfuhr, griff ich nach dem Sicherheitsgurt.

»Und, ist wenigstens etwas dabei herausgekommen?«

»Weiß nicht. Die Post der Patres geht durch ihre Hände.«

»Ist ja eine enorm wichtige Erkenntnis.« Werner hielt an der Einfahrt der Hochschule, trommelte mit den Fingern auf das Lenkrad und betrachtete missmutig ein Polizeipferd, das mitten auf dem breiten Gehsteig stand, den Schwanz hob und zwei Kotkugeln zu Boden fallen ließ: »Hätte sich wirklich keinen passenderen Platz dafür aussuchen können.«

»Wahrscheinlich mag es die Hochschule nicht.«

Der Polizist auf dem Pferd hob grüßend die Hand an die Mütze, dann ritten er und sein Kollege langsam die Straße hinab.

»Jetzt sag schon«, meinte ich, als Werner in die Straße, die durch das Villenviertel führte, eingebogen war. »An wen hat Kadamczik Geld überwiesen?«

»An den Herrn Fußmann, den Leiter des städtischen Kunstmuseums.«

»An Herrn Fußmann? Mehrere hundert Mark im Monat? Wollte Kadamczik angesichts der kommunalen Finanzmisere ein Zeichen setzen?«

Werner schüttelte den Kopf: »Oh, das glaube ich nicht. Die Überweisungen begannen, als es der Stadt noch finanziell gut ging – vor sechzehn Jahren. Angefangen hat er mit 300 Mark im Monat. Im Lauf der Zeit haben sich die Beträge auf 600 Mark gesteigert. Außerdem gingen die Gelder auf Herrn Fußmanns Privatkonto.«

Ich starrte Werner an: »Warum das denn?«

Er hob die Schultern: »Wenn ich das wüsste, müssten wir nicht mit Herrn Fußmann reden.«

»Woher hatte Kadamczik eigentlich das Geld? Ich habe immer gedacht, Mönche würden zölibatär und arm leben.«

»In gewissem Sinn schon.«

Wir hatten das Ende der villengesäumten Straße erreicht und Werner hielt an einem Stopp-Schild, um sich dann in den Verkehr auf einer der Hauptverkehrsadern einzufädeln.

Ein bleiches, von dunstigen Wolken verhülltes Sonnenlicht lag über der Stadt, das in den Augen schmerzte. Ich klappte die Sonnenblende herunter.

Nachdem Werner eine Lücke im dichten Verkehr erspäht hatte und auf die mittelere Spur gewechselt war, redete er weiter: »Pater Kollmann hat mir erklärt, dass die Patres ein Taschengeld von 1000 Mark im Monat erhalten.«

»Keine schlechte Summe für ein Taschengeld.«

»Jetzt sei mal gerecht. Die meisten Patres sind Professoren, werden vom Staat bezahlt. Die dürften so zwischen 5000 und 6000 Mark netto im Monat verdienen. Ein Sechstel davon als Taschengeld ist nicht viel. Der Rest geht an den Orden.«

»Immerhin haben die Mönche Wohnung und Essen frei.«

Werner grinste: »Ja ja, natürlich ...«

»Gut«, gab ich widerwillig zu. »Wenn Kadamczik – aus welchen Gründen auch immer – dem Leiter des städtischen Kunstmuseums monatlich 600 Mark spendete, blieb ihm wirklich nicht mehr viel Geld.«

»Das beurteilst du jetzt zu großzügig. Jeden Monat ging nämlich dieselbe Summe, die an Fußmann überwiesen wurde, auch wieder auf Kadamcziks Konto ein.«

»Wie bitte?«

»Ja«, erwiderte Werner gut gelaunt. »Und vergiss nicht zu fragen, von wem das Geld stammt.«

»Wer hat es überwiesen?«

»Kadamcziks Mutter. Per Dauerauftrag ...«

»Ach ja ... Und warum glaubte sie, ihren Sohn unterstützen zu müssen?«

Werner schenkte mir ein freundliches Lächeln: »Das kann ich dir leider nicht sagen. Die Dame ist weit über achtzig, lebt in einem Altersheim und leidet an Alzheimer. Und rate, wer ihr Vermögen verwaltet?«

»Kadamczik?«

Werner nickte.

»Na ja«, meinte ich matt. »Es spricht ja immerhin für ihn, dass er nicht mehr ausgab, als er einnahm. Oder umgekehrt.«

»Pater Kollmann sah das nicht so. Er reagierte recht indigniert. Meinte, es sei gegen die Regel, Geld zu beziehen und ihn, den Ordens-Vorsteher, nicht davon zu unterrichten. Nicht, dass er dem Mitbruder die Summe vorenthalten hätte ... Aber es verstoße nun einmal gegen das Prinzip. Und Pater Kadamczik sei doch sonst immer so korrekt gewesen ...«

»Kadamczik korrekt. Dass ich nicht lache!« erwiderte ich. »Er war ein wissenschaftlicher Betrüger.«

»Wofür wir allerdings bisher nur Margarethe Niemaiers Aussage haben.«

»Hm ...« Ich schaute zum Seitenfenster hinaus und beobachtete den Verkehr, der Stoßstange an Stoßstange neben uns trieb. Halb elf ... Die Straßen waren ungewöhnlich voll für diese Zeit, als hätte die Ahnung von Frühling, die in der Luft lag, die Menschen aus ihren Häusern getrieben.

Ich musste unbedingt mit dem Greis reden.

Werner sagte in meine Gedanken: »Ich habe übrigens die Ton-Auswertung des Videobands.«

»Und?«

»Tja, alles, was Kadamczik sagte, konnten die Kollegen nicht aus der Geräuschkulisse herausfiltern. Aber doch so viel: Er beschimpfte Verena Carsten als wissenschaftliche Hure und drohte, ihre Karriere zu ruinieren.«

»Wissenschaftliche Hure?«

»Ja, das war ganz deutlich zu verstehen. Außerdem sagte er noch etwas, auf das ich und die Kollegen uns keinen Reim machen konnten. Aber vielleicht war auch die Tonqualität zu schlecht. Ein Name ... Irgendetwas, das sich anhörte wie ›Gibea‹ ...«

»Gibea?« Ich starrte Werner an. »Was war mit Gibea?«

Er warf mir einen überraschten Blick zu: »Sagt dir das Wort etwas? Nun, Kadamczik meinte, dass es Verena Carsten ergehen solle wie der Frau aus Gibea ... Wenn du mich fragst, es klang fast wie ein Fluch.«

Ich war sauer: »Kein Wunder, dass Verena Carsten Kadamczik die Kuchenplatte ins Gesicht geworfen hat. Dieses Schwein ...«

Ich erklärte Werner den Zusammenhang. Immerhin – er wirkte ein wenig betroffen.

Während ich auf die Straße blickte und registrierte, dass wir den Rand der Altstadt erreicht hatten, wo sich Fachwerkhäuser und schmale, in Pastellfarben gestrichene Gebäude aus der Barock- und Gründerzeit aneinander drängten, sah ich wieder die Bibelseite mit den archaischen Schriftzeichen und Kadamcziks nackten Hintern vor mir.

Die Bezüge waren überdeutlich: Verena Carstens und Kadamcziks Streit hatte sich am Hosea-Buch entzündet. Die spezielle Lage der Leiche spielte auf eine Stelle im Richter-Buch an, die von einer vergewaltigten Frau handelte. Der Pater hatte die Theologin mit jener Frau verglichen ... Aber wenn Verena Carsten Kadamczik erstochen hatte – warum in aller Welt hatte sie seine Leiche dann so drapiert, dass die Indizien sie belasteten? Wie am vorherigen Abend fiel mir, während ich an Kadamcziks Leiche dachte, die Rilke'sche *Schaubühne* wieder ein. Aber ich wusste immer noch nicht, was mir mein Unterbewusstsein damit sagen wollte.

»Worüber grübelst du?« fragte Werner. »Über die Bezüge zwischen dem Streit und den Besonderheiten von Kadamcziks Leiche?«

Ich nickte.

»Verena Carsten ist immer noch nicht in ihrer Wohnung aufgetaucht ...«

»Mist«, sagte ich gereizt. »Was sollen wir jetzt machen?«

Wir hatten einen kleinen, gepflasterten Platz erreicht, dessen Ränder leere Blumenkübel aus Sandstein und Lampen, die Gaslaternen nachempfunden waren, zierten. An drei Seiten des Platzes standen Häuser, die kleine Handwerker und niedrige Beamte in früheren Jahrhunderten erbaut hatten. Jetzt wurden sie von Singles und Familien der gehobenen Mittelschicht bewohnt.

In die Werkstätten waren Kneipen und Läden gezogen, deren Angebot sich an ein zahlungskräftiges Publikum richtete. Nur ein Haus mit einer Schuster-Werkstatt im Erdgeschoss erinnerte noch an die ursprünglichen Bewohner. Das Plakat im Schaufenster, das für ›Handwerks-Qualität‹

warb und einen derben Schuh zeigte, der vor dreißig Jahren modern gewesen sein mochte, war verblasst und auch das Design der Schuhpflegemittel, die auf dem Boden des Fensters lagen, wirkte hoffnungslos veraltet.

Die vierte Seite des Platzes nahm eine weiß gestrichene Kirche ein, deren Turm irgendwann zerstört worden war. Die Fassade war schlicht, nur unterteilt von hohen, bogenförmigen Fenstern aus hellem Butzenscheibenglas. Der Bau hieß ›Johannis-Kirche‹, obwohl er eigentlich nicht mehr als Kirche diente, sondern von der Städtischen Kunstsammlung als Ort für exquisite Ausstellungen genutzt wurde. Der eine Flügel des mit Metall beschlagenen Portals stand offen.

Du sollst neben mir keine anderen Götter haben. Du sollst dir kein Gottesbildnis machen, das irgend etwas darstellt am Himmel droben, auf der Erde unten oder im Wasser unter der Erde.

Das Innere der ehemaligen Kirche war hell. Stuckornamente, die die Decke zu den Wänden hin begrenzten, und einige weiß überstrichene Ovale an der Decke deuteten darauf hin, dass die Kirche eine barocke Innenausstattung gehabt hatte. Vom sakralen Zweck des Raums zeugte nur noch ein etwas erhöhter Ort am anderen Ende des früheren Kirchenschiffs, wo sich wohl einmal der Altar befunden hatte.

Weiße Stellwände bildeten einen künstlichen Innenraum. Ein paar Männer in Arbeitskleidung waren damit beschäftigt, ein großes Gemälde an eine dieser Wände zu hängen. Ein weiterer Mann, Typ viel versprechender Jung-Intellektueller, dirigierte die Arbeiter. Fußmann, der Leiter der Kunstsammlung, lehnte an der Rezeption. Ich kannte ihn von einigen Ausstellungseröffnungen, die ich im Lauf der Jahre besucht hatte, und von Zeitungsfotos. Er war ein mittelgroßer schlanker Mann um die fünfzig, mit silbergrauen, nackenlangen Haaren, meist in dunkle Farben gekleidet. Dies und die Tatsache, dass er von einem tiefen Eifer für die Kunst beseelt war, verlieh ihm eine gewisse priesterliche Aura.

Jetzt schien dieser Eifer jedoch gedämpft. Fußmanns zu Fäusten geballte Hände umklammerten den Rand der Rezeption. Er wirkte verstört.

Werner und ich stellten uns vor. Fußmann wiederholte geistesabwesend: »Kriminalpolizei ...«

Dann begann er davon zu reden, dass er es überhaupt nicht fassen könne ... Kadamczik tot ... Er habe es aus den Morgennachrichten erfahren. Er und Kadamczik hätten diese Ausstellung gemeinsam konzipiert. Sie solle in zwei Wochen eröffnet werden ... Er wisse, dass er in Kadamcziks Sinn handele, wenn er die Ausstellung nicht absage.

Mir fiel ein, dass ich etwas Ähnliches schon einmal gehört hatte – ach ja, Vitello, der gemeint hatte, es sei in Kadamcziks Sinne, wenn er weiterarbeitete, als sei nichts geschehen.

Während Fußmann sprach, war sein Blick auf das Gemälde gerichtet, das zwei Arbeiter nach Anweisung des Jung-Intellektuellen an der Wand hochstemmten, während ein dritter, über den oberen Rand der Wand gebeugt, eine dünne, fast durchsichtige Schnur am Rahmen befestigte.

Das in grau-blauen Tönen gehaltene Gemälde zeigte eine Gruppe von Männern, die sich teils fragend, teils amüsiert und ratlos über einen gedeckten Tisch beugten. Auf dem Tisch standen gefüllte Weingläser, eine leere Sardinenbüchse, Brot und einige Platten, auf denen merkwürdig geformte Fische lagen, und eine Schüssel voller Fleischstücke. Dann, als ich nochmals genauer hinschaute, erkannte ich, dass in der Schüssel keine Fleischstücke lagen, sondern ein Kopf, der in Blut schwamm. Und die Fische entpuppten sich als ein Fuß, aus dem die Wadenknochen ragten, und die Innenseite einer Hand, die aufgeschlitzt war.

Werner, der ebenfalls das Gemälde betrachtet hatte, räusperte sich und fragte: »Ist das nicht ein wenig kannibalisch?«

»Weshalb kannibalisch?« Verwundert wandte sich Fußmann Werner zu, als habe dieser eine fremde Sprache benutzt.

»Nun, diese Körperteile ... zu einer Mahlzeit zusammengestellt ...«

»Oh, Sie haben natürlich nicht Unrecht.« Fußmann berührte Werners Arm und ein wenig von dem Eifer, den er sonst ausstrahlte, kehrte in sein Gesicht zurück. »Das Bild ist natürlich in dem Sinne kannibalisch, als in ihm das Wort wahrhaftig Fleisch wurde. Das symbolisch Verstandene eine wortwörtliche Realität erhält. ›Nehmt und esst, das ist mein Leib‹ ... ›Trinkt, das ist mein Blut‹ ... Der Künstler deutet diese Aussagen in einer ungewohnten Radikalität, die sich weigert, Metaphern metaphorisch zu verstehen. Das Gemälde schockiert ... Es ist eine Provokation ...«

Bevor Fußmann sich noch weiter in Bilddeutungen ergehen konnte, mischte ich mich ein: »Hat Pater Kadamczik dieses Gemälde gutgeheißen?«

»Aber natürlich, Veit und ich haben diese Ausstellung schließlich gemeinsam konzipiert. Wir wollen ...« Fußmannn brach ab, schüttelte stumm den Kopf, schien heftige Emotionen niederzukämpfen und begann dann von Pater Kadamczik als einem der wenigen Wegbereiter der modernen Kunst in der katholischen Kirche zu sprechen. Von seinem »untrüglichen Gespür für das, was Kunst« ist. Von seiner Begeisterung und seinem Mut, trotz übelster Anfeindungen aus dem konservativen Katholikenlager nicht von seiner Linie abzuweichen. Um der Sache willen keine Provokation zu scheuen.

Dann griff Fußmann nach einem Katalog mit dem Titel *Christliche Kunst im Wandel*, der auf der Rezeption lag, schlug ihn auf und blätterte Seite um Seite um, während er erklärend und beschwörend auf uns einredete.

»Das war der kirchliche Standard«, sagte er und deutete auf das Foto eines Altargemäldes, das einen lächelnden, in eine Tunika gewandeten Christus zeigte, zu dessen Füßen einige wollige Lämmer weideten. »Oder das ...« Fußmanns Finger wies auf einen Jesus mit sorgfältig onduliertem Haar und Bart, der auf einer Wolke gen Himmel schwebte und mich fatal an den Puppenstuben-Christus in der Halle neben der Hochschulkirche erinnerte.

»Und dafür ist Veit eingetreten.«

Die Katalogseite zeigte eine schwarze Fläche, durch deren Mitte ein schmaler, weißer Riss ging. Dann sah ich ein Foto von dem Triptychon, das in Kadamcziks Zimmer hing, und wärmte mich einen Augenblick lang an dem schimmernden Gelb. Auch Kadamczik war auf einigen Fotos zu sehen: Kutte tragend und imposant am Rednerpult ... ein Sektglas in der Hand haltend, inmitten einer Gruppe von Menschen, von denen ich einige als Honoratioren der Stadt erkannte ... Kadamczik im Gespräch mit einem Minister ... bei einer Diskussionsrunde mit bekannten Künstlern: stets präsent, fotogen und der eigenen Wirkung bewusst.

Das letzte Foto in dem Katalog zeigte ein Paar rot-blau geringelter Boxer-Shorts, die mit Klammern befestigt an einem dünnen Holzgerüst hingen. Die Installation trug den Titel *Mensch Jesus*. Unwillkürlich grinste ich, fragte mich jedoch gleichzeitig, ob Kadamczik eine Art ›Doktor Jekyll and Mr. Hyde‹ des Katholizismus darstellte. In Sachen Kunst wagemutig und aufgeschlossen, in der Theologie ein Reaktionär.

Neben mir sagte Fußmann: »Sie glauben nicht, welche Reaktionen diese Installation hervorgerufen hat. Dieser Ausstellungsraum wurde beschmiert. Veit und ich erhielten anonyme Drohbriefe. ›Gotteslästerer, Ihr werdet gestraft werden‹.«

Ich sah Werner an. Er nickte mir zu. Auch er dachte an den Brief, den die Kollegen von der Spurensicherung in Kadamcziks Papierkorb gefunden hatten. Den Brief, in dem Kadamczik bedroht worden war.

»Wann fand die Ausstellung statt, auf der die Shorts gezeigt wurden?« fragte Werner Fußmann.

»Vor etwa einem Jahr. Veit und ich hatten niemals mit einer derartigen Reaktion gerechnet. Wir waren geschockt. Die eigenen Ordensbrüder setzten Veit unter Druck. Diese neue Ausstellung ›Das Christusbild im Wandel der Zeiten‹ ...«, Fußmanns Armbewegung umfasste den Kirchenraum, wo die Arbeiter nun ein in Brauntönen gehaltenes Werk transportierten, das abgehackte, mit Fratzen versehene Körperteile zeigte, die ihre Qual herauszuschreien schienen.

Ich erinnerte mich vage, damals in der Zeitung von dem Streit und den Schmierereien gelesen zu haben. Da ich mich nicht für christliche Kunst interessierte, hatte ich nicht sonderlich darauf geachtet.

»Diese Ausstellung soll dazu beitragen, die Wogen zu glätten. Wir möchten die geschichtliche Bedingtheit von Kunst demonstrieren, darlegen, dass jede Zeit die ihr gemäßen Ausdrucksformen hat. Dass ein präraffaelitisches Jesus-Bild im 19. Jahrhundert berechtigt war, heute jedoch nicht mehr.«

Nun, ich hatte meine Zweifel, ob die Kannibalenmahlzeit und die schreienden Gliedmaßen die Gemüter beruhigen würden ...

»Sie haben diese neue Ausstellung doch angekündigt«, meinte ich. »War klar, worum es dabei gehen würde? Also ...«

»Aber natürlich«, fiel mir Fußmann ins Wort. »Unsere Plakate zeigen ›Brot und Wein‹«, er deutete auf die Kannibalenmahlzeit. »Sie hängen überall im Stadtgebiet. Haben Sie die Plakate etwa noch nicht gesehen?«

Zerknirscht gab ich zu, dass sie mir bisher völlig entgangen waren.

Werner schaltete sich wieder ein: »Gab es wieder Drohbriefe?«

Fußmann schüttelte den Kopf: »Ich habe noch keinen erhalten.«

»Und Kadamczik?«

»Nicht, dass ich wüsste.«

»Wie lange kennen Sie den Pater?«

»Seit ungefähr achtzehn Jahren, seit ich in dieser Stadt arbeite. Der Kontakt war von Anfang an sehr gut. Ich hatte nicht damit gerechnet, bei einem Kirchenvertreter auf diese Offenheit zu stoßen ...«

Werner unterbrach ihn: »Waren Sie und Pater Kadamczik befreundet?«

Fußmann zuckte die Schultern: »Nun, befreundet ... Wir duzten uns und schätzen uns und wussten, dass wir uns aufeinander verlassen konnten.«

»Spendete Pater Kadamczik Geld für die Kunstsammlung?« hakte Werner nach.

Ich mischte mich nicht ein, beschränkte mich darauf, zuzuhören.

Fußmanns Gesicht war ratlos: »Nein, warum hätte Veit spenden sollen? Er engagierte sich ohnehin schon mehr als genug für die Kunst.«

»Aber Pater Kadamczik überwies Ihnen Geld. Auf Ihr privates Konto ...«

»Er überwies mir kein Geld.«

»Aber natürlich tat er das. Soll ich Ihnen die Bankbelege zeigen?«

Fußmann starrte Werner an. Dann wechselte sein Gesichtsausdruck von Fassungslosigkeit zu Erleichterung: »Ach so, das meinen Sie.«

»Sie geben also zu, dass er Ihnen Geld überwies?«

»Ja, nein ...«

»Ja oder nein? Könnten Sie sich bitte klar ausdrücken?« Werner wurde allmählich sauer.

Fußmann gab gereizt zurück: »Muss ich Ihnen das beantworten? Das war schließlich eine Privatsache zwischen Veit und mir.«

Ich beschloss – um das Ganze abzukürzen – mir ausnahmsweise die typisch weibliche Rolle der Harmonie- und Friedensstifterin zu Eigen zu machen, lächelte Fußmann an, sagte, er müsse natürlich nicht, aber er würde uns doch sehr helfen und er wolle doch sicher auch, dass der Mord aufgeklärt werde ...

Er schwankte einen Moment, erwiderte dann aber doch: »Veit überwies mir das Geld und ich überwies es weiter.«

»Warum das?« wollte Werner wissen.

»Veit bat mich um einen Freundschaftsdienst, den ich erfüllte, ohne zu fragen«, entgegnete Fußmann steif.

»An wen überwiesen Sie das Geld?«

Fußmann sah mich an, nicht Werner: »Ich weiß es nicht ...«

»Sie wissen es nicht?« Werners Stimme klang ungläubig.

»Nein.«

»Aber die Bankverbindung des Adressaten müssen Sie doch haben«, warf ich ein.

»Ja, natürlich.«

Ich lächelte Fußmann wieder an: »Wenn Sie uns die Bankverbindung geben könnten, wäre uns schon sehr geholfen.«

Zögernd sagte er: »Ich kenne sie nicht auswendig. Ich müsste zu Hause nachsehen.«

Ich boxte Werner unauffällig in die Seite, intensivierte mein Lächeln und meinte: »Herr Arlt wird Sie sicher gern nach Hause begleiten.«

Danach starb Mose, der Knecht des Herrn, dort in Moab, wie es der Herr bestimmt hatte. Man begrub ihn im Tal, in Moab, gegenüber Bet-Pegor. Bis heute kennt niemand sein Grab.

Pater Frisenius saß an seinem Schreibtisch und schaute mich über die Schulter an. Obwohl er das Fenster im Rücken hatte und sein Gesicht verschattet war, konnte ich erkennen, dass der Blick, den er mir zuwarf, alles andere als freundlich war. Der Kneifer, den er trug, betonte sein hageres, faltiges Gesicht, verlieh ihm ein vogelartiges Aussehen.

»Ich muss Sie bitten, mir einige Fragen zu beantworten«, sagte ich.

»Wenn ich Ihnen erkläre, dass ich keine Zeit dafür habe, ist Ihnen dies wahrscheinlich gleichgültig?«

»Ja«, erwiderte ich.

Er deutete wortlos auf einen Holzstuhl, der in einer Zimmerecke neben der Tür stand. Als ich mich gesetzt hatte, spürte ich die Lehne hart in meinem Rücken. Sie zwang mich, aufrecht zu sitzen, und ich dachte mir, dass eine Prüfung bei diesem Pater einer hochnotpeinlichen Befragung gleichgekommen sein musste.

Unterdessen drehte mir der Greis seinen Schreibtischstuhl zu. Er hielt sich dabei mit einem Arm am Schreibtisch fest und wendete den Stuhl, indem er das eine Bein, wohl das gesunde, vom Boden abstieß. Die Bewegung schien ihm Mühe zu bereiten.

»Los – fragen Sie schon. Ich habe nicht viel Zeit.« Ungeduldig klopften seine Fingerknöchel auf die Armlehne des Stuhles.

Ich zog das Vortragsmanuskript, das Verena Carsten vor der Tagung eingereicht hatte, aus meiner Handtasche und reichte es dem Greis: »Kennen Sie diesen Text?«

Während meiner Taxifahrt zur Hochschule hatte ich die Seiten durchgeblättert und quergelesen. Immerhin hatte ich so viel verstanden, dass der ursprüngliche Vortrag konservativ war und die Übersetzung der strittigen Stelle lautete: »Denn ich bin Gott, nicht ein Mensch.«

Frisenius beugte sich über die Blätter, die er auf seinen Knien hielt, wendete sie langsam, eines nach dem anderen, um. Seinen Gesichtsausdruck konnte ich nicht deuten. Das Fenster in seinem Rücken gab den Blick frei auf die knorrigen Äste des mächtigen Baumes, der in der Mitte des Rasens stand. Dieser Ausblick war das Einzige, was sich Frisenius an Luxus gestattete. Denn das Zimmer war völlig unpersönlich eingerichtet, aber auf eine andere Weise als das Vitellos. Bewusst reduziert auf das Allernotwendigste: der Schreibtisch aus grauem Kunststoff, auf dem sich, neben dem Computer, nur einige Papierbögen und ein Bleistift befanden. Regale aus demselben Material, an der Wand mit stählernen Streben befestigt. Die Bücher, Rücken an Rücken nebeneinander aufgereiht. Der Boden des Zimmers war kahl. Der einzige Schmuck an den weißen Wänden bestand aus einem einfachen Holzkreuz und den Blättern einer Pflanze, die sich von Nägeln gestützt neben dem Fenster emporrankten.

Schließlich richtete sich der Greis auf und sagte trocken: »Das ist die verzerrte, stümperhafte Abschrift eines Aufsatzes, den ich zu Beginn der 30er-Jahre verfasst habe. Einige meiner Ausführungen fehlen und mein Stil ist verdorben.«

Einen Moment war ich sprachlos. Dann fragte ich: »Pater Kadamczik hat das nicht bemerkt? Ihm ist nicht aufgefallen, dass es Verena Carstens Vortrag schon gegeben hat? Dass er von Ihnen stammte?«

Pater Frisenius raffte die Kutte enger und erwiderte kühl: »Ich bezweifle, dass Pater Kadamczik den Vortrag gelesen hat.«

»Ich habe heute Vormittag einige Zeit in der Bibliothek verbracht.«

»Das kann nie schaden.« Die Knöchel klopften wieder. Ein Geräusch, das mich an das eigentümliche Uhrticken erinnerte, das ich vor Jahren einmal in einer alten Dorfkirche gehört hatte. Ein sprödes Geräusch. Unerbittlich wie die Zeit.

»Ich habe in Ihren Aufsätzen geblättert. Einer befasst sich mit dem Problem der Übersetzung von ›isch‹ und ›adam‹. In diesem Aufsatz vertreten Sie dieselbe Meinung wie Frau Carsten. Was mich nun wirklich wundert, wenn ich an unser Gespräch gestern Abend denke ... Außerdem weicht diese Meinung von Ihrem Text aus den 30er-Jahren ab ...«

Frisenius sagte trocken: »Nun, und? Ich kam zu dem Schluss, dass meine damalige Übersetzung überholt war. Was Frau Carsten betrifft: Ich kann diese Frau nicht davon abhalten, aus richtigen Grundlagen falsche Schlüsse zu ziehen.«

»Sie hat sich in ihrem Vortrag nicht auf Sie berufen?«

»Sie hätte es nicht wagen dürfen ...«

»Was stört Sie an Frau Carstens Schlussfolgerungen, wenn Sie beide denselben Ausgangspunkt haben?«

Er lehnte sich ein wenig in seinem Stuhl zurück: »Die wissenschaftliche Lauterkeit gebietet mir, bei der Übersetzung von Hosea 11 Vers 9 eben diese, in dem neueren Aufsatz dargelegte Übersetzungs-Variante zu vertreten. Dieselbe wissenschaftliche Lauterkeit gebietet es mir jedoch ebenfalls, die von Frau Carstens vertretene Schlussfolgerung eines weiblichen Gottesbildes strikt abzulehnen. Hinweise auf weibliche Fruchtbarkeitskulte will sie im Hosea-Buch entdeckt haben. Eine Baumgöttin. Und das soll *Sein* Bild bestimmen? Das ist Götzendienerei!« Die Stimme des Greises klang messerscharf.

Ich wurde wütend: »Wissenschaftliche Lauterkeit ... Sie berufen sich auf wissenschaftliche Lauterkeit. Dass ich nicht lache. Wie verhält es sich denn mit Ihrem Mitbruder Veit Kadamczik, der die Arbeiten seiner wissenschaftlichen Assistentin als die eigenen ausgab? Margarethe Niemaier hat doch mit Ihnen darüber gesprochen. Hat Sie um Hilfe gebeten. Geben Sie doch zu, dass Ihnen in diesem Fall die wissenschaftliche Lauterkeit völlig gleichgültig war.«

Der Nacken des Greises schien sich aufzurichten. Sein Kopf drehte sich ein wenig zur Seite. Dann verharrte er bewegungslos. Sein Profil war das eines alten, in vielen Kämpfen erprobten Vogels.

Schließlich, nach langem Schweigen, sagte er, wobei ich unter der Sprödigkeit seiner Stimme Trauer zu hören glaubte: »Er hätte es nicht nötig gehabt ... Er hätte es weiß Gott nicht nötig gehabt ... Er war einer der begabtesten Schüler, die ich je hatte. Er hatte diesen Blick für die wirklich wichtigen Probleme. Er konnte sie in scheinbaren Nebensächlichkeiten aufspüren und völlig neue, atemberaubende Antworten auf alte Fragen finden. Er hatte diesen Schuss Genialität. Es war begeisternd und anspornend, ihn als Schüler zu haben. Ganz anders als Pater Vitello ... Sie kennen ihn?«

Ich nickte.

»Pater Vitello ist Durchschnitt, nicht mehr. Aber Pater Kadamczik ...« Der Greis griff nach seinem Stock, der am Schreibtisch lehnte, und begann, imaginäre Zeichen auf den Boden zu malen. Dann richtete er sich abrupt auf – einer dieser jähen Umschwünge, die ich schon mehrmals an ihm wahrgenommen hatte – stieß den Stock auf den Boden und bemerkte hart: »Die Kunst hat Pater Kadamczik verdorben. Dieses falsche Streben nach Gott. Oder Göttlichkeit, wie er und seine Künstlerfreunde es nennen würden. Göttlichkeit in Bildern suchen – auch das ist Blasphemie und Götzendienerei! Die Kunst brachte Pater Kadamczik davon ab, der Wissenschaft, seinem Orden und Gott zu dienen. Und als er bemerkte, dass er den eigenen wissenschaftlichen Ansprüchen nicht mehr genügen konnte, nahm er sich die Ergebnisse von anderen.«

»Wann kam Margarethe Niemaier zu Ihnen?«

»Vor etwa einer Woche.«

»Haben Sie Pater Kadamczik zur Rede gestellt?«

Frisenius nickte.

»Wann war das?«

»Noch am selben Tag ...«

»Wie hat Kadamczik reagiert?«

Frisenius räusperte sich. Oder vielleicht war es auch ein bitteres Auflachen, das sofort wieder abbrach: »Er reagierte wie immer. Stritt zuerst alles ab, gebrauchte dann Ausreden.«

»Und Sie haben nichts weiter unternommen?«

»Es begann schon lange vor Frau Niemaier. Schon zu der Zeit, als ich noch selbst als Professor an den Doktoranden-Kolloquien teilnahm. Problemlösungen, die wir während des Kolloquiums diskutierten, erschienen plötzlich in Kadamcziks Aufsätzen. Die ersten Doktoranden beschwerten sich vorsichtig. Ich habe ihm häufig ins Gewissen geredet. Es nutzte nichts ...«

Ich wiederholte meine Frage: »Sie haben nichts unternommen?«

Die Hand des Greises umklammerte den Griff des Stokkes, so dass sich die Haut wie Pergament über den Knöcheln spannte: »Wenn man demselben Orden, demselben Haus angehört, bezichtigt man einen Mitbruder nicht öffentlich des wissenschaftlichen Diebstahls.«

»Und Rom?«

»Seine Gönner in Rom?« Der Greis lachte trocken auf. »Dieses Mittelmaß ist mir völlig gleichgültig. Nein, es war die Verpflichtung gegenüber dem eigenen Haus. Auch andere Brüder wussten Bescheid. Manche haben aus denselben Gründen geschwiegen wie ich. Bei anderen wiederum zählte nur, dass das wissenschaftliche Ansehen der Hochschule durch Pater Kadamcziks Ruf gesteigert wurde. Wie dieser Ruf zustande kam, war ihnen gleichgültig.«

»Und Pater Kollmann, der Leiter dieses Hauses?«

»Pater Kollmann?« fragte der Greis spöttisch. »Pater Kollmann sieht nur, was er sehen will. Er mag kein Dunkel.«

Frisenius schwieg, dann sagte er mehr zu sich selbst: »Und ich ... Ja, ich glaube, ich betrachtete es auch als meine persönliche Buße, Pater Kadamcziks wissenschaftliche Betrügereien mitansehen zu müssen. Zeit meines Lebens habe ich Mittelmäßigkeit gehasst und verachtet. Und nun hatte ich ein Tun vor Augen, das Tun eines meiner Schüler, das weitaus schlimmer war als Mittelmaß. Ich habe mich geweigert, mit Pater Kadamczik zusammenzuarbeiten, habe ihn nicht als Mitarbeiter der wissenschaftlichen Reihen akzeptiert, die ich herausgab.«

»Deswegen verfassten Sie auch keinen Artikel für die Festschrift anlässlich seines fünfzigsten Geburtstages?«

Frisenius nickte: »Das war alles, was ich tun konnte. Aber ich hatte sein Tun vor Augen.«

»Ein Tun, das Ihnen eines Tages so sehr zuwider war, dass Sie Kadamczik töteten?«

Der Greis beugte sich ein wenig vor, seine Stimme klang spöttisch: »Ich sagte Ihnen bereits, ich betrachtete es als meine persönliche Buße. Wenn ich ihn getötet hätte, glauben Sie mir, ich würde es Ihnen nicht gestehen. Nicht, bevor Sie mir den Mord beweisen könnten. Ich habe Arbeit immer als ein hohes Gut erachtet.«

»Ach ja«, sagte ich. »Deshalb stellten Sie mir auch das Rätsel: Alles wiederholt sich und Sie wünschten sich, dies möge nicht wahr sein.«

»Genau. Denken Sie darüber nach.«

»Was wissen Sie, das mir verschweigen?«

»Ich pflege meine eigenen Wege zu gehen.« Sein Blick schien nach innen gerichtet. Dann meinte er: »Am Ende des Buches Deuteronomium lässt Gott Mose einen Blick über das gelobte Land tun. Betreten darf Mose dieses Land nicht. Das hat er sich durch seinen Ungehorsam verwirkt. In der Bibel steht: *Und der Herr zeigte ihm das ganze Land. Er zeigte ihm Gilead bis nach Dan hin, ganz Naftali, das Gebiet von Efraim und Manasse, ganz Juda bis zum Mittelmeer, den Negeb und die Jordangegend, den Talgraben von Jericho, der Palmenstadt, bis Zoar.*« Die Stimme des Greises wurde plötzlich weich: »Der Herr lässt Moses Sehnsucht sich im Schauen erfüllen. Dann stirbt Mose. Mose wird begraben. Das hebräische Wort dafür lautet ›wajiqubar‹. Es kann übersetzt werden mit: ›Man‹ – also die Israeliten – begrub Mose. Oder es kann übersetzt werden mit: ›Er‹ – also der Gott – begrub Mose. Die korrekte Übersetzung lautet: ›Man begrub Mose.‹ Doch ich wünschte, ich dürfte übersetzen: ›Er begrub Mose.‹«

Ein Gott, der Mose in den Armen barg. Ich sah das Bild vor Augen und fühlte mich gegen meinen Willen dem Greis nahe. Einen Moment nur.

Denn dann klappte er sein Visier herunter und sagte schroff: »Wenn Sie keine weiteren Fragen haben, gehen Sie bitte. Ich habe zu arbeiten.«

Als sich die Tauschicht gehoben hatte, lag auf dem Wüstenboden etwas Feines, Knuspriges, fein wie Reif, auf der Erde. Da sagte Mose zu den Israeliten: Das ist das Brot, das der Herr euch zu essen gibt.

Der Greis wusste etwas. Dessen war ich mir sicher. Und ebenso sicher war ich mir, dass er freiwillig nichts von diesem Wissen preisgeben würde. Während ich einen dieser langen, grauen Gänge entlanglief, die auch bei Tag dämmrig wirkten, dachte ich wieder an dieses rästelhafte: »Es gibt nichts Neues unter der Sonne« und daran, wie müde Frisenius' Stimme geklungen hatte, als er sagte: »Manchmal wünsche ich, es wäre nicht wahr.«

Gab es nicht diesen alt-testamentarischen Spruch ›Auge um Auge, Zahn um Zahn‹? Hatte Frisenius Kadamczik erstochen, um die besudelte Ehre der Wissenschaft mit dem Blut des Mitbruders rein zu waschen? Oder deckte er jemanden aus dem Orden? »Wenn man demselben Orden, demselben Haus angehört, bezichtigt man einen Mitbruder nicht öffentlich des wissenschaftlichen Diebstahls ...«

Nun, noch viel weniger bezichtigte man ihn des Mordes ... Beweisen konnten wir vorerst weder das eine noch das andere.

Ich überlegte, ob ich ins Polizeipräsidium zurückkehren sollte, entschied jedoch, dass ich zuvor noch mit jenem Pater reden wollte, der auch in die Künstler-Ecke gehörte: dem Maler, von dem mir Werner erzählt hatte, während wir am gestrigen Abend zu Verena Carstens Wohnung gefahren waren. Mir erschien es wichtig herauszufinden, wie die anderen Patres Kadamcziks Engagement für die moderne Kunst beurteilten. Denn Frisenius' Ausbruch hatte bestätigt, dass dieses Engagement heftige Emotionen entfachen konnte.

Einen Mönch, der mir über den Weg lief, fragte ich nach dem Namen des Maler-Paters und wo ich ihn finden könnte. Der Mönch meinte, Pater Schreiner habe sein Atelier in einer

Hütte im Park – das Wort ›Atelier‹ sprach er gleichsam mit gerümpfter Nase aus – der kürzeste Weg führe durch den Hochschultrakt und dann quer über die Wiese des Parks.

Als ich den Hochschultrakt erreicht hatte, schrillte die Klingel, die ich am Morgen schon einmal gehört hatte. Türen öffneten sich. Studentinnen und Studenten strömten auf den Flur. Einige bildeten Grüppchen und unterhielten sich, andere gingen auf den Ausgang am anderen Ende des Ganges zu. Während ich mich an ihnen vorbeidrängte, schnappte ich Gesprächsfetzen auf über Prüfungen und »Sakramentenlehre« und »Kadamczik tot« und was dieser oder jener Professor dazu gesagt habe ...

Dann sah ich Vitello neben einer der Hörsaal-Türen. Mit hängenden Armen stand er dort. Sein Blick war – so schien es mir – sehnsüchtig auf die Studierenden gerichtet, die sich angeregt unterhielten. Als wollte er sich gern am Gespräch beteiligen, wäre jedoch zu schüchtern, sich zu den jungen Leuten zu stellen. Ich nickte Vitello grüßend zu, worauf er mich dankbar anlächelte.

Ich trat durch die Hintertür am Ende des Flures und befand mich auf dem kleinen Platz, wo am Vorabend der Müllcontainer gebrannt hatte. Ein leichter Geruch von Rauch und verschmortem Plastik hing noch immer in der Luft. Der abgetrennte, verkohlte Deckel lag neben dem Container. Im Regenwasser, das sich in ihm gesammelt hatte, spiegelten sich die tieffliegenden, grauen Wolken, zu denen sich die spinnwebartigen Schleier, die am Morgen über den Himmel gezogen waren, mittlerweile zusammengeballt hatten.

Missmutig dachte ich, dass es wahrscheinlich bald wieder regnen würde, und ging über den winterharten Rasen auf die kleine Baumgruppe am Ende des Parks zu. Zwischen den kahlen Ästen waren die Mauern der Hütten zu erkennen. Als ich etwa die Mitte der Wiese erreicht hatte, kam ein blonder, bärtiger Mann, der Jeans und einen Norweger-Pullover trug, auf mich zu. Er kam mir bekannt vor. Ich erinnerte mich, dass er jener Mann war, der mir am vorigen Abend in der Reihe der Mönche, die sich zum Gebet versammelt hatten, aufgefallen war. Der Mönch mit den strahlend blauen Augen und den klassisch schönen Gesichtszügen. Der Präraffaeliten-Jesus.

Ich stellte mich vor, fragte, ob er Pater Schreiner sei, und sagte, dass ich mit ihm über Pater Kadamczik reden müsse. Er wirkte zunächst überrascht, zuckte dann aber die Achseln und meinte nicht übermäßig begeistert, er sei gerade auf dem Weg zum Kloster. Ob wir uns nicht während des Mittagessens unterhalten könnten. Er stecke gerade in einer wichtigen Arbeit und habe nicht viel Zeit.

Die Aussicht auf eine Mahlzeit im Kloster lockte mich nicht gerade – ich spürte wieder den salzigen Geschmack des Lachs-Ersatzes auf der Zunge –, aber ich stimmte zu. Schweigend liefen wir den Weg zurück, den ich eben gegangen war – über den Rasen, an den Müllcontainern vorbei.

Als sei ihm das Schweigen bewusst geworden, entschuldigte sich der Pater plötzlich mit einem verlegenen Auflachen. Er weile in Gedanken noch völlig bei seiner Arbeit.

Arbeit, dachte ich. Scheint wirklich das Allheilmittel dieser Hochschulleute gegen jede Art von Schicksalsschlag zu sein.

Vor dem Speisesaal kreuzte Pater Kollmann in Begleitung von Joost unseren Weg. Pater Schreiner bemerkte knapp, dass er mich zum Essen eingeladen habe, woraufhin Pater Kollmann versicherte, es sei ihm eine Freude, wo wir doch sozusagen für die Hochschule tätig seien. Und er habe auch Herrn Joost gebeten, am Mittagsmahl teilzunehmen.

Joost verdrehte die Augen und hielt mich ein wenig zurück: »Werner hat sich vorhin bei mir gemeldet. Er kommt in etwa einer halben Stunde hier vorbei.«

»Gut«, sagte ich. »Wie weit bist du mit den Fingerabdrücken?«

»Bin noch nicht ganz durch. Nach dem Essen mache ich weiter.«

Das Mobiliar des Speisesaals war spartanisch: mit grünem Kunstleder bezogene Stahlrohrstühle. Tische, über deren Decken aus weißem Stoff durchsichtige Plastikfolien gebreitet waren. Nur etwa die Hälfte der Tische trug Gedecke, die übrigen waren leer. Über der Durchreiche zur Küche hing ein in neoromanischer Manier geschnitzter klobiger Christus, der mit einem schwermütigen Lächeln in den Raum hinabsah.

Ich bemerkte Schwester Agnes, die von Tisch zu Tisch ging. Prüfend betrachtete sie die Gedecke aus dickem, weißem Steingut und rückte da und dort eine der Stoffservietten zurecht, die, zu einer Art Kegel gefaltet, in der Mitte der Teller aufragten. Am Tisch, an dem Pater Vitello mit gesenktem Kopf saß, verharrte sie kurz. Mir schien es, als ob sie eine Hand auf seine Schulter legte. Aber vielleicht täuschte ich mich auch, denn Vitello reagierte nicht. Als ob sie spürte, dass ich sie beobachtete, wandte die Schwester in demselben Moment den Kopf zu mir. Unsere Blicke kreuzten sich. Dann drehte sie sich abrupt um.

Pater Schreiner hatte Joost und mich zu einem Tisch geführt, der ein wenig abseits stand. Mönche kamen und nahmen ihre Plätze ein. Einige Jüngere – sie waren deutlich in der Minderzahl – bildeten Grüppchen für sich. Pater Frisenius hielt auch bei den Mahlzeiten Abstand. Er teilte den Tisch nur mit einem anderen alten Mönch, der jedoch anders als Frisenius keine Kutte trug, sondern ein schwarzes Hemd mit einem eigenartigen runden Kragen, in dessen Mitte sich ein weißer Fleck befand.

Nachdem Pater Kollmann ein Gebet gesprochen hatte – ein etwas peinlicher Moment für Joost und mich, da wir nicht recht wussten, wie wir uns dabei verhalten sollten – wurden die Türen der Durchreiche auseinander geschoben. Zwei Schwestern stellten Schüsseln auf die Anrichte. Pater Schreiner, der in sich gekehrt am Tisch gesessen war, erhob sich und kam mit einer der Schüsseln zurück. Ihr Inhalt war eine weißliche Flüssigkeit mit einigen orangenen und grünen Punkten darin. Die Suppe schmeckte nach nichts außer nach Salz.

»Wo essen eigentlich die Nonnen?« fragte ich.

Pater Schreiner ließ verwundert den Löffel sinken: »Keine Ahnung. Vielleicht in der Küche. Vielleicht auch in ihren Räumen. Sie wohnen in einem der Seitenflügel.«

»Und Margarethe Niemaier?«

»Kadamcziks Assistentin?« Er zuckte die Achseln. »Ich nehme an bei den Studenten in der Mensa.«

Ich beschränkte mich darauf: »Ah ja ...« zu erwidern. Ich war die einzige Frau im Raum.

Angewidert betrachtete ich den zähen Suppenrest in meinem Teller, entschied, dass ich mehr als genug davon gegessen hatte, und schob den Teller beiseite. Joost aß mit gutem Appetit und Pater Schreiner wirkte immer noch geistesabwesend, führte den Löffel fast mechanisch zum Mund.

»Vorhin habe ich mich mit Pater Frisenius über Pater Kadamcziks Engagement für die moderne Kunst unterhalten«, sagte ich schließlich. »Pater Frisenius hieß diesen Einsatz nicht gut.«

Pater Schreiner betrachtete mich irritiert, als müsste er sich vergegenwärtigen, was ich eben gesagt hatte. Dann lächelte er und meinte: »Nun, nicht gutheißen ist wohl eine Untertreibung ...«

»Könnten Sie mir das genauer erklären?«

Er lächelte wieder, war jetzt ganz präsent und schenkte mir einen amüsierten Blick aus seinen strahlend blauen Augen: »Pater Frisenius ... Vor zwei Jahren gewann Kadamczik einen renommierten Künstler für eine Installation im Park. Bis zwei Meter hohe, roh behauene und vom Feuer versengte Teile von Baumstämmen. Die Objekte standen auf der Wiese, einen unsichtbaren Weg markierend. ›Lebenszeichen‹, so hieß die Installation. Pater Frisenius tobte, er werde nicht dulden, dass etwas, das alt-orientalischen Kultpfeilern gleiche, auf dem Gelände seines Ordenshauses stünde. Und als Pater Kollmann wieder einmal nichts unternahm, weil er allen Seiten gerecht werden wollte, packte Pater Frisenius seinen Stock und warf einige der Holzteile um. Der Künstler war tödlich beleidigt, drohte mit Schadensersatz und ließ die Installation abbauen.«

Joost grinste mich an, schüttelte den Kopf, murmelte etwas vor sich hin und widmete sich wieder der Suppe. Ich blickte an ihm vorbei zu Frisenius' Tisch. Er und sein Kollege aßen schweigend. Frisenius' faltige Lider waren gesenkt.

»Ich pflege meine eigenen Wege zu gehen ...« hatte der Greis vorhin gesagt.

»Was hielten Ihre Kollegen von der Installation?«

»Sie murrten hinter vorgehaltener Hand. Sprachen von ›Phallus-Symbolen‹ auf dem Rasen.« Pater Schreiner lachte. »Ich glaube, die meisten waren Pater Frisenius dankbar, dass er dem Spuk ein Ende bereitete.«

»Und wie waren, beziehungsweise sind die Reaktionen der Patres auf die geplante Ausstellung in der Johannis-Kirche?«

Pater Schreiner zuckte die Achseln: »Kann ich nicht viel zu sagen. Während der letzten Wochen war ich sehr mit meiner Arbeit beschäftigt. Ich hatte nicht viel Kontakt zu den Mitbrüdern, habe noch nicht einmal regelmäßig an den Mahlzeiten teilgenommen. Ich weiß nur, dass die Plakate, die hier an der Hochschule für die Ausstellung warben, abgerissen wurden.«

»Ah ja ... Erhielt Pater Kadamczik Drohbriefe?«

»Soviel ich weiß, vor zwei Jahren. Dieses Mal ... Keine Ahnung.«

Grimmig dachte ich, dass, falls es außer dem Drohbrief, den wir im Papierkorb gefunden hatten, noch andere gegeben haben sollte, sie höchstwahrscheinlich im Papiercontainer in Flammen aufgegangen waren.

»Sie und Pater Kadamczik sprachen nicht über solche Dinge miteinander? Ich meine, Sie haben doch beide mit Kunst zu tun ... Sie waren nicht befreundet?«

Pater Schreiner stützte die Unterarme auf den Tisch und betrachtete mich wieder amüsiert: »Hier ist niemand mit irgendjemandem befreundet. Haben Sie das noch nicht bemerkt?«

»Der Umgang scheint mir nicht besonders herzlich.«

»Nun, auch das ist eine Untertreibung. Hier ist jeder ein Einzelkämpfer ... Gott ... die Pflicht ...«

»Das stört Sie?«

Er machte eine wegwerfende Handbewegung: »Zuweilen.«

»Wenn es Sie stört, warum gehen Sie dann nicht?«

»Das sagt sich so leicht ...«

»Wie steht es mit dem Zölibat?«

»Was meinen Sie damit?«

»Sie und Ihre Kollegen – halten Sie sich daran?«

Pater Schreiner sah mich verdutzt an, dann schenkte er mir wieder einen tiefen Blick aus seinen blauen Augen und grinste: »Teils, teils.«

»Und Kadamczik?«

»Keine Ahnung.« Ein wenig hastig, so kam es mir vor, legte Pater Schreiner den Löffel in seinen Suppenteller, fragte, ob er Joosts und meinen Teller auch mitnehmen könne, und trug sie mitsamt der Schüssel zu einem Geschirrwagen. Eine Platte mit Fleisch und eine Schüssel mit Kartoffeln auf den Armen balancierend, kehrte er an unseren Tisch zurück.

Das Fleisch entpuppte sich als Bratenstücke, die in einer dicken braunen Soße schwammen. Als Joost ein Stück mit der Gabel hochhob, um es mir zu reichen, tropfte die Soße zäh auf meinen Teller.

Ich ignorierte das Fleisch und fragte: »Hat Pater Kadamczik Sie eigentlich unterstützt? Ihnen zu Ausstellungen verholfen?«

Pater Schreiner zerkleinerte einen Kartoffelschnitz, häufte ihn mitsamt einem Fleischstück auf die Gabel und kaute bedächtig. Er schien meine Frage überhört zu haben. Ich wiederholte sie.

In diesem Moment zerschellte plötzlich Porzellan auf dem Boden und ein leiser Aufschrei erklang. Als ich den Kopf wandte, sah ich einen der jungen Mönche, der in der Nähe der Anrichte stand. Er hielt die Hälfte einer Fleischplatte in der Hand und musterte verwirrt deren andere Hälfte, die sich in einen Klumpen aus Fleisch- und Geschirrsplittern zu seinen Füßen verwandelt hatte. Soßenspritzer verteilten sich in einem weit auseinander gezogenen Muster auf dem Boden.

Ärgerliches Gemurmel erhob sich im Saal. Ein kleiner rundlicher, Kutte tragender Mönch, dessen Augen hinter dicken Brillengläsern verborgen waren, kam mit hochrotem

Gesicht herbeigestürzt, kniete sich auf den Boden und versuchte hastig mit Hilfe einiger Servietten, die Bratenstücke und zerbrochenes Steingut zu beseitigen.

Schwester Agnes und eine andere Nonne beugten sich durch die Durchreiche, wechselten ein paar Worte miteinander und verschwanden wieder.

Angeekelt betrachtete ich die braune Pampe auf meinem Teller und fragte: »Was geht hier eigentlich vor? Hat das Gewicht der Soße die Platte entzwei brechen lassen?«

Pater Schreiner wollte etwas erwidern, doch ein Ton wie der eines im Gerichtssaal auf den Richtertisch niederfallenden Hammers übertönte seine Worte.

Wie alle anderen im Saal blickte auch ich unwillkürlich zu Pater Frisenius' Tisch. Der Greis stand gebeugt. Diese Haltung hatte jedoch nichts Demütiges. Sie strahlte Zorn aus. Mit dem Knauf seines Stocks schlug er gegen den Tisch.

»Ich habe diese lächerlichen Kindereien satt!« Pater Frisenius' Stimme war kalt, der Blick, den er dem auf dem Boden kauernden Mönch zuwarf, dessen Hände und Kutte von Soße verschmiert waren, eisig.

»Es ist eine Schande, nach einem Tag wie dem gestrigen ...«

Dann schritt der Greis, ohne den Mönch, der sich nun noch tiefer über das Durcheinander am Boden beugte, weiter zu beachten, mit mühsamen, harten Schritten durch den Saal.

Als er fast die Tür erreicht hatte, kam ihm Schwester Agnes, die Putzeimer und Schrubber in den Händen hielt, entgegen. Interessiert registrierte ich, dass jeder der beiden den Weg für sich zu beanspruchen schien. Im letzten Moment wich Schwester Agnes zur Seite. Erstmals war mir Frisenius rundwegs sympathisch.

Ich wandte mich wieder Pater Schreiner zu: »Was geht hier eigentlich vor?«

Er zuckte die Schultern: »Pater Karel ...«

»Pater Karel? Was meinen Sie damit?«

»Er hat diesen Spieltrieb. Er liebt es, Dinge zu manipulieren und den anderen Patres Streiche zu spielen. In der letzten Zeit hat er es auf Geschirr abgesehen. Ständig zerbricht irgendetwas. Er ritzt es an und dann, wenn man einen Teller oder eine Schüssel in die Hand nimmt ... Oder der Aufzug ...«

Ich blickte dem eulengesichtigen Pater hinterher, der von Schwester Agnes aufgescheucht worden war und nun, eine Spur von Soßenspritzern hinter sich herziehend, aus dem Saal hastete. Natürlich, er war der Pater, der gestern Abend am Sicherungskasten hantiert hatte. Und der Greis hatte etwas von »Pater Karel und schlechten Scherzen« gemurmelt.

»Einmal versah er das Kruzifix mit einem Mechanismus.« Pater Schreiner deutete auf den schwermütig lächelnden Christus, der über der Anrichte hing. »Als sich die Durchreiche öffnete, senkte sich das Kruzifix. Die Küchenschwester hat sich fast zu Tode erschrocken.«

Neben mir hörte ich Joost halblaut sagen: »Die spinnen, die Katholiken.«

Ich verkniff mir ein Grinsen, sagte stattdessen: »Sie haben meine Frage noch nicht beantwortet.«

»Welche Frage?« Pater Schreiner lehnte sich zurück und schob den Teller von sich.

»Meine Frage, ob Pater Kadamczik Sie unterstützt hat.«

Pater Schreiner spielte mit der Serviette, seine Finger befühlten den gestärkten Stoff, als wollte er dessen Qualität ertasten: »Nein, Kadamczik hat mich nicht unterstützt.«

»Warum nicht?«

Er lächelte schwach: »Wir mochten uns nicht.« Dann schob er den Stuhl zurück und meinte: »Entschuldigen Sie mich. Ich habe zu tun.«

Denn du hast mein Inneres geschaffen,
mich gewoben im Schoß meiner Mutter.
Deine Augen sahen, wie ich entstand, in
deinem Buch war schon alles verzeichnet.

Der Galerist Helge Versbach wohnte am Stadtrand in einer Umgebung, die fast schon ländlich anmutete. Am Ende der Straße erstreckten sich umgepflügte Felder, da und dort von Hecken und Baumgruppen durchsetzt. Hohe Mauern mit Toreingängen schlossen einige der Häuser ab, deuteten darauf hin, dass die Anwesen früher landwirtschaftlich genutzt worden waren. Versbachs Haus wirkte wie eine umgebaute Scheune, hatte einen weiß verputzten Sockel und einen holzverkleideten Giebel, in den ein großes, dreieckiges Fenster eingepasst war.

Hinter der Gartenpforte führte ein gepflasterter Weg zum Haus. An seinen Rändern wuchsen Stauden und niedrige, bodendeckende Pflanzen. Im Schutz des vorspringenden Dachs lehnte eine zusammengeklappte Gartenbank an der Wand. Die Luft roch, stärker noch als im Park der Hochschule, frühlingshaft nach feuchter Erde.

Versbach gehörte, wie Werner im Laufe des Vormittags herausgefunden hatte, das Konto, auf das Fußmann Kadamcziks Geld überwiesen hatte. Wir hatten eben versucht, ihn in seiner Galerie zu erreichen. Einer Galerie in der Altstadt, unweit der Johannis-Kirche gelegen, die, wie wir durch das Schaufenster erkennen konnten, Metall-Skulpturen ausstellte. Etwa einen halben Meter hohe, wenige Zentimeter breite, leicht gebogene Stücke, die auf Sockel aus Plexiglas montiert waren. Einem Schild an der Tür hatten wir entnommen, dass die Galerie montags geschlossen war, und waren deshalb zu Versbachs Wohnung gefahren.

Eine Frau, die ich auf Anfang vierzig schätzte, öffnete die Haustür. Sie hatte eines dieser mageren Gesichter, die durch ihren Knochenbau schön sind und auch im Alter nicht aus der Form geraten, große, grüne Augen und einen sensiblen Mund. Ihr dichtes, kastanienbraunes Haar hatte sie im Nacken zu einem lockeren Zopf geschlungen. Der Kittel, den sie trug, war farbverschmiert.

Werner stellte uns vor, fragte, ob sie Frau Versbach sei.

Sie nickte.

»Könnten wir bitte Ihren Mann sprechen?«

Sie lehnte sich gegen den Türrahmen, verschränkte die Arme vor der Brust, betrachtete uns abwartend und meinte dann, dass ihr Mann auf einer Messe sei.

»Vielleicht können Sie uns auch weiterhelfen«, meinte Werner, um Geduld bemüht. »Wissen Sie, ob Ihr Mann und Pater Kadamczik sich kannten?«

Frau Versbach verschränkte die Arme fester, schien zu überlegen. Schließlich sagte sie: »Am besten kommen Sie herein.«

Sie führte uns in einen Raum, dessen Boden mit alten Holzdielen ausgelegt war. In einem eisernen Ofen brannte ein Feuer. Ihr Atelier, nahm ich an. Regale voller Papierrollen, Farbtöpfe, -tuben und diversem Werkzeug. Eine Druckerpresse. Schräg neben dem großen Fenster eine Staffelei, auf der eine Leinwand lehnte. In der Mitte des Raums führte eine schmale Holzstiege in das obere Stockwerk. Ich ging um Stiege und Staffelei herum, betrachtete das Bild. Es war kleinformatig, zeigte drei, in abschattierten Pastelltönen gemalte Kindergesichter. Sie wirkten in sich versunken. Als lauschten sie einer Melodie, die Erwachsene nicht mehr hören können.

Frau Versbach hatte sich auf eine mit brüchigem Leder bezogene Liege gesetzt und deutete auf auf zwei Holzstühle. Werner und ich zogen uns die Stühle heran. Dann sagte Werner: »Pater Kadamczik überwies Ihrem Mann Geld.«

Sie hob ihre Hände, die sie aufeinander gelegt hatte, ein wenig hoch und musterte sie, als seien sie ihr fremd geworden. »Kadamczik überwies das Geld nicht an meinen Mann. Er überwies es mir.«

»Aber Ihr Mann ist doch Helge Versbach?«

Die blasse Andeutung eines Lächelns spielte um ihren Mund: »Ich bin Helge Versbach. Ich weiß, mein Vorname führt häufig zu Verwechslungen ...«

»Dann überwies Pater Kadamczik Ihnen das Geld?« vergewisserte sich Werner noch einmal.

»Genau.« Sie schlug ihre Beine übereinander und stützte den Kopf in die Hände: »Ich nehme an, Sie wollen wissen, warum mir Kadamczik Geld überwies. Nun, ich habe eine Tochter von ihm.«

»Sie wissen, dass er vergangene Nacht ermordet wurde?«

Sie nickte: »Ich habe es in den Morgennachrichten gehört.«

Sie stand von der Liege auf und begann mit ein wenig staksigen Schritten im Raum auf- und abzulaufen. Schließlich lehnte sie sich mit dem Rücken gegen die Druckerpresse und sagte mit einem schiefen Lächeln: »Komisch, dass es mir etwas ausmacht. Aber es macht mir etwas aus. Zumindest, dass er ermordet wurde. Ich weiß nicht, wenn er an einem Herzinfarkt gestorben wäre ...« Sie zuckte die Schultern.

Werner fragte scharf: »Verstehe ich Sie richtig – Ihnen war nicht viel an Pater Kadamczik gelegen?«

»Ja, das verstehen Sie richtig.« Frau Versbach stieß sich von der Druckerpresse ab und nahm ihre Wanderung durch den Raum wieder auf. »Wir hatten eine Affäre ... Nicht hier in dieser Stadt. Ich war damals Kunststudentin und Kadamczik saß in der Jury eines Wettbewerbs, bei dem ich ein Bild eingereicht hatte. Schutzmantel-Madonna ... Ein idiotisches Thema, nicht wahr? Ich hatte diesen gotischen Marien-Typ karikiert. Also, meine Madonna hatte die wallenden Locken dieser Marienfiguren und die sensiblen Hände, aber einen prallen Körper und ein kantiges Gesicht. Außerdem trug sie einen Blaumann, hielt einen Schraubenzieher in der Hand und unter ihrem Mantel tummelten sich einige Arbeiterinnen und Arbeiter.«

Frau Versbach lächelte schwach: »Jedenfalls, ich dachte nicht, dass ich mit diesem Bild eine Chance hätte, aber Kadamczik war begeistert. Ich hätte wahrhaftig nicht gedacht, dass ausgerechnet ich jemals mit einem Priester ... aber ...«

Ich fragte: »Ihre Schwangerschaft bedeutete das Ende der Affäre?«

Sie schüttelte den Kopf, schwieg einen Moment, als wollte sie sich besinnen: »Nein, es wäre ohnehin zu Ende gewesen. Kadamczik konnte faszinieren und begeistern. Er hatte Ausstrahlung. Aber es war die Ausstrahlung eines Menschen, der völlig von sich selbst überzeugt ist. Der glaubt, die anderen Menschen seien nur dazu da, um ihm Aufmerksamkeit und Liebe zu schenken. Ein völliger Narziss.«

Nachdenklich schüttelte sie wieder den Kopf: »Wir waren etwa ein halbes Jahr liiert, als mir plötzlich bewusst wurde, dass ich kaum noch malte. Ich las theologische Bücher, verfasste Texte zu einem Kunstbuch, das er gerade herausgab ... Er war wie eine von diesen parasitären Pflanzen, die auf Kosten ihres Wirtes leben.«

Interessiert fragte ich: »Wie verhielt sich Kadamczik, als Sie ihm von der Schwangerschaft erzählten?«

Sie ließ sich auf dem Rand der Liege nieder, verschränkte die Finger ineinander: »Oh, er reagierte völlig hysterisch. Meinte, ich hätte ihn verführt und wollte ihm das Kind anhängen. Ich würde sein Leben, alles, was er sich aufgebaut habe, zerstören. Ihn bloßstellen ...«

»Denn die Priester gehen mit den Dirnen beiseite ...«, sagte ich halblaut.

»Wie bitte?« Frau Versbach starrte mich verständnislos an.

»Ach nichts, nur eine Stelle aus einem biblischen Buch. Wie ging es weiter? Wollte er, dass Sie das Kind abtreiben?«

Frau Versbach lachte kurz auf: »Nein, nach ein paar Tagen kam ein Brief von ihm. Kadamczik schrieb, wenn ich das Kind haben wollte, würde er mich natürlich finanziell unterstützen. Schließlich sei es ein ›Geschöpf Gottes‹. Aber er wolle absolut nichts damit zu tun haben. Und er wolle auch nichts über das Kind wissen. Überhaupt nichts. Ich solle ihn mit Fotos und irgendwelchen Geschichten verschonen ...«

»Und Sie wollten das Kind ...« stellte Werner fest.

»Ja, ich wollte es. Ich wollte immer Kinder. Schließlich blieb es bei Inez, aber das war so nicht geplant.«

»Hat Kadamcziks Verhalten Sie verletzt?« fragte ich.

Frau Versbach schwieg einen Augenblick, als ob sie über etwas nachdächte, dann sagte sie: »Nein, nicht sehr. Mir war ja schon vorher klar geworden, was für ein Egoist Kadamczik war, und ich wollte die Affäre ohnehin beenden.«

»Kadamczik stand zu seiner Zusage und hat Sie finanziell unterstützt?« schaltete sich Werner wieder ein.

Sie nickte: »Ja, das tat er.«

Ich dachte an Schwester Agnes, die wie ein Zerberus über die Post der Patres wachte, und fragte mich, wie es Kadamczik geschafft hatte, seine Vaterschaft zu verbergen: »Wie hielten Sie Kontakt zu ihm? Ich meine, Sie mussten Kadamczik doch mitteilen, dass er tatsächlich Vater geworden war. Und auch später ...«

»Ich schrieb an die Adresse seiner Mutter. Kadamczik hatte mich inständig gebeten, keine Briefe an die Hochschule zu richten. Und auch mit den Überweisungen war er sehr vorsichtig. Ich nehme an, Sie wissen, dass er sie über Fußmann tätigte? Ich fühlte mich immer ein wenig wie in einer Spionagegeschichte.« Sie lachte, jetzt wirklich amüsiert.

Ein wenig ungläubig wollte ich wissen: »Sie fühlten sich nicht dadurch gedemütigt, dass Kadamczik Sie und Ihre Tochter verheimlichte?«

»Nein, fühlte ich mich nicht. Ich sagte ja schon – unsere Affäre war ohnehin zu Ende. Im Gegenteil, mir war es lieb, nicht mehr direkt mit ihm zu tun zu haben. Ich wollte nicht, dass er noch irgendeine Rolle in meinem Leben spielte. Ich habe das Geld von ihm genommen, weil ich es brauchte. Aber ich habe ihn beim Amt nicht als Vater angegeben. Es sollte zwischen ihm und Inez und mir keine Verbindung geben. Nichts amtlich Festgehaltenes, wenn Sie verstehen, was ich meine ...«

Ich nickte.

Werner beugte sich ein wenig auf seinem Stuhl nach vorn: »Weiß Ihr Mann darüber Bescheid, wer der Vater Ihrer Tochter war?«

Frau Versbach sah ihn ein wenig spöttisch an: »Natürlich.«

»Und Ihre Tochter?« fragte ich.

Frau Versbach stand abrupt auf und ging wieder zur Druckerpresse. Sie nahm einen Pinsel, der dort lag, hob ihn auf, legte ihn wieder hin, ließ ihn dann durch ihre fast geschlossenen Hände gleiten. »Ich habe Inez gesagt, ich wüsste nicht, wer ihr Vater sei. Als mein Mann und ich zusammenzogen, war sie fünf ... Für meinen Mann ist sie wie eine eigene Tochter.«

»Inez hat das akzeptiert? Dass Sie nicht wussten, wer ihr wirklicher Vater ist?«

Frau Versbach strich sich eine Haarsträhne aus dem Gesicht: »Nein, sie hat es nicht akzeptiert. Nicht, als sie in die Pubertät kam. Ich bemerkte, dass sie Briefe an ihren Vater schrieb ... Sie entwarf sich einen fiktiven Vater. All verstehend und all verzeihend ... Humorvoll, gütig, stark und kumpelhaft ... So, wie wir uns in diesem Alter unseren Vater wünschen. Sie hat mich immer wieder nach ihm gefragt. Ich müsste doch wissen, mit wem ich damals ... Und wie er aussah ... Und wie er gewesen sei ... Schließlich habe ich es ihr gesagt.«

»Wie hat Inez es aufgenommen?«

Frau Versbach spielte nervös mit dem Pinsel: »Oh, eigentlich gut. Sie war hauptsächlich wütend darüber, dass sie die Tochter eines Priesters ist. Inez ist nicht religiös erzogen. Und zurzeit hat sie ohnehin eine atheistische Phase.«

»Das war alles?« fragte ich und wechselte einen Blick mit Werner.

»Ja.« Frau Versbach zuckte die Schultern. »Inez war natürlich wütend darüber, dass ich ihr so lange nicht die Wahrheit gesagt hatte. Aber ich glaube, schließlich hat sie mich doch verstanden.«

»Tatsächlich?« meinte ich nochmals zweifelnd. Ich merkte Werner an, dass auch er dieser Version nicht recht glaubte. Etwas wie Kummer oder Schuldbewusstsein zuckte über Frau Versbachs Gesicht. Sie senkte den Kopf, sah zu Boden.

Dann stieß sie sich, als habe sie einen Entschluss gefasst, jäh von der Druckerpresse ab, ging zur Leiter und rief: »Inez.«

Schritte erklangen auf der Decke über uns. Dann fragte eine Mädchenstimme nicht eben begeistert: »Was ist?«

»Kommst du bitte mal?«

Eine langbeinige Jugendliche in aufgepeppten siebziger Jahre-Klamotten stieg die Stiege hinab. Inez hatte Kadamcziks beeindruckende Statur, überragte ihre Mutter um Haupteslänge. Auch wenn ihre Gesichtszüge noch weich und unfertig waren, war unverkennbar, dass sie Kadamcziks kühle Attraktivität geerbt hatte. Ihr Mund ähnelte dem des Paters und auch die dunklen Augen mit den dichten, geraden Brauen kamen mir bekannt vor. Nur die schmale gebogene Nase erinnerte an ihre Mutter und das dichte, dunkelbraune Haar, das sie kurz geschnitten trug.

»Inez ...« Frau Versbach fasste ihre Tochter am Arm, der sich zu versteifen schien. Die Stimme der Malerin klang plötzlich unsicher: »Inez ... Es ist doch in Ordnung für dich, dass ich dir so lange nicht gesagt habe, dass ... Ich meine, Paul ist doch dein Vater ...«

Inez hatte Werner und mich desinteressiert betrachtet. Jetzt wandte sie sich abrupt ihrer Mutter zu. Ihre Augen waren groß und verletzt. Für einen Moment wirkte ihr Gesicht wie das eines verstörten, geschlagenen Kindes. Dann wurde es starr.

Rau sagte sie: »Es ist mir völlig gleichgültig.«

Sie riss sich los und flüchtete wieder hinauf. Ich war mir sicher, dass sie oben in zornige Tränen ausbrechen würde.

Einige Momente schwiegen Werner und ich verlegen. Frau Versbach sah ihrer Tochter nach, als hätte sie einen Schlag ins Gesicht erhalten.

Dann erkundigte sich Werner vorsichtig: »Weiß Inez, dass Kadamczik tot ist?«

Frau Versbach nickte und starrte die Stiege an.

Überraschend behutsam fragte Werner weiter: »Sind Sie Kadamczik eigentlich hier in der Stadt begegnet? Bei Ausstellungen beispielsweise ...«

Frau Versbach fuhr sich mit beiden Händen über das Gesicht. »Ja ja, natürlich bin ich ihm begegnet.«

Werner schlug ein Bein über das andere und meinte betont gleichgültig: »War das nicht etwas unangenehm für Sie beide?«

»Sicher ... Mein Mann und ich sind vor zehn Jahren in diese Stadt gezogen. Ich hatte völlig vergessen, dass Kadamczik hier lebte. Wir sind uns tatsächlich das erste Mal bei einer Ausstellung über den Weg gelaufen. Kadamczik fing sich recht schnell, sprach mich mit ›Sie‹ an ... Wie schön es sei, mich wieder einmal zu sehen. Die junge Frau, die er damals bei diesem Wettbewerb unterstützt und die sich mittlerweile zu einer erfolgreichen Malerin entwickelt habe ...«

»Das hat Sie nicht gestört?« warf ich ein.

»Kadamcziks Versteckspiel? Nein. Ich sagte doch schon: Ich wollte nichts mehr mit ihm zu tun haben. Wir kannten uns offiziell. Das war nicht zu leugnen. Darauf, dass wir andere Erinnerungen teilten, legte ich keinen Wert.«

Sie sah mich prüfend an. Dann warf sie den Kopf zurück und sagte herausfordernd: »Auch wenn Sie das wahrscheinlich nicht verstehen können – ich nehme derzeit sogar an einer Ausstellung teil, die Kadamczik mitveranstaltet hat. Allerdings hat Fußmann mich eingeladen und nicht Kadamczik.«

»Die Altarbild-Ausstellung?« fragte ich überrascht.

Sie nickte.

»Oh, ich dachte ... Fußmann sagte, dass nur international renommierte Künstler daran teilnehmen würden.« Im selben Moment, noch ehe mich Werner ans Schienbein trat, wurde mir klar, dass ich mich nicht gerade sehr taktvoll ausgedrückt hatte.

Doch Frau Versbach schien nur das Wort ›international‹ herausgehört zu haben, denn sie entgegnete: »Ach, außer meinem Bild wird auch das eines anderen Künstlers dieser Stadt in der Ausstellung hängen. Genau genommen, das eines Ordensbruders von Kadamczik ...«

»Pater Schreiner?« fragte ich.

»Pater Schreiner? Nein, ein Gemälde von einem Pater Gleixner.«

»Pater Gleixner?« Ich sah Werner fragend an.

Er schüttelte den Kopf.

»Sind Sie sich sicher, dass dieser Pater ein Kollege von Kadamczik ist? Ich habe den Namen noch nie gehört.«

Frau Versbach zuckte die Schultern: »Soviel ich weiß, lebt er nicht mehr ...«

Doch Jaël, die Frau Hebers, holte einen Zeltpflock, nahm einen Hammer in die Hand, ging leise zu Sisera hin und schlug ihm den Zeltpflock in die Schläfe, so daß er noch in den Boden drang.

»Mist«, sagte ich, als wir wieder vor Helge Versbachs Haustür traten. Schon während des Gesprächs mit der Malerin hatte ich Tropfen gegen das Fenster neben der Staffelei schlagen und auf das Dach trommeln hören, hatte jedoch gehofft, dass sich das Wetter wieder beruhigen würde. Doch nun trieb uns der Wind den Regen ins Gesicht. Die gegenüberliegende Straßenseite und die Felder verschwammen hinter dem Wasserschleier. »Ist ja die reinste Sintflut.«

»Ach, hab dich nicht so«, erwiderte Werner, zog sich die Jacke über den Kopf und sprintete los.

Ich folgte ihm, verwünschte ihn samt der kalten Nässe, die mir den Nacken hinabrann.

An der Gartentür holte ich ihn ein. Wir hakten uns unter, liefen die Straße entlang zu dem Dienstwagen, versuchten, den tiefsten Pfützen auszuweichen, und kicher-ten albern vor uns hin. Während Werner in seiner Jacken-tasche nach dem Schlüssel kramte, drängten wir uns eng und schutzsuchend aneinander. Schließlich saßen wir atemlos und nass im Auto.

Ich zog meine Jacke aus und warf sie auf den Rücksitz. Als ich mich umdrehte, kreuzten sich Werners und mein Blick. Einer von unseren Wir-sehen-uns-in-die-Augen-und-sofort-wieder-zur-Seite-Blicken. Die Scheiben beschlugen. Ich strich meine feuchten Haare aus dem Gesicht und betrachtete den Dunst, der das Seitenfenster bedeckte. Interessant. Wäre auch einmal ein Gemälde-Thema: Regen gegen Fensterglas ...

»Tja«, meinte ich, »dass Frau Versbach Kadamczik aus Rache über die vor sechzehn Jahren gescheiterte Affäre den Dolch in die Brust rammte, ist wohl ziemlich unwahrscheinlich.«

Werner knurrte etwas vor sich hin. Dann sagte er: »Wir fahren jetzt zu dieser feministischen Theologin.«

Ich öffnete das Handschuhfach. Ein Fahrtenbuch lag neben einigen angegammelten, aber immerhin unbenutzten Papiertaschentüchern und einer angebrochenen Kaugummi-Packung. Als ich das Fahrtenbuch hob, fielen einige vertrocknete Tannennadeln zu Boden und ich berührte einen vertrockneten Kaugummiklumpen.

Angewidert fragte ich: »Könnt ihr euren Dreck nicht wegmachen?«

»Was suchst du denn?«

»Ein Tuch, einen Schwamm, irgendwas, um diese blöden Scheiben frei zu kriegen.«

»Sag's doch gleich ...« Werner drehte sich zur Fahrertür, drückte mir einen Lappen in die Hand. »Ist der genehm?«

Kommentarlos beugte ich mich nach vorn, bemüht, Werner nicht zu nahe zu kommen, und wischte über das Glas. Der gleichmäßige Film löste sich in feuchte Streifen auf, die die Sicht auf die Straße verzerrten.

»Hör endlich mit dieser blöden Wischerei auf.« Werner fischte den nassen Lappen aus meiner Hand, stopfte ihn unter die Ablage und kurbelte das Fenster herunter.

Nach einer Viertelstunde unerfreulichen Schweigens langten wir vor dem Haus an, in dem Verena Carsten wohnte. Es war schon wieder dämmrig. Hinter einigen Fenstern des roten Backsteinhauses brannte Licht. Ich war mir jedoch nicht sicher, ob die erleuchteten Fenster zur Wohnung der Theologin gehörten.

»Kannst du bitte in Eingangsnähe parken?« sagte ich schlecht gelaunt. »Ich will nicht schon wieder nass werden.«

Wortlos steuerte Werner in eine Parklücke direkt vor der Gartentür und brachte den Wagen abrupt zum Stehen. Stumm gingen wir über die unebenen Steinplatten des Wegs zur Haustür. Dann presste Werner seinen Finger auf die Klingel, die zu Verena Carstens Namen gehörte. Nach einigen Augenblicken klang die tiefe, ein wenig raue Frauenstimme, die mir von der Videoaufzeichnung des Vortrags bekannt war, durch die Gegensprechanlage: »Ja, bitte?«

»Kriminalpolizei«, sagte Werner.

Einen Moment herrschte Stille. Dann summte der Öffner. Als wir den Treppenabsatz erreichten, an dem Verena Carstens Wohnung lag, lehnte sie am Türrahmen und blickte uns abwartend entgegen.

Werner zeigte ihr seinen Ausweis und sagte schroff: »Wir möchten mit Ihnen über den Mord an Pater Kadamczik reden.«

Verena Carsten nickte und erwiderte trocken: »Das habe ich mir gedacht.« Sie ließ uns in die Diele ein und ging dann in den Raum, den sie als Wohnzimmer nutzte. Während wir ihr folgten, verspürte ich den Anflug eines schlechten Gewissens, weil ich daran dachte, dass wir am Vorabend in dieser Wohnung herumgeschnüffelt hatten.

Die Luft im Raum war verqualmt. Der Aschenbecher quoll über von Kippen. Die Rotweinflasche, die am vorherigen Abend noch halb voll gewesen war, war leer. Das Glas auf dem Tisch zeigte Spuren von Verena Carstens Lippenstift. Sie setzte sich auf das Sofa, griff nach der Packung Zigarillos, schüttelte einen heraus, zog die Füße auf das Sofa und schlang die Arme um die Knie, ohne den braunen Stängel anzuzünden.

Dann fixierte sie eine Zimmerecke hinter Werner und mir und sagte mit leicht hochgezogenen Augenbrauen: »Nun, ich habe Kadamczik erstochen – er wurde doch erstochen, nicht wahr? – um ein Zeichen zu setzen. Der Aufstand der Unterdrückten gegen die Unterdrücker. Frauen auf die Barrikaden. Schlagt das Patriarchat mit seinen eigenen Waffen. Der Zweck heiligt die Mittel.«

»Ich finde Sie reichlich geschmacklos«, sagte Werner scharf.

Verena Carsten zuckte die Achseln. Ihre Haut wirkte blass gegen das leuchtende Rot ihres Lippenstifts. Unter ihren Augen lagen dunkle Ringe, als hätte sie schlecht geschlafen.

»Warum haben Sie sich nicht bei der Polizei gemeldet?« Ein Muskel an Werners rechtem Augenlid zuckte. Ein sicheres Zeichen dafür, dass er kurz vor einem Wutausbruch stand. Ich glaubte nicht, dass sich Verena Carsten davon einschüchtern lassen würde, und beschloss, mich nicht einzumischen.

Kühl antwortete sie: »Warum hätte ich mich melden sollen? Ich habe Kadamczik nicht umgebracht, auch wenn ich seinen Tod weiß Gott nicht bedaure.«

»Sie reden von einem toten Menschen.«

Verena Carsten lächelte schwach: »Dessen bin ich mir bewusst ...«

»Ich dachte immer, die Feministinnen hätten die Gewaltlosigkeit auf ihre Fahnen geschrieben?«

»Wie ich schon sagte, ab und zu heiligt der Zweck die Mittel ... Außerdem glaube ich nicht, dass Frauen die besseren Menschen sind ...«

»Ja, das wäre auf Dauer etwas einengend«, stimmte ich der Theologin zu.

Werner warf mir einen eisigen Blick zu: »Auch wenn Sie den Pater tatsächlich nicht umgebracht haben – Sie hätten sich denken können, dass wir Sie als Zeugin benötigen. Schließlich hatten Sie am Nachmittag eine heftige Auseinandersetzung mit Kadamczik.«

Verena Carstens Finger spielten mit dem Zigarillo. »Ich habe erst vorhin aus den Nachrichten erfahren, dass Kadamczik tot ist ...«

»Was haben Sie denn seit gestern Abend gemacht?« fragte Werner bissig. »Auf dem Mond gelebt?«

»Heute Nacht war ich unterwegs. Dann habe ich mich ins Bett gelegt und geschlafen. Bis 15 Uhr ungefähr ...«

»Ein interessanter Tagesrhythmus«, bemerkte Werner trocken.

»Das ist ja wohl kein Vergehen.«

»Nein«, stimmte ich Verena Carsten zu. Nun, mein Tagesablauf war, wenn ich Urlaub hatte, dem ihren nicht sehr unähnlich.

Werner ignorierte meinen Einwurf: »Was haben Sie getan, nachdem Sie Kadamczik die Kuchenplatte ins Gesicht geworfen hatten? Ich möchte es wissen. Punkt für Punkt und möglichst mit genauer Zeitangabe ...«

Verena Carsten beugte sich vor, öffnete eine kleine, mit

Silber beschlagene Schachtel, die auf dem Tisch stand, nahm eine Packung Streichhölzer heraus, riss ein Zündholz an und hielt die Flamme an ihren Zigarillo. Sie nahm einen tiefen Zug, blickte dem Rauch hinterher und meinte: »Nun, ich glaube nicht, dass ich Ihnen genaue Zeitangaben liefern kann ...«

»Aber was Sie getan haben, werden Sie noch wissen!«

»Ja, natürlich.« Verena Carsten löste die Arme von ihren Knien, stellte die Beine auf den Boden und lehnte sich in die Kissen. Sie sah den Rauchfäden nach, die sich in der Luft verteilten, und erzählte schließlich: »Ich bin aus dem Saal gegangen, nachdem ich Kadamczik den Kuchen ins Gesicht geworfen hatte. Und dann bin ich im Park herumgelaufen ... Ich musste mich abreagieren. Ich war wütend. Irgendwann habe ich mich in mein Auto gesetzt und bin losgefahren ...«

»Wann war das?« Werner sah sie durchdringend an.

»Keine Ahnung, ich habe nicht auf die Zeit geachtet. Ich sagte doch schon, ich war wütend. Ich bin so lange im Park herumgerannt, bis ich wieder einigermaßen klar denken konnte ...«

»Hat Sie jemand im Park gesehen?«

Verena Carsten schüttelte langsam den Kopf: »Ich glaube nicht.«

»Wohin sind Sie gefahren?«

»Auf die Autobahn und dann nach Süden.«

»Ich wäre Ihnen dankbar, wenn Sie mir eine genaue Ortsangabe geben könnten.«

»Ich hatte kein Ziel.« Verena Carstens Hand, die den Zigarillo hielt, beschrieb einen vagen Halbkreis: »Ich bin einfach gefahren. Irgendwann hat es zu schneien begonnen. Nicht sehr stark, aber ich war ohnehin müde. An einer Raststätte habe ich Halt gemacht, einen Kaffee getrunken und darauf gewartet, dass das Wetter wieder besser wurde.«

»Wie hieß die Raststätte?«

»Ich weiß es nicht.« Sie warf Werner, dem deutlich anzumerken war, dass er ihr kein Wort glaubte, einen forschenden Blick zu, und meinte: »Ich verstehe, dass sich das für Sie unwahr anhört. Aber ich mache das öfter, mich nachts in mein Auto setzen und herumfahren ... Immer dann, wenn mich etwas aufwühlt oder wenn ich angestrengt über etwas nachdenke. Das Fahren im Dunkeln beruhigt mich.«

»Aha«, sagte Werner spöttisch, »ist ja eine originelle Weise, sich die Nacht um die Ohren zu schlagen ... Können Sie mir wenigstens sagen, wann Sie nach Hause gekommen sind?«

»Ich glaube, so gegen fünf oder sechs Uhr. Ein paar Müllautos waren unterwegs. Dann habe ich mich ins Bett gelegt und geschlafen ...«

»Gut.« Werner stützte den Kopf in die Hände und betrachtete Verena Carsten nachdenklich. »Sie erklären, Sie sind im Park spazieren gegangen und dann in der Gegend herumgefahren, weil Sie sich beruhigen mussten. Mag ja sein, dass Sie tatsächlich stundenlang auf den Autobahnen unterwegs waren. Aber mir erschiene diese Version plausibler, wenn Sie mir einen stichhaltigen Grund nennen würden: beispielsweise den, dass Sie Kadamczik umbrachten und Angst hatten, in Ihre Wohnung zurückzukehren. Angst vor Ihrem schlechten Gewissen, vor der Polizei ...« Werners Stimme klang kühl, hatte aber einen unüberhörbar aggressiven Unterton.

Verena Carsten hatte den Zigarillo zu Ende geraucht. Sie betrachtete die Kippe, die noch schwach glühte, und drückte sie in den übervollen Aschenbecher: »Tja, tut mir Leid, wenn Ihnen diese Version plausibler erschiene ... Ich kann Ihnen aber nicht damit dienen. Ich habe Kadamczik nämlich nicht umgebracht.«

»Sie hatten ein Motiv, Sie hatten eine Gelegenheit. Ein Alibi haben Sie jedoch nicht.« Werner schlug mit der flachen Hand auf den niedrigen Tisch. Glas und Weinflasche klirrten.

Ich sah ihn warnend an, aber er war völlig auf Verena Carsten konzentriert.

Sie zuckte zusammen, fragte jedoch gelassen: »Welchen Grund hatte ich Ihrer Meinung nach, Kadamczik zu ermorden?«

»Er war ein einflussreicher Professor, drohte, Ihre wissenschaftliche Karriere zu zerstören. Er hat Sie beleidigt und beschimpft. Sie als Frau gedemütigt. Sie wollten sich rächen, ihn erniedrigen ...«

Verena Carsten betrachtete Werner ausdruckslos und sagte: »Ach ja, die Stelle aus dem Richter-Buch ... Deshalb habe ich Kadamczik, glaube ich, die Kuchenplatte ins Gesicht geworfen. Dieses Schwein ...«

Ich gab ein zustimmendes Gemurmel von mir. Werner wandte sich jäh zu mir um: »Halte du dich da raus!«

Ich wurde allmählich auch sauer, verkniff mir aber jeglichen Kommentar.

Hart sagte er: »Nun, Sie können nicht leugnen, dass Kadamczik drohte, Ihre wissenschaftliche Karriere zu ruinieren.«

Einige Tabakkrümel auf dem Tisch schienen Verena Carstens ganze Aufmerksamkeit zu beanspruchen. Sie las die Krümel mit ihren Fingern auf, streifte sie über dem Aschenbecher ab und besah sich dann ihre Finger, als wollte sie sichergehen, dass kein Schmutz daran hängen geblieben war. »Ich leugne überhaupt nicht, dass er mir damit drohte. Aber das war mir ziemlich gleichgültig. Ich lege keinen Wert auf eine wissenschaftliche Karriere ... Als Kirchen-Angestellte schon gar nicht.«

»Ach, und wovon wollen Sie leben?«

»Von Übersetzungen aus dem Hebräischen, wie ich es jetzt schon tue. Außerdem – mal sehen, was sonst noch so kommt.«

Werner stand auf und schob seinen Sessel so abrupt zurück, dass dieser mit einem hässlichen Quietschen über den Boden rutschte: »Ich muss Sie bitten, sich die Fingerabdrücke abnehmen zu lassen. Und ich möchte die Kleidungsstücke mitnehmen, die Sie gestern Abend getragen haben.«

Verena Carsten musterte ihn kühl: »Muss ich das?«

»Sie *müssen* vorerst noch nicht, aber an Ihrer Stelle würde ich es tun. Weil ich Ihnen sonst nämlich jede Menge Ärger bereiten werde ...«

Ich glaubte, nicht recht zu hören. Verena Carsten, schwieg, schien nachzudenken. Dann zuckte sie die Achseln, erhob sich und ging aus dem Zimmer.

Ich wartete, bis sie die Tür hinter sich geschlossen hatte: »Sag mal, bist du noch ganz bei Trost? Bist du neuerdings Rambo? Oder ein Super-Macho? Was soll das denn?« Ich bemühte mich, meine Stimme halbwegs unter Kontrolle zu behalten. Sie klang jedoch auch in meinen eigenen Ohren recht laut.

Werner machte eine ungeduldige Handbewegung: »Du hast überhaupt keinen Grund, dich aufzuregen. Du unterstützt mich nicht, fällst mir stattdessen in den Rücken ...«

»Ich falle dir in den Rücken?«

»Natürlich: Frauen dürfen gewalttätig sein ... Kadamczik war ein Schwein und es geschieht ihm völlig recht, dass er ermordet wurde ... Hat nur noch gefehlt, dass du ihr laut ›Bravo‹ zugerufen hast.«

»Das stimmt überhaupt nicht. Aber du wirfst mir mangelnde Objektivität vor! Du wünschst dir, sie wäre die Mörderin, also ist sie die Mörderin.«

Eisig entgegnete Werner: »Wenn ich dich noch einmal darauf hinweisen dürfte: Sie hatte ein Motiv, sie hatte die Gelegenheit und sie kann kein Alibi vorweisen ...«

»Und warum hätte sie Kadamcziks Leiche so auffällig drapieren und alle Verdachtsmomente auf sich lenken sollen?«

Werner zuckte die Schultern: »Was weiß ich? Die Ausgeburt einer perversen Frauenphantasie.«

Jetzt schrie ich wirklich: »Du hast sie wohl nicht mehr alle!«

»Wenn ich Sie kurz stören dürfte ...« Verena Carsten war von uns unbemerkt ins Zimmer zurückgekehrt. Sie trug einige Kleidungsstücke über dem Arm, die sie Werner reichte.

Vorsichtig nahm er sie entgegen. Dann erklärte er: »Ich schicke einen Kollegen wegen der Fingerabdrücke vorbei« und verließ das Zimmer.

Verena Carsten und ich sahen uns an. »Ist er immer so?« fragte sie.

»Nein, eigentlich nicht«, entgegnete ich. »Das sind völlig neue Seiten.«

Ich wollte schon gehen, als mir die Sache mit dem falschen Manuskript und dem alten, abgeänderten Frisenius-Text einfiel.

»Für die Manuskriptfassung, die Sie vor Ihrem Vortrag einreichten – weshalb haben Sie sich dafür ausgerechnet diesen erzkonservativen Text ausgesucht?«

Ihr Blick war verständnislos: »Was meinen Sie damit?«

»Nun, Sie haben doch einen anderen Vortrag eingereicht als den, den Sie schließlich gehalten haben. Und den Text des eingereichten Vortrags haben Sie von einem Artikel abgeschrieben, den Pater Frisenius vor Jahren verfasste ...«

Verena Carsten schüttelte langsam den Kopf: »Nein, nein, das habe ich nicht. Wie kommen Sie darauf?«

»Schwester Agnes und Pater Kollmann haben das angegeben. Und von Schwester Agnes habe ich heute Morgen jenes Manuskript erhalten ...«

»Nein, da muss eine Verwechslung vorliegen.« Ihr Gesicht wurde nachdenklich. Halblaut sagte sie: »Oder hat Kadamczik deshalb so überreagiert ... Weil er dachte, ich hätte ihn hereingelegt ...«

»Was meinen Sie?«

»Oh, ich habe nur laut gedacht«, sie fuhr sich mit den Händen über das Gesicht und schüttelte wieder den Kopf. »Ich habe nicht verstanden, weshalb Kadamczik dermaßen die Fassung verloren hat. Aber wenn er meinen Vortrag gar nicht kannte ...«

»Haben Sie eine Vermutung, wer ihn vertauscht haben könnte?«

»Nein, ich kenne kaum jemanden von der Hochschule näher. Ich wohne noch nicht lange hier. Nur Margarethe Niemaier und ein paar Studentinnen.«

»Ach, dieser Arbeitskreis feministische Theologie?«

»Genau.« Verena Carsten biss sich auf die Lippen, sah mich an und dann zur Seite.

Ich hatte den Eindruck, dass sie mir noch etwas sagen wollte. Aber sie murmelte nur, dass sie »Kadamczik trotzdem zur Hölle wünsche«.

Sie sagte zu den Mädchen: Holt mir Öl und Salben und verriegelt das Gartentor, damit ich baden kann. Die Mädchen taten, wie ihnen befohlen war.

Eine Stunde später saß ich an meinem Schreibtisch im Polizeipräsidium und starrte in den dunklen Abendhimmel hinaus. Das Effektivste, was ich an diesem Tag geleistet hatte, war, mir einen Dienstwagen zu organisieren. Vor kurzem hatte ich den Bescheid der Kollegen erhalten, dass das Auto auf dem Parkplatz bereitstand. Nicht gerade eine reiche Ausbeute.

Aber immerhin war ich jetzt nicht mehr von Werner abhängig. Er hatte vor Verena Carstens Haus nicht auf mich gewartet. Ehrlich gesagt, ich hatte auch nicht damit gerechnet. Hätte an seiner Stelle wahrscheinlich auch nicht gewartet.

Seufzend griff ich zum Telefon und wählte die Nummer der Städtischen Kunstsammlung. Ich hatte Glück und traf die Sekretärin noch an. Fußmann war jedoch schon nach Hause gegangen.

Nach einigem Hin und Her teilte mir die Sekretärin seine Privatnummer mit. Es dauerte lange, bis im Hause Fußmann der Hörer abgenommen wurde. Fußmann selbst war am Apparat. Seine Stimme klang atemlos und unwillig. Im Hintergrund ertönte Geschirrklappern. Ich stellte fest, dass ich hungrig war.

Nachdem ich mich vorgestellt hatte, sagte ich: »Sie stellen in der Johannis-Kirche auch die Bilder eines gewissen Pater Gleixners aus ...«

»Ja, natürlich. Rufen Sie deshalb bei mir an? Hören Sie, ich sitze gerade mit meiner Familie beim Abendessen.«

»Warum die Bilder dieses Pater Gleixner?«

»Warum?« Fußmann gab sich keine Mühe zu verbergen, dass er mich für völlig verrückt hielt. »Weil die Bilder gut sind. Das ist der einzige Grund.«

Ich spielte mit den Blättern einer Akte, die aufgeschlagen

vor mir auf dem Tisch lag: »Ich denke, Pater Gleixner ist tot ...«

Einen Moment herrschte Schweigen am anderen Ende der Leitung, dann erwiderte er gereizt: »Na und? Glauben Sie, das schmälert den künstlerischen Wert der Gemälde?«

Bevor er den Hörer auf die Gabel knallen konnte, sagte ich rasch: »Wollte Pater Schreiner, ein anderer Mitbruder Pater Kadamcziks, eigentlich auch an der Ausstellung teilnehmen?«

Wieder Schweigen, dann klang Fußmanns Stimme etwas entgegenkommender: »Ja, das wollte er.«

»Das heißt, Pater Schreiner nimmt nicht teil?«

»Nein.«

»Warum nicht?«

»Liebe Frau Strykowski ... Einzig und allein aus dem Grund, weil seine Bilder nicht gut sind.«

Eine Frauenstimme rief im Hintergrund, dass das Essen kalt werden würde, wenn Fußmann nicht endlich an den Tisch zurückkäme.

»Waren nur Sie dieser Meinung oder auch Pater Kadamczik?«

Fußmann seufzte: »Veit vor allem ... Ich meine, Pater Kadamczik.«

»Ah ja ...«

»Erinnern Sie sich an den Katalog, den ich Ihnen heute Morgen gezeigt habe?« Fußmann rang um Geduld. »An diese Bilder in der Art von ›Jesus mit den Schafen‹?«

Ich bejahte.

»Damit lässt sich Pater Schreiners Stil vergleichen. Nicht ganz so schlimm. Aber ansatzweise. Sehr gegenständlich ...«

Ich dachte an den Puppenstuben-Christus in der Halle vor der Kirche und fragte mich, ob Pater Schreiner den wohl gemalt hatte. Wenn ja, konnte ich Kadamcziks Ablehnung verstehen ...

»Pater Gleixner malte anders?«

»Pater Gleixner? Es gibt überhaupt keinen Vegleich zwischen den beiden.« Fußmann geriet ins Schwärmen. »Er malte abstrakt. Gemälde mit einer wunderbaren Farb-Transparenz. Pater Kadamczik entdeckte und förderte ihn. Das Triptychon, das wir ausstellen werden ...«

Plötzlich sah ich die Bilder vor mir, die in Kadamcziks Zimmer hingen. Das schimmernde Gelb ... Ich wollte Fußmann fragen, ob dies die Bilder seien, die ausgestellt werden sollten, doch er sprach schon weiter: »Seltsam, dieses Schwarz des mittleren Bildes. Ich habe mich oft gefragt ... Aber das Werk lässt sich ja niemals völlig vom Künstler abstrahieren ...«

Verblüfft wollte ich wissen, was er damit meinte.

Mit leichtem Bedauern entgegnete Fußmann: »Pater Gleixner hat sich das Leben genommen. Vor ungefähr acht Jahren.«

Aus Routine und weil ich ohnehin nicht mehr weiter wusste, ging ich ins Archiv und suchte nach der Akte über Pater Gleixners Selbstmord. Die Fotos der Leiche, die der Akte beigelegt waren, hoben meine Stimmung nicht. Der Pater hatte sich in der Nähe des Bahnhofs vor einen Zug geworfen. Ein Bild nahm mich vor allem mit, obwohl es nicht das Schlimmste war. Es zeigte das Gesicht des Paters, seine weit aufgerissenen Augen ...

Einige Minuten lang grübelte ich ergebnislos vor mich hin, dann schlug ich die Akte zu, rief Joost an und teilte ihm mit, dass ich nach Hause fahren würde, und schlüpfte in meine immer noch feuchte Lederjacke.

Da ich mich müde und zerschlagen fühlte, beschloss ich, nachdem ich eine Fertig-Lasagne gewärmt und gegessen hatte, ein Bad zu nehmen. Ich füllte ein Glas mit Rotwein und stellte es auf den Schemel neben meiner löwenfüßigen, frei im Raum stehenden Wanne – das Badezimmer, das noch aus der Erbauungszeit des Hauses stammte und die Jahre weitgehend unbeschadet überstanden hatte, war einer der Gründe, weshalb ich mich für diese Wohnung entschieden hatte –, drehte die Wasserhähne auf, ging in mein Schlafzimmer und holte die Bibel. Ich kippte einen beruhigenden Rosmarin-Badezusatz in das Wasser, das sich nun rötlich färbte, zog mich aus und ließ mich in die Wanne gleiten. Eine Weile genoss ich das warme Wasser auf meiner

Haut und atmete die Rosmarin-Dämpfe ein, dann griff ich nach Weinglas und Bibel und nahm mir noch einmal das Hosea-Buch vor.

Ich verstand nichts. Es fing schon mit den ersten drei Kapiteln des Buches an, die von der Ehe Hoseas und Gomers handelten: Erzählung in der dritten Person und Ich-Perspektive wechselten planlos. Wüste Drohungen und zärtliches Liebeswerben standen nebeneinander. Gut, dies mochte mit der Doppeldeutigkeit des Textes zusammenhängen, die Vitello erwähnt hatte. Spätestens ab dem vierten Kapitel war jedoch wirklich keinerlei Logik mehr zu erkennen. Eben sprach der Text noch von dieser sonderbaren Ehe. Nun handelte er von obskuren Kulten auf Bergeshöhen, von Eichen und Terebinthen – was auch immer Letztere sein mochten –, von Krankheiten, glühenden Backöfen, von einem Efraim und einem Jakob. Jakob, war das nicht der mit dem Linsengericht gewesen? Was hatte der in diesem Text zu suchen?

Der Geschichte im Richter-Buch, die von der vergewaltigten Frau handelte, nahm auch der Rotwein, von dem ich inzwischen ein halbes Glas getrunken hatte, nichts von ihrem Schrecken. Und die Aussage im Buch dieses Kohelets – »Es gibt nichts Neues unter der Sonne« – brachte mich ebenfalls nicht weiter. Ich drehte den Warmwasserhahn nochmals auf, ließ mich tiefer ins Wasser gleiten, starrte auf den Fries aus Blattranken, der sich an der Kante der alten, grünmarmorierten Kacheln entlangzog, trocknete meine Hände ab, griff erneut nach der Bibel und blätterte wahllos in ihr herum.

Immerhin – auch wenn die Logik der Texte wirr war, ihre Sprache war schön. Sehr schön sogar. Sätze wie diese: *Wach auf, meine Seele! Wacht auf, Harfe und Saitenspiel! Ich will das Morgenrot wecken.* Oder: *Des Menschen Tage sind wie Gras, er blüht wie die Blume des Feldes. Fährt der Wind darüber, ist sie dahin; der Ort, wo sie stand, weiß von ihr nichts mehr.*

Ich schlug die ersten Seiten der Bibel auf: die Schöpfungsgeschichte. Merkwürdigerweise zweimal. Die Erschaffung der Erde an sechs Tagen. Mann und Frau als Ebenbild Gottes. Der siebte Tag, der geheiligte Ruhetag. Dann noch einmal die Schöpfung von Mann und Frau. Diesmal aus Lehm, beziehungsweise die Frau aus der Rippe des Mannes. Dann die Geschichte von Adam und Eva und der Schlange. Die Vertreibung aus dem Paradies. Kain und Abel, die ungleichen Brüder. Die Sintflutgeschichte, der Turmbau zu Babel ...

Ein Packen Blätter schlug um. Ich musste die Hände bewegt haben. Das Buch öffnete sich etwa in seiner Mitte: *Mein Geliebter streckte die Hand durch die Luke; da bebte mein Herz ihm entgegen. Ich stand auf, dem Geliebten zu öffnen. Da tropften meine Hände von Myrrhe am Griff des Riegels.*

Auch das noch ...

Ich schlug das Buch zu. Das Wasser war kalt geworden. Ich stieg aus der Wanne und trocknete mich ab. Als ich mit dem Handtuch über meine Oberschenkel rieb, nahm ich die kleinen Dellen der Cellulitis wahr. Im Allgemeinen ist sie mir gleichgültig. An diesem Abend deprimierte sie mich.

Ich hatte gerade eines meiner weiten Schlaf-T-Shirts übergezogen, dicke Wollsocken über die Füße gestreift und war in meinen Bademantel geschlüpft, als es an der Tür läutete. Wahrscheinlich irgendein Idiot, der sich im Stockwerk vertan hatte.

Ich öffnete das Badezimmerfenster und sah einen Moment lang zu, wie die kalte Nachtluft Streifen in den Dunstfilm auf der Scheibe zog. Ein wenig fröstelnd schickte ich mich an, ins Schlafzimmer zu gehen. Das Läuten dauerte an. Gereizt lief ich zur Gegensprechanlage und erklärte dem Idioten, dass er sofort dieses Geklingel sein lassen sollte.

»Mein Gott, Jakoba, mach endlich auf.«

Ich riss die Wohnungstür auf.

Werner stand vor mir. »Jakoba, in der Hochschule ...« Sein Blick fiel auf meinen Bademantel und den tiefen Ausschnitt meines T-Shirts. Unwillkürlich zuckte er ein wenig zurück. Ich raffte den Bademantel enger um mich, spürte, dass ich zu allem Überfluss auch noch errötete, und wünschte mir ... na ja ...

»Jakoba, Frisenius ist tot!«

»Was heißt tot? Ermordet?«

»Das wissen wir noch nicht. Elvira hat mir nur mitgeteilt, dass er tot am Fuße einer Treppe gefunden wurde.«

Ich sagte, dass ich sofort kommen würde, ging zurück ins Badezimmer, sah im Vorübergehen durch die offene Tür in mein Schlafzimmer und streifte das Bett mit einem sehnsüchtigen, grimmigen Blick. Während ich mich rasch anzog, vermeinte ich plötzlich, Frisenius' Hand auf das Holz seines Stuhles klopfen zu hören. Dieses seltsame, trockene Geräusch, unerbittlich wie die Zeit ...

Seine Zeit war nun abgelaufen. Sein Gott hatte ihn nicht begraben.

Zu meiner Verwunderung stellte ich fest, dass mir sein Tod Leid tat.

Du machtest meine Tage nur eine Spanne lang, meine Lebenszeit ist vor dir wie ein Nichts. Ein Hauch nur ist jeder Mensch.

Frisenius' verkrümmter Körper lag am Fuße der Treppe, die zu dem Stockwerk hinaufführte, auf dessen dunklem Flur ich ihm in der vorherigen Nacht begegnet war. Seinen Stock hielt er mit der rechten Hand umklammert. Doch er hatte ihm nichts genutzt. Sein faltiger Hals stak merkwürdig verdreht auf dem Körper. Wahrscheinlich hatte er sich das Genick gebrochen.

Ich beugte mich zu seinem Gesicht hinab, das jetzt im Tod mehr denn je dem Kopf eines alten Raubvogels glich. Das Licht der Deckenbeleuchtung zeichnete tiefe Schatten in die eingefallenen Wangen und die Furchen um Nase und Mund. Seine Augen waren geöffnet, schienen mit ihrem spöttischen, harten Blick immer noch etwas zu sehen. Nein, friedlich war dieses Gesicht nicht. Aber auch nicht von Furcht verzerrt. Noch im Tod wirkte es unbeugsam. Eine Unbeugsamkeit, die Unabänderliches hinnahm, aber nicht bejahte. Frisenius war ein Kotzbrocken gewesen, aber ein kompromissloser. Ich hatte ihn gemocht.

»Wer hat den Pater gefunden?« fragte ich Joost, der vor mir und Werner in der Hochschule angekommen war.

Joost bedachte den jungen, unbeholfen hantierenden Fotografen, der die Leiche aus verschiedenen Richtungen aufnahm, mit einem sorgenvollen Blick. Dann entgegnete er: »Pater Kollmann. Er hat sich gewundert, weshalb der Alte nicht pünktlich zum Gebet erschien, und ihn gesucht.«

»Deutet irgendetwas darauf hin, dass es einen Kampf gegeben hat, dass Frisenius die Treppe hinuntergestoßen wurde?« wollte Werner wissen, der sich zu Joost und mir gestellt hatte.

Er sah an mir vorbei. Während der Fahrt zur Hochschule hatte er mir berichtet, dass Verena Carsten wegen Sachbeschädigung vorbestraft war. Sie hatte gemeinsam mit einer Frauen-Gruppe die Schaufenster einiger Porno-Läden eingeschlagen. Als ich daraufhin gereizt erwiderte, meinetwegen hätten die Frauen den Ladenbesitzern auch noch gleich die Eier abschneiden können, war die Stimmung zwischen uns nicht besser geworden.

Joost schüttelte phlegmatisch den Kopf: »Ein Kampf? Nee, bis jetzt gibt es dafür keine Anzeichen.«

Ich erinnerte mich an das Gesicht des Greises, als er die Glocke gehört hatte, die zur Gebetszeit läutete. Als hätte er einen Ruf vernommen.

»War der Aufzug in Ordnung?« fragte ich.

»Ach so, du meinst, dieser verrückte Pater mit seinen Spielereien ...« Joost grinste. »Stimmt, das müssen wir nachprüfen.«

»Ich schätze, Frisenius wäre, wenn es nicht anders ging, auf allen Vieren zur Kirche gekrochen«, sagte ich mehr zu mir selbst. »Die Schlafzimmer welcher Patres liegen noch oben entlang des Flures?«

»Pater Kollmann sagte, nur das des Alten. Meinte, die übrigen Zimmer würden nicht mehr benützt. Der Orden hat Nachwuchsprobleme.«

»Worauf willst du hinaus?« Werner berührte mich am Arm. »Dass jemand den Pater die Treppe hinuntergestoßen hat?«

»Ja, ich glaube, er wusste, wer Kadamcziks Mörder ist.« Der Blick, mit dem wir einander nun bedachten, dauerte immerhin einige Sekunden lang ...

»Ach, etwas Seltsames ist außerdem geschehen.« Joost fuhr sich wieder einmal durch die Haare. »Kadamcziks Zimmer wurde aufgebrochen. Die Bilder sind verschwunden.«

»Wie bitte?« Ich starrte Joost an und benötigte einige Augenblicke, bis ich begriff, was das bedeuten konnte. Dann fragte ich: »Wo ist der Maler-Pater?«

Joost zuckte die Schulter: »Ich nehme an, bei den anderen Mönchen im Speisesaal.«

Ich rief Werner und Joost zu, dass wir uns später in dem kleinen Raum im Erdgeschoss treffen würden, und rannte die Treppe hinab.

Die Tür zu Kadamcziks Zimmer stand offen. Die Luft im Raum roch abgestanden. Ich schaltete das Licht ein. Die Amaryllis in der schwarz glasierten Vase auf Kadamcziks Schreibtisch war welk geworden. Ein großes, helles Rechteck an der Wand und zwei schmalere zu seinen Seiten zeigten, wo das Triptychon gehangen hatte. Ich betrachtete die leere Fläche, hatte plötzlich das Gefühl, als ob mir jemand etwas weggenommen hätte, vermisste das schimmernde Gelb der beiden schmalen Bilder.

Im Speisesaal hatten die Mönche an den Tischen Platz genommen, als ob sie auf eine Mahlzeit warteten. Nun, diese Mahlzeit würde nicht serviert werden, dachte ich, während ich auf Pater Schreiner zuging, der neben einigen jüngeren Mönchen am anderen Ende des Saales saß. Was auch kein Verlust war, wenn ich mich an die Qualität des Mittagessens erinnerte.

Ich registrierte, dass drückendes Schweigen den Raum füllte. Das Neonlicht der Deckenlampen ließ die Gesichter grau und abgespannt erscheinen. Ich nahm Vitellos in sich zusammengesunkene Gestalt wahr. Frisenius' leeren Stuhl und den alten Mönch, der während des Essens neben ihm gesessen hatte. Auch Margarethe Niemaier und die Nonnen befanden sich nun im Raum. Margarethe Niemaier saß für sich, mit gesenktem Kopf, schien ihre Umgebung nicht recht wahrzunehmen. Die Nonnen bildeten eine geschlossene Gruppe. Nur Schwester Agnes fehlte. Sie entdeckte ich an Pater Kollmanns Tisch.

Pater Kollmann hatte das Gesicht in den Händen verborgen, wirkte wie eines dieser Kinder, die sich beim Versteckspielen die Augen zuhalten und glauben, weil sie nicht sehen, können sie auch von den anderen nicht wahrgenommen werden. Schwester Agnes jedoch schaute mich an. Mir schien es, als ob ihr Blick wieder Triumph ausstrahlte, wie am vorherigen Abend nach dem Brand des Müllcontainers. Ich fühlte ihren Blick auf mir ruhen, als ich an den Tisch trat, an dem Pater Schreiner saß.

»Wir müssen miteinander reden«, sagte ich zu ihm.

Er erhob sich wortlos und folgte mir in das Zimmer, wo

Werner und ich die Videoaufnahme von dem Vortrag angesehen hatten. Der Raum war immer noch kalt. Pater Schreiner setzte sich in einen Sessel. Da ich mich an die schlechte Polsterung erinnerte, blieb ich stehen und lehnte mich gegen die Wand.

»Erzählen Sie mir etwas über Pater Gleixner«, sagte ich.

»Pater Gleixner? Weshalb ausgerechnet Gleixner?« Er starrte mich an. »Der Mann ist seit acht Jahren tot.«

»Das tut nichts zur Sache ...«

Pater Schreiner strich eine Strähne seines blonden Jesus-Haares aus der Stirn. Seine blauen Augen wichen meinen aus, als er achselzuckend sagte: »Was wollen Sie hören? Dass er depressiv war und ein Alkoholiker? So sehr trank, dass nicht einmal mehr seine Mitbrüder davor die Augen verschließen konnten? Dass Pater Kollmann ihn in eine Therapie schickte, die nichts nutzte, und Gleixner sich schließlich vor einen Zug warf?«

»Gleixners ›Mitbrüder‹ konnten nicht die Augen verschließen? Was ist mit Ihnen? Sie waren doch auch ein Kollege von ihm ...«

Ungeduldig erwiderte Pater Schreiner: »Ich hatte nicht viel mit ihm zu tun.«

»Ach ja? War so wohl auch angenehmer für Sie. Denn Gleixner war der bessere Maler. Ich stelle es mir ziemlich deprimierend vor, ständig jemanden vor der Nase zu haben, der besser ist. Und zu wissen: Dieses Niveau werde ich nie erreichen.«

Pater Schreiner lachte trocken auf: »Wollen Sie etwa behaupten, dass ich eifersüchtig war?«

Bei Schreiners Worten regte sich etwas in meinem Unterbewusstsein. Eine Antwort, auf eine Frage, die sich mir schon lange stellte. Aber ich konnte weder die Frage noch die Antwort festhalten. Ich musterte Schreiner, der wieder seinen Norweger-Pullover trug. Seine strahlend blauen Augen hatten einen amüsierten Ausdruck. Aber seine Körperhaltung war angespannt.

»Ich fände es normal, wenn Sie eifersüchtig gewesen wären.«

»War ich aber nicht. Wir hatten eben unterschiedliche Begabungen.«

»Tatsächlich? Dann sind Sie wirklich leicht zufrieden zustellen. Kann es nicht auch sein, dass Ihnen Ihre Malerei im Grunde genommen völlig gleichgültig ist? Dass Sie nur malen, weil Sie keinen besseren Zeitvertreib gefunden haben? Auf dem Markt müssen Sie sich ja nicht behaupten ... Ich nehme an, der Orden sorgt für Sie?«

Ich hatte ihn getroffen. Ich erkannte es daran, dass sich sein Gesicht versteinerte.

Das Lachen, das er ausstieß, klang nervös und seine Stimme zu gleichgültig: »Was soll das alles? Wollen Sie etwa behaupten, ich hätte Kadamczik umgebracht?«

Ich ging einige Schritte auf ihn zu, setzte mich auf die Kante des niedrigen Tisches, auf dem der Fernsehapparat stand: »Warum nicht? Ein Motiv hätten Sie ja.«

»Ich sollte ein Motiv haben, Kadamczik zu ...? Sind Sie noch ganz zurechnungsfähig?«

»Rache ist ein Motiv.«

»Was für einen Grund hätte ich, mich an ihm zu rächen?«

»Nun, möglicherweise war Ihnen Ihre Malerei doch nicht ganz gleichgültig. Möglicherweise wurmte es Sie, dass Kadamczik Gleixner förderte und Sie nicht. Ich nehme an, Kadamczik ließ Sie deutlich spüren, dass er von Ihren Bildern nichts hielt.«

Pater Schreiner schlug die Beine auseinander, beugte sich vor. Sein Zeigefinger stach in meine Richtung: »Und wenn schon, Gleixner ist seit acht Jahren tot. Reichlich spät, mich zu rächen, meinen Sie nicht?«

»Gleixners Bilder sind heute Abend aus Kadamcziks Zimmer verschwunden ...«

»Ach, und Sie denken, dass ich ...? Ich lasse mir das nicht länger bieten.« Er stand auf, wollte aus dem Zimmer gehen.

Kühl sagte ich: »Pater Frisenius wurde heute Abend getötet.«

Er blieb abrupt stehen, drehte sich langsam zu mir um: »Das ist doch Unsinn. Frisenius ist auf der Treppe gestürzt.«

»Das glaube ich nicht.«

Er schwieg. Schließlich erwiderte er: »Und wenn schon, ich habe nichts damit zu tun!«

»Vor wenigen Monaten reichten Sie Ihre Bilder für die Ausstellung in der Johannis-Kirche ein. Sie wurden abgelehnt. Sie hofften auf Fußmann. Aber Fußmann schloss sich Kadamcziks Meinung an: süßlicher Kirchen-Kitsch, so redete Kadamczik über Ihre Bilder. Postmodernes Präraffaelitentum ... Nicht besonders schmeichelhaft und ganz sicher verletzend.«

Pater Schreiner kam auf mich zu, hob die Hände. Einen Augenblick lang glaubte ich, er wollte auf mich einschlagen, ging in Abwehrstellung und bedauerte, dass meine Fitness zurzeit nicht die Beste war. Doch er blieb vor mir stehen, deutete auf die Fotografie mit den schäumenden Meereswogen und dem Spruch *Wasser des Lebens* und sagte mit sich überschlagender Stimme: »Das ist es. Das symbolisiert diesen verdammten Orden und diese verdammte Kirche.«

Sein theatralischer Ausbruch überraschte mich und ich erklärte, dass ich nicht ganz verstünde.

»Ach, Sie verstehen überhaupt nichts! Ich habe sie satt, alle meine Mitbrüder, diese lebendigen Toten und dieses tote Haus, diese Gruft ...« Er schrie mich an. Seine Mundwinkel zitterten. Sein Gesicht war gerötet, als würde er gleich aus verzweifelter Wut in Tränen ausbrechen.

»Ich will hier raus ... Ja, ich habe Kadamczik angefleht, mein Bild in die Ausstellung aufzunehmen. Diese Ausstellung hätte mir eine Grundlage geschaffen ... Ich hätte darauf aufbauen können, wenn ich aus dem Orden ausgetreten wäre. Aber Kadamczik, der den Orden nur noch benutzt hat, der sich aushalten ließ, hat mir etwas von ›Kunst‹ und ›Idealismus‹ erzählt und mein Bild lächerlich gemacht. In diesem Moment hätte ich ihn umbringen können, aber ich habe es nicht getan.«

Pater Schreiner brach plötzlich ab, schien seinen Worten nachzulauschen und sagte leiser und mit ruhigerer Stimme: »Hören Sie, ich habe es nicht getan.«

Ich zuckte die Schultern: »Kann sein. Kann auch nicht sein.«

Er fuhr sich mit der Hand über die Augen, schüttelte schwerfällig den Kopf und blickte zu Boden. Als er wieder aufsah, lächelte er schief: »Ich bin zwar nicht Picasso und ich bin auch nicht so gut wie Gleixner. Aber so schlecht, wie Kadamczik behauptet hat, bin ich auch nicht ...«

Pater Schreiner ging zur Tür. Als er sie schon geöffnet hatte, wandte er sich noch einmal zu mir um: »Übrigens, wenn Sie etwas über Gleixner wissen wollen – warum reden Sie dann nicht mit Vitello. Der hat sich um ihn gekümmert.«

Ihr Gerechten, jubelt vor dem Herrn; für die Frommen ziemt es sich, Gott zu loben. Preist den Herrn mit der Zither, spielt für ihn auf der zehnsaitigen Harfe!

Im Speisesaal war Vitello nicht zu finden. Und auch nicht in dem Zimmer im Erdgeschoss, das Werner und Joost als Verhörraum nutzten. Pater Karel saß an dem wachstuchbedeckten Tisch, die Stirn mit Schweißperlen bedeckt, und wirkte, als wollte er sich hinter seinen dicken Brillengläsern verstecken. Werner bedachte mich mit einem ärgerlichen Blick und meinte, dass sie sich bereits mit Vitello unterhalten hätten. Er wüsste auch nicht, wo der Pater sei.

Nun, vielleicht war Vitello wieder zu seiner Arbeit zurückgekehrt. Ich machte mich auf den Weg zu seinem Büro, lief durch einen der Flure, an dem die Hörsäle lagen.

Von irgendwoher ertönte Klaviermusik. Eine Melodie von Bach, die ich in einer Cembalo-Version kannte. Tonfolgen, die sich variierend wiederholten. Traurig und in sich verschlungen. Der hämmernde Klang des Cembalos verlieh der Trauer eine einprägsame Härte. Das Klavierspiel ließ sie weicher, wehmütiger erscheinen.

Eine unbestimmte Sehnsucht veranlasste mich, der Melodie nachzugehen und den Raum zu suchen, aus dem die Töne drangen. Eine Tür war angelehnt. Ich stieß sie auf, roch süßliches Bohnerwachs, sah Tische mit Resopalplatten, in gelblichem Weiß gestrichene Streben und an der Frontseite des Saales ein in verblassten Pastellfarben gehaltenes Gemälde. Ein im Schneidersitz hockender Christus, der seine mit einer Wunde versehene Hand zur Brust erhob. Unter dem Gemälde stand ein Flügel. Der Mönch, der an ihm saß und spielte, kehrte mir den Rücken zu. Erst, als ich mich etwa in der Mitte des Saales befand, erkannte ich, dass der Mönch Vitello war.

Er spielte hingegeben, völlig versunken in die Melodie. Sanft berührten seine Hände die Tasten. Dem rundlichen Körper war plötzlich eine Achtsamkeit und Würde zu Eigen, die ich zuvor nicht an ihm wahrgenommen hatte. Ich vertraute mich den Tönen an und bedauerte es, als das Spiel endete.

Für einen Moment saß Vitello mit entrücktem Gesichtsausdruck am Flügel, seine Finger schwebten über den Tasten. Dann, als er sich umwandte, um aufzustehen, entdeckte er mich. Er ließ sich auf den Schemel zurücksinken, schlaff, so wie er mir vertraut war. Das entschuldigende Lächeln hatte wieder von seinem Gesicht Besitz ergriffen.

»Sie haben mir zugehört?«

Ich nickte: »Es war schön.«

Vitello betrachtete zerknirscht die Tasten: »Ich sollte eigentlich nicht spielen. Ich habe zu arbeiten. Nur manchmal ... es beruhigt. Ich kann mich danach wieder besser konzentrieren. Und es ist auch eine gute Übung für das Orgelspiel während des Gottesdienstes.«

»Weshalb entschuldigen Sie sich denn?« fragte ich weicher, als ich es eigentlich beabsichtigt hatte.

»Oh, es ist nicht recht, seine Pflichten zu vernachlässigen.« Vitellos Augen hatten wieder diesen kindlich-erstaunten Ausdruck.

»Man hat mir gesagt, Sie hätten sich um Pater Gleixner gekümmert.«

»Pater Gleixner ...« Seine Hände sanken auf die Tasten nieder und verursachten einen hellen Ton. Mit erstickter Stimme murmelte er: »Es war nicht recht, was er getan hat. Er hätte das nicht tun dürfen, eine schwere Sünde ...«

»Dass er sich umbrachte?«

Vitello nickte kaum merklich.

»Was heißt das: Sie haben sich um ihn gekümmert?«

»Ihm die Flaschen weggenommen ...« Vitello hatte so leise gesprochen, dass ich Mühe hatte, ihn zu verstehen.

»Sie meinen, Sie haben Pater Gleixner Flaschen mit alkoholhaltigen Getränken weggenommen.«

»Ja. In seinem Zimmer ... Ich habe danach gesucht. Pater Kollmann hatte mich darum gebeten.« Vitellos Stimme zitterte und ich nahm erstaunt wahr, dass seine Augen voller Tränen standen. Ein Blinder, der einen Lahmen stützte ...

Pater Kollmanns Führungsqualitäten waren wirklich beachtlich.

Behutsam fragte ich: »Sie haben Pater Gleixner gemocht?«

Vitellos Hand verschwand in der Tasche seiner Kutte. Er zog ein zerknäultes Papiertaschentuch hervor, wischte sich zaghaft über die Augen und schnäuzte sich: »Oh, Pater Gleixner war ein Mitbruder ...«

Mitbruder ... Schon wieder diese seltsame Wortschöpfung, die mich seit der Begegnung mit Frisenius in diesem Haus vefolgte.

Ich bemerkte: »Pater Gleixners Tod geht Ihnen aber sehr nahe. Schließlich ist er bereits seit acht Jahren tot.«

Vitello richtete seine Augen auf den pastellfarbenen Jesus und nuschelte erneut etwas von »schwerer Sünde« und »hätte er nicht tun dürfen ...«

Ich versuchte es andersherum, bemühte mich um Geduld: »Wissen Sie, dass Pater Gleixners Bilder aus Kadamcziks Zimmer verschwunden sind?«

Vitello schüttelte stumm den Kopf.

»Sie kennen die Bilder?«

Er antwortete mit einem Nicken.

»Pater Kadamczik förderte Pater Gleixner, nicht wahr?«

»Ja ja, das tat er.« Vitello rutschte auf dem Klavierschemel hin und her. Sein rechter Arm streifte die Klaviatur. Einige gepresste Töne erklangen, verstummten wieder.

»War Pater Schreiner eifersüchtig auf Pater Gleixner?«

Vitello sah mich an. Lächeln und Fassungslosigkeit stritten auf seinem Gesicht: »Pater Schreiner eifersüchtig? Nein, um Himmels willen. Aus welchem Grund hätte er eifersüchtig sein sollen?«

Ich setzte mich auf die Tischplatte, ließ die Beine baumeln. Gleichgültig sagte ich: »Weil Kadamczik Pater Gleixner förderte und ihn nicht.«

»Nein, nein. Da täuschen Sie sich.« Vitellos Hände flatterten empor. »Pater Kadamczik war sehr gerecht ...«

»Tatsächlich? Ich habe aber mittlerweile ein anderes Bild von ihm gewonnen.«

Vitello blickte mich aus großen Augen fragend an.

»Ich stelle ihn mir als einen Menschen vor, der dazu neigte, andere zu verachten; sie demütigte, niemanden neben sich gelten lassen wollte ...«

Vitellos Hände vollführten eine unbestimmte Bewegung: »Nein, nein gewiss nicht. Pater Kadamczik war ein sehr extremer Mensch, er hatte sehr viele Begabungen.«

Kühl entgegnete ich: »So begabt, dass er die wissenschaftlichen Ergebnisse anderer stahl.«

Vitellos Hände schwammen erschöpft in der Luft herum: »Aber nein, Pater Kadamczik griff Gedanken auf und entwickelte sie weiter.«

Aus einer Eingebung heraus fragte ich Vitello: »Haben Sie Kadamczik bewundert?«

»Bewundert, warum?« Seine Hände sanken langsam auf den Rand der Klaviatur nieder, verharrten dort.

»Nun, Sie sagten, Kadamczik hatte so viele Begabungen ...«

Vitello lächelte scheu: »Oh, die Begabungen sind uns von Gott zugeteilt. Sie sind ein Geschenk. Wir dürfen andere nicht um ihre Begabungen beneiden.«

Etwas Ähnliches hatte ich vor kurzem schon einmal gehört ... Ich betrachtete Vitellos rundliches Gesicht, seine kindlichen braunen Augen, die mich kurzsichtig ansahen, und kam zu dem Schluss, dass er wirklich hoffnungslos naiv war.

Ich verabschiedete mich und ging zu Werner und Joost.

Als ich den Raum im Erdgeschoss betrat, saß Joost auf dem Sofa, die Beine lässig von sich gestreckt, und redete auf Werner ein: »Hach, Werner ... Jerry Archer würde sagen: ›Drei Kerle über mir, die Hände waren mir auf den Rücken gefesselt. Ich blickte in die Mündung einer Pistole. Doch ich wusste, solange sie meinen Willen nicht gebrochen hatten, gab es noch einen Ausweg ...‹«

»Jerry Archer ...« wiederholte Werner schlecht gelaunt. »Jerry Archer hatte es mit normalen Kriminellen zu tun und nicht mit einem Haufen verrückter Ordensleute.«

Ich zog mir einen Stuhl heran und setzte mich auch an den wachstuchbedeckten Tisch. »Na, wie sieht's aus?«

Werner fragte missmutig: »Wie es aussieht? Schlecht sieht es aus.«

»Ja, manchmal läuft es im Leben wie beim Mensch-Ärgere-dich-nicht-Spiel. Man ist eben draußen«, ließ sich Joost fröhlich vom Sofa her vernehmen. »Und dann würfelt man eine Sechs und ist plötzlich wieder mitten drinnen.«

»Pah, eine Sechs ...« Werners Stimme klang gereizt, als befände er sich kurz vor einem Wutausbruch. »Kannst du mir mal verraten, was der Joker in diesem Fall sein soll? Jede Spur zerschlägt sich!«

»Was hat Pater Karel gesagt?« fragte ich.

»Ach, Pater Karel ...« Werners Finger trommelten ungeduldig auf der Tischplatte herum. »Pater Karel hat hoch und heilig beteuert, dass er den Aufzug nicht manipuliert hat. Wir müssen das noch überprüfen, aber ich glaube nicht, dass er lügt. Er war völlig eingeschüchtert. Außerdem hatte Pater Karel kein Motiv, Frisenius umzubringen. Falls Frisenius umgebracht wurde, was ich bezweifle.«

Ich sah den Greis wieder vor dem Fenster seines Arbeitszimmers sitzen, hörte seinen Knöchel auf die hölzerne Lehne seines Stuhles klopfen und seine spröde Stimme sagen: »Ich pflege meine eigenen Wege zu gehen.«

»Er wusste, wer Kadamcziks Mörder ist.«

Werner seufzte ein wenig. Sein Gesicht wirkte müde. Bemüht ruhig fragte er: »Warum hat Frisenius uns den Mörder nicht genannt?«

»Weil der Mörder seinem Orden angehört oder in Verbindung mit dem Orden steht.«

»Damit wäre *deine* feministische Theologin aus dem Schneider ...«

Genervt entgegnete ich: »Sie ist nicht *meine* feministische Theologin ... Du wirst doch wohl nicht behaupten wollen, dass Verena Carsten Frisenius die Treppe hinuntergeworfen hat?«

Vom Sofa her ertönte Joosts lautes Gähnen.

Werner sah mich spöttisch an: »Nun, ich meine, Frisenius und Verena Carsten waren völlig unterschiedlicher Auffassung, was die Auslegung des Alten Testaments betraf. Du hast mir erzählt, dass Frisenius ein weibliches Gottesbild strikt ablehnte ...«

»Frisenius übersetzte die Stelle im Hosea-Buch, über die sich Kadamczik und Verena Carsten stritten, genauso wie die Theologin: ›Denn ich bin Gott, nicht ein Mann.‹«

Die Sprungfedern des Sofas quietschten. Joost trat zu uns an den Tisch und erklärte, dass er, wenn wir ihn nicht mehr bräuchten, gern nach Hause gehen würde.

Werner machte eine ungeduldige Handbewegung und murmelte: »Ja ja, ist schon in Ordnung ...« und fügte an, als Joost die Tür hinter sich geschlossen hatte: »Ein Verrückter weniger ...«

»Ich verstehe nicht, was du gegen Joost hast.«

Werner lehnte sich auf seinem Stuhl zurück und verschränkte die Arme vor der Brust: »Du weißt genau, warum er mich wahnsinnig macht. Also spare dir deine rhetorische Frage. Außerdem, wenn ich dich erinnern darf: Wir wissen nicht, ob Frisenius die Treppe hinuntergeworfen wurde!«

»Wenn Verena Carsten Kadamczik umgebracht hätte, hätte Frisenius sie niemals gedeckt!«

»Meine Liebe, du betreibst einen Zirkelschluss ...«

Ich hieb mit der flachen Hand auf den Tisch, wollte etwas Wütendes entgegnen. Aber Werner beugte sich plötzlich vor, grinste mich an und hob abwehrend die Hände: »Ist ja schon gut. Ich nehme alles zurück. Reg dich nicht auf! Kannst du mir einen Pater nennen, der ein Motiv hatte, Kadamczik zu ermorden?«

Ich sah Werner an und ertappte mich plötzlich wieder bei der Frage, welche Farbe seine Augen hatten. Im Licht der Stehlampe mit dem grünlichen Schirm wirkten sie graublau, nicht bräunlich, wie ich sie in Erinnerung hatte. »Der Maler-Pater. Kadamczik wies Pater Schreiners Bewerbung für die Ausstellung in der Johannis-Kirche ab. Auf sehr verletzende Weise. Während der Jahre zuvor ignorierte oder demütigte er ihn.« Graublaue Augen, mit weißen Pünktchen um die Iris ...

Werner seufzte: »Pater Schreiner saß zur Zeit, als Kadamczik umgebracht wurde, bei den anderen Patres im Chorgestühl der Kirche. Mindestens vierzig Leute können sein Alibi bezeugen.«

»Wo war Schwester Agnes zur Zeit, als Frisenius starb?«

Werner grinste schwach: »Du magst sie nicht, gib es zu.«

»Ich habe überhaupt keine Probleme damit, das zuzugeben.« Gegen meinen Willen musste ich lächeln.

»Sie saß zusammen mit den anderen Schwestern im Fernsehraum, sah sich eine Nachrichten-Sendung an. Dann, als die Glocke ertönte, gingen sie gemeinsam zur Kirche ...« Werner zuckte die Achseln: »Tut mir Leid, nichts zu machen.«

»Als Kadamczik starb, hatte sie kein Alibi«, beharrte ich.

»Kannst du mir ein Motiv nennen, warum sie ihn getötet haben sollte?«

»Nein«, gab ich widerwillig zu. Ich mochte Werners Augen, seine Hände, seinen Körper ... Trotz allem ... Die Nacht mit ihm vor anderthalb Jahren hatte viel Spaß gemacht. War intensiver als vieles gewesen, was ich vorher im Bett erlebt hatte, und mit Sicherheit besser als das, was nachher gekommen war ...

Werner gähnte: »Wir sollten allmählich gehen.«

»Ja«, stimmte ich zu.

Ich blieb sitzen und auch Werner machte keine Anstalten aufzustehen.

»Was hat es eigentlich mit dieser Judit auf sich?« fragte Werner plötzlich.

»Welcher Judit?«

»Diese Frau, die dem Feldherrn den Kopf abgeschlagen hat.«

»Was soll es mit ihr auf sich haben?« Ich hatte keine Ahnung, wovon er eigentlich redete.

»Haben sie vorher miteinander geschlafen oder nicht?«

»Keine Ahnung. Ich kenne nur das Ende der Geschichte. Aber ich nehme doch an: ja. Sonst würde ja die Pointe fehlen ...«

»Die Pointe ...« Werner schüttelte den Kopf. »Na ja ... Kann man dem armen Kerl nur wünschen, dass er auf seine Kosten gekommen ist ... Wir sollten jetzt wirklich gehen.«

»Ja, das sollten wir tun ...«, stimmte ich wieder zu.

Wir sahen uns an, wichen einander ausnahmsweise einmal nicht aus. Ich weiß nicht mehr, wer den ersten Schritt tat. Jedenfalls – wir fielen uns in die Arme und das Ganze endete auf dem alten Sofa am Fenster. Ich erinnere mich noch an die harten, kratzenden Stoffnoppen in meinem Rücken ... An das Quietschen des Sofas, das die Stille im Haus anzufüllen und zu sprengen schien, und daran, dass wir innehalten mussten, weil wir albern lachten. Ich erinnere mich daran, dass mich der Vorhang störte, als wir die Stellung wechselten, und ich ihn schließlich beiseite zerrte. An die riesenhaft verzerrten, ineinander verschlungenen Schatten unserer Körper, die der Lichtschein der Lampe vor dem Fenster an die Zimmerdecke warf. Daran, dass ich mich irgendwann nur noch glücklich und ohne Haut fühlte.

Am dritten Tag, im Morgengrauen,
begann es zu donnern und zu blitzen.
Schwere Wolken lagen über dem Berg,
und gewaltiger Hörnerschall erklang.

Im Halbschlaf hörte ich Werner leise neben mir atmen.

Was geschehen ist, wird wieder sein ... Es gibt nichts Neues unter der Sonne ... Werner und ich ...

Ein Déjà-vu ... Oder doch nicht? Meine Gefühle waren nicht so verkatert wie vor anderthalb Jahren, als wir in meinem Bett nebeneinander aufgewacht waren. Ich fühlte mich tatsächlich glücklich und kuschelte mich ein wenig enger an ihn.

Ich war kurz davor einzuschlafen, als ich deutlich die trockene Stimme des Greises hörte: »Manchmal wünschte ich, es wäre nicht wahr.« Ich zuckte zusammen, als hätte ich einen elektrischen Schlag erhalten, öffnete die Augen und starrte an die Zimmerdecke, wo sich vor kurzer Zeit die verzerrten Schatten unserer Körper ineinander geballt hatten. Jetzt warf die Lampe, die vor dem Fenster stand, ein leeres Rechteck aus Licht an die Decke. Ich schloss die Augen. Licht und Dunkelheit ... Licht und Schatten ... Gelb, das unter Schwarz hervorbrach ... Schwarz, das das Gelb erstickte ... Die Bilder in Kadamcziks Zimmer ...

Pater Schreiners von Lachen verzogenes Präraffaelitengesicht: »Wollen Sie behaupten, dass ich eifersüchtig auf Pater Gleixner war?«

Eifersucht ...

Meine geschlossenen Augenlider waren eine Projektionsfläche, auf der das nächste Bild erschien: Pater Frisenius auf seinen Stock gestützt vor dem Gemälde des auferstandenen Christus: »Pater Kadamczik war ein Mitbruder von mir.« Mitbruder ... Mit-Bruder ... Unwillkürlich murmelte ich die Worte vor mich hin.

Werner bewegte sich im Schlaf. Ich rückte ein wenig von ihm ab. Mitbruder ... Eifersucht ... Die Worte umkreisten sich, schlangen sich ineinander ... Verdammt!

Ich war plötzlich hellwach und richtete mich auf. Das musste Frisenius gemeint haben. Schlaftrunken murmelte Werner etwas und griff nach mir. Ich drehte mich zur Seite, ließ mich vorsichtig vom Sofa gleiten und suchte im Dunkeln nach meinen Kleidern.

Der Gang lag lang und finster vor mir, roch noch stärker als am Tag nach Bohnerwachs. An seinem Ende leuchtete ein phosphoreszierender Lichtschalter. Als ich ihn erreicht hatte, drückte ich ihn. Das knackende Geräusch erschien mir laut in der Stille. Ich lief zur Halle neben der Kirche, dann die Treppen hinauf. Im fünften Stockwerk zeichnete sich der Kreideumriss von Frisenius' Körper auf dem Boden ab. Dort, wo sich die angewinkelten Arme und Beine befunden hatten, wies der Umriss spitze Ecken auf. Ein schmales, langes Rechteck zeigte, wo die Krücke gelegen hatte. Selbst der Schemen, den Frisenius' Tod hinterlassen hatte, wirkte abweisend.

Frisenius' Zimmer war kalt, die Luft geruchslos. Ich trat an das mit Metallstreben an der Wand befestigte Regal, las die Titel auf den Buchrücken. Da die Bücher nach Wissensgebieten und innerhalb der Sparten zusätzlich alphabetisch geordnet waren, war es nicht schwer, eine Bibel zu finden. Ich setzte mich an den Schreibtisch, blätterte die Seiten um. Im Buch Genesis stand die Geschichte, die ich suchte:

> *Adam erkannte Eva, seine Frau; sie wurde schwanger und gebar Kain. Da sagte sie: Ich habe einen Mann vom Herrn erworben. Sie gebar ein zweites Mal, nämlich Abel, seinen Bruder. Abel wurde Schafhirt und Kain Ackerbauer. Nach einiger Zeit brachte Kain dem Herrn ein Opfer von den Früchten des Feldes dar; auch Abel brachte eines dar von den Erstlingen seiner Herde und von ihrem Fett. Der Herr schaute auf Abel und sein Opfer, aber auf Kain und sein Opfer schaute er nicht. Da überlief es Kain ganz heiß, und sein Blick senkte sich. Der Herr sprach zu Kain: Warum überläuft es dich heiß, und warum senkt sich dein Blick? Nicht wahr, wenn du recht tust, darfst du aufblicken; wenn du nicht recht tust, lauert an der Tür die Sünde als Dämon.*

Auf dich hat er es abgesehen, doch du werde Herr über ihn! Hierauf sagte Kain zu seinem Bruder Abel: Gehen wir aufs Feld! Als sie auf dem Feld waren, griff Kain seinen Bruder Abel an und erschlug ihn.
Da sprach der Herr zu Kain: Wo ist dein Bruder Abel? Er entgegnete: Ich weiß es nicht. Bin ich der Hüter meines Bruders? Der Herr sprach: Was hast du getan? Das Blut deines Bruders schreit zu mir vom Ackerboden. So bist du verflucht, verbannt vom Ackerboden, der seinen Mund aufgesperrt hat, um aus deiner Hand das Blut deines Bruders aufzunehmen. Wenn du den Ackerboden bestellst, wird er dir keinen Ertrag mehr bringen. Rastlos und ruhelos wirst du auf der Erde sein.
Kain antwortete dem Herrn: Zu groß ist meine Schuld, als daß ich sie tragen könnte. Du hast mich heute vom Ackerland verjagt, und ich muß mich vor deinem Angesicht verbergen. Rastlos und ruhelos werde ich auf der Erde sein, und wer mich findet, wird mich erschlagen. Der Herr aber sprach zu ihm: Darum soll jeder, der Kain erschlägt, siebenfacher Rache verfallen. Darauf machte der Herr dem Kain ein Zeichen, damit ihn keiner erschlage, der ihn finde. Dann ging Kain vom Herrn weg und ließ sich im Land Nod nieder, östlich von Eden.

Ißt man denn ungesalzene Speise?
Wer hat Geschmack an fadem Schleim?
Ich sträubte mich, daran zu rühren,
das alles ist mir wie verdorbenes Brot.

Eine knappe halbe Stunde später schloss ich im Polizeipräsidium mein Büro auf und kramte auf meinem Schreibtisch nach der Videoaufzeichnung von der Tagung, die mit jenem handfesten Streit zwischen Kadamczik und Verena Carsten geendet hatte. Ich fand die Kassette schließlich unter einem leeren Aktenordner, steckte sie in meine Handtasche und machte mich auf den Heimweg.

Meine Küchenuhr zeigte kurz vor sechs, als ich gemahlenen Kaffee in eine Tasse schüttete und mit kochendem Wasser aufgoss. Dann nahm ich die Tasse, schob die Kassette in meinem Wohn-Arbeitszimmer in den Videorekorder und setzte mich mit angezogenen Beinen auf das Sofa. Auf dem Bildschirm erschien schwarzweißes Flimmern. Ich spulte ein Stück zurück, bis zu der Stelle, an der Pater Kollmann vergeblich versuchte, die erhitzten Gemüter zu beruhigen. Jemand stieß gegen die Kamera. Das Bild wackelte. Unter den Rücken, die sich an der Kamera vorbeischoben, erkannte ich jetzt Vitello. Dann Kadamczik und Verena Carsten vor der Tafel mit den Resten des Nachmittagkaffees. Schwester Agnes erschien in der Tür. Pater Kollmann hob flehentlich die Hände. Kadamczik packte die Theologin an der Schulter, schrie sie an. Ihre steinerne Miene. Die Kuchenplatte in Kadamcziks Gesicht. Verena Carsten, die mit hoch erhobenem Kopf zum Ausgang des Saales schritt. Dann nahm ich unter den Patres, die vor ihr zurückwichen, Pater Schreiner wahr. Er stand nicht weit entfernt von dem mit Kuchen beschmierten Kadamczik. Nah genug jedenfalls, dass er Kadamcziks Schmähungen gehört haben konnte.

Kurz vor sieben Uhr erreichte ich wieder die Hochschule. Als ich über den Parkplatz ging, an dem immer noch mit Scheinwerfern beleuchteten Kirchenportal vorüber, atmete ich innerlich auf. Der Fall Veit Kadamczik näherte sich seinem Ende. Ich würde die Kirche und die kastenförmigen Hochschulgebäude nicht mehr häufig sehen müssen.

Das Zimmer im Erdgeschoss war leer. Die Wolldecken, mit denen wir uns zugedeckt hatten, lagen ordentlich gefaltet in einer Sofaecke. Na ja, hoffentlich hatte Werner meinen heimlichen Aufbruch nicht missverstanden. Ich beschloss, mir darüber nicht den Kopf zu zerbrechen, und machte mich auf den Weg zum Speisesaal, wo sich die Hochschulleute vermutlich um diese Uhrzeit befanden.

Sie saßen tatsächlich beim Frühstück. Auf den Tischen des Speisesaals stand dickwandiges Geschirr. Brotscheiben und Brötchen lagen in geflochtenen Körben, neben Marmelade- und Konfitüredöschen und kleinen Würsten in Plastikverpackung auf Platten aus rostfreiem Stahl. Pater Schreiner befand sich nicht auf seinem Platz in der Nähe des Fensters. Ich trat an Pater Kollmanns Tisch.

»Oh, guten Morgen, Frau Strykowski. So früh schon im Dienst?« Ein nervöses Lächeln erschien auf Pater Kollmanns Gesicht. Seine Hand, die eine mit rosa Streichwurst beschmierte Brötchenhälfte hielt, verharrte in Brusthöhe. Die anderen beiden Patres an Kollmanns Tisch bedachten mich mit einem ärgerlichen Blick und setzten dann ihre Unterhaltung fort.

»Können Sie mir sagen, wo ich Pater Schreiner finde?«

Pater Kollmann ließ die Brötchenhälfte auf den Teller sinken: »Pater Schreiner?« Seine Augen irrten zu dem Tisch am Fenster. »Pater Schreiner frühstückt gelegentlich in seinem Atelier im Park. Möglicherweise hält er aber auch die Messe in einer umliegenden Pfarrei. Sie müssen entschuldigen. Ich habe da nicht so den Überblick. Schwester Agnes kann Ihnen sicher weiterhelfen.«

Ich seufzte innerlich. Schwester Agnes auf nüchternen Magen ...

Pater Kollmann erklärte mir, dass ich sie in der Küche finden würde.

Schwester Agnes saß an einem schmalen Klapptisch, vor sich eine Kaffeetasse und ein geöffnetes Konfitüredöschen. Als ich den Raum betrat, sah sie mich durchdringend an, dann wanderte ihr Blick zu einigen Warmhaltekannen, die auf der Anrichte bereitstanden, und verharrte auf ihnen, als ob sie hoffte, dass ich ihr keine Aufmerksamkeit schenken würde, wenn sie mich nicht beachtete. Diesen Gefallen konnte ich ihr jedoch nicht tun.

Ich sagte »guten Morgen«, was sie wortlos zur Kenntnis nahm, und konnte es mir nicht verkneifen zu fragen: »Küchendienst? Ich dachte, für diese niedrigen Aufgaben seien Ihre Mitschwestern zuständig?«

Schwester Agnes betrachtete die Brotkrumen auf ihrem Teller und erwiderte kühl: »Jede von uns Schwestern übernimmt einmal in der Woche den Frühstücksdienst.«

»Pater Kollmann sagte, Sie wüssten, wo ich Pater Schreiner finden kann.«

Sie schwenkte ihre Kaffeetasse, als wollte sie das Getränk abkühlen. Eine Flüssigkeit von hellem, fast durchsichtigem Braun: »Pater Schreiner feiert die heilige Messe in der Sankt Josefs Gemeinde in der Stadtmitte. Anschließend gibt er zwei Stunden Religionsunterricht in der dortigen Grundschule. Er müsste gegen halb elf zurück sein.«

»Da Sie über Pater Schreiners Tagesablauf so gut Bescheid wissen, können Sie mir vielleicht auch sagen, weshalb er als Nicht-Alt-Testamentler an der Tagung teilgenommen hat?«

Schwester Agnes fasste meine Frage als Kompliment auf, denn ihr Gesicht entspannte sich. »Pater Schreiner interessiert sich für die Thematik des Gottesbildes.«

»Für die Dias mit den Abbildungen von Göttinnen und Göttern?«

»Oh nein«, eine leichte Röte erschien auf ihren Wangen. »Pater Schreiner interessiert sich rein abstrakt für das Thema. Nicht für diese pornographischen Darstellungen von nackten Göttinnen-Statuen.«

Ich beschränkte mich auf ein: »Ah ja?« Ich war nicht in der Stimmung, mir die Ausführungen einer verklemmten Nonne anzuhören.

Die Röte auf Schwester Agnes' Wangen vertiefte sich. Ihre Stimme wurde hoch: »Pater Schreiner malt anständige Bilder. Nicht diese blasphemischen Sachen, die Pater Kadamczik förderte.«

Mäßig interessiert fragte ich: »Zum Beispiel Männerunterhosen auf Kreuzesbalken?«

Sie nickte mit abgewandtem Gesicht.

Ein Pater trat an die Durchreiche und stellte eine Warmhaltekanne auf die Anrichte. Schwester Agnes erhob sich, ging zu einer Kaffeemaschine, füllte frischen Kaffee in die Kanne und überreichte sie dem wartenden Pater. Dann stellte sie die Tasse und das Konfitüredöschen auf ihren Teller und trug das Geschirr zu einer großen Spülmaschine an der Fensterwand.

Über die Schulter sagte sie zu mir, jetzt wieder in ihrer normalen, flachen Stimmlage: »Aber die Malerei haben natürlich die Patres zu beurteilen. Sie geht mich nichts an.«

Ich dachte: du Heuchlerin, und beschloss, ins Polizeipräsidium zu fahren.

Wohin könnte ich fliehen vor
deinem Geist, wohin mich vor
deinem Angesicht flüchten?

Im Flur vor Petersens Büro lief ich Werner über den Weg. Es wäre mir lieber gewesen, ihm erst im Beisein von Petersen und Joost zu begegnen, auf neutralem Gebiet sozusagen. Denn jetzt, mit einigen Stunden Abstand, wusste ich nicht mehr recht, ob ich mich über die Nacht, die wir gemeinsam verbracht hatten, noch freute.

Werner wirkte unausgeschlafen. Seine Miene war undurchdringlich.

Ich betrachtete den Wandanstrich des Flurs. Grün. Aufgeraut, mit einer Unzahl von winzigen Stacheln versehen und mit einer dünnen Lackschicht überzogen: »Ich glaube, ich weiß, wer Kadamczik umgebracht hat ...«

»Tatsächlich?« erwiderte Werner knapp. »Komm mit rein. Du bist schon wieder zu spät dran. Petersen wartet.«

Ich nickte Elvira zu, die an diesem Tag einen Strauß flammender Forsythien auf ihrem Schreibtisch stehen hatte. Sie schenkte mir ein strahlendes Lächeln, das mich wieder aufmunterte.

Petersen lief in seinem Büro auf und ab. Seine Stirn lag in Falten. Doch er meinte jovial: »Na, Frau Strykowski, gut geschlafen?«

Ich hatte diese Anspielungen auf mein morgendliches Zupätkommen satt und entgegnete spitz: »Ich bin bereits seit drei Stunden auf den Beinen.«

Werner warf mir einen raschen Blick zu, den ich ignorierte.

Petersen lachte sein hohes Abiturientenlachen und ließ sich hinter seinem Schreibtisch nieder: »Nun, haben Sie während dieser Stunden etwa den Mordfall Kadamczik gelöst?«

Ich setzte mich auf das Sofa und erklärte: »Ja, ich denke, das habe ich getan.«

»Wirklich?« Petersen lachte wieder.

Sein Lachen ging mir auf die Nerven. Gereizt fragte ich: »Wo ist eigentlich Joost?«

»Er ist bei dem Fingerabdruckexperten und dürfte jeden Moment kommen.« Petersen machte eine großzügige Handbewegung: »Aber bitte, Frau Strykowski. Klären Sie uns doch über Pater Kadamcziks Mörder auf.«

Einen Moment lang fragte ich mich, ob sich Petersen über mich lustig machte, dachte dann aber, dass dies nicht zu seinem bürokratischen Charakter passte: »Pater Frisenius wusste, wer Kadamczik umbrachte ...«

Werner, der sich in einem Sessel in einigem Abstand zu mir niedergelassen hatte, verdrehte die Augen und stöhnte: »Jakoba, das haben wir doch schon ausführlich besprochen. Mittlerweile liegt uns das Ergebnis der Gerichtsmedizin vor. An Frisenius' Körper sind keine Spuren von Gewaltanwendung festzustellen.«

Ich ließ mich nicht beirren: »Und wenn schon. Einen alten Mann, der am Stock geht, eine Treppe hinunterzustoßen, dazu bedarf es schließlich keiner besonderen Kraftanstrengung. Dass keine Spuren von Gewaltanwendung zu finden sind, hat also überhaupt nichts zu bedeuten.«

»Du betreibst wieder einen Zirkelschluss ...«

»Tatsächlich. Sie betreiben eine Argumentatio via negationis«, ließ sich Petersen von seinem Schreibtisch her vernehmen. »Schließe aus, was nicht ist, um so sagen zu können, was ist.«

Ich starrte ihn verblüfft an. Dann fiel mir ein, dass Petersen Absolvent eines humanistischen Gymnasiums war. Mit ein wenig erhobener Stimme fuhr ich fort: »Frisenius sagte mir: ›Es gibt nichts Neues unter der Sonne.‹ Und setzte hinzu: ›Manchmal wünschte ich, es wäre nicht wahr.‹«

Werner stöhnte erneut: »Du wiederholst dich ...«

Ich ignorierte ihn: »Frisenius spielte damit auf eine Stelle aus dem Buch Genesis an. Auf Kain und Abel. Kain, verletzt und eifersüchtig, fühlte sich von Gott nicht geliebt und brachte deshalb seinen Bruder Abel um. Etwas Ähnliches spielte sich in der Hochschule ab. Pater Schreiner fühlte sich durch Kadamczik verletzt und gedemütigt. Er wollte sich an der Ausstellung in der Johannis-Kirche beteiligen, hoffte, sich dadurch einen Namen als Künstler machen und die Hochschule endlich verlassen zu können. Pater Schreiner war überzeugt, dass Kadamczik ihm diese Chance verdorben hat. Ein Ordensmann, der einen Mitbruder tötete ... Deshalb wünschte sich Frisenius, es wäre nicht wahr.«

Einen Moment herrschte Stille.

Dann verschränkte Petersen die Hände, beugte sich nach vorn und hüstelte leicht: »Liebe Frau Strykowski, wir befinden uns nicht im ›Namen der Rose‹.«

»Jakoba!« Werners Stimme hatte einen beschwörenden Unterton, als wollte er eine Irre besänftigen. »Pater Schreiner hat ein Alibi. Er saß im Chorraum der Kirche. Unter den Augen der anderen Patres ...«

»Es muss einen Weg gegeben haben, dass Pater Schreiner unbemerkt die Kirche verlassen konnte«, beharrte ich. »Alles deutet auf diesen Pater hin. Er ist ein Ordensmitglied. Ihn hätte Frisenius niemals der Polizei verraten.«

Werner wollte etwas erwidern, aber ich ließ ihn nicht zu Wort kommen. »Außerdem hat Pater Schreiner an der Tagung teilgenommen. Er verfolgte den Streit um die Stelle im Hosea-Buch. Und er hörte, wie Kadamczik Verena Carsten beschimpfte, ihr möge es ergehen wie der Frau aus Gibea. Damit bot sich ihm eine wunderbare Möglichkeit, den Verdacht auf die Theologin zu lenken.«

Wieder herrschte Schweigen, in dem Petersen sein sorgfältig gescheiteltes Haar glatt strich und mir einen sorgenvollen Blick zuwarf.

Werner schüttelte den Kopf: »Der Vergleich mit der Bibelstelle passt nicht. Pater Schreiner hatte keinen Grund, auf Kadamczik eifersüchtig zu sein. Der begabtere, talentiertere Bruder ... Das hätte allenfalls auf Pater Gleixner zugetroffen. Du wirst doch wohl nicht behaupten wollen, dass Pater Schreiner Gleixner vor acht Jahren vor den Zug geworfen hat.«

»Nein, natürlich nicht«, entgegnete ich ungeduldig. »Es ...«

In diesem Augenblick wurde die Tür aufgerissen und Joost stürzte ins Zimmer. Seine blauen Augen strahlten. Mit einer eleganten Handbewegung, als serviere er ein ausgefallenes Gericht, legte er einige Schwarzweißfotos auf den niedrigen Couchtisch. Dann verkündete er: »Tja, ich denke, der Fall ist gelöst« und ließ sich neben mir auf das Sofa fallen.

Petersen kam hinter seinem Schreibtisch hervor. Alle starrten wir auf die Fotos. Einige zeigten stark vergrößerte Ausschnitte des Dolches, mit dem Kadamczik erstochen worden war. Drei Fingerabdrücke waren deutlich auf dem Griff der Waffe zu erkennen. Auf anderen Fotos waren die ebenfalls stark vergrößerten Fingerabdrücke einer linken und einer rechten Hand zu sehen.

Noch bevor ich die Beschriftung am unteren Rand dieser Fotos lesen konnte, deutete Joost auf die Fingerabdrücke, die sich auf der Mordwaffe befanden: »Zeige-, Mittel- und Ringfinger von Verena Carstens rechter Hand.«

Ich glaube, ich sagte gar nichts. Petersen ließ ein befriedigtes: »Oh« hören und nahm die Fotos vorsichtig in seine Hände, als befürchtete er, die Abdrücke zu verwischen, und Werner murmelte: »Ich habe es ja von Anfang an vermutet.«

Ich schaute auf die Fotos nieder, wollte nicht wahrhaben, was sie zeigten. Dann wurde ich wütend. Ich fasste die Fingerabdrücke als persönliche Beleidigung auf und sagte laut: »Verdammt. Wie konnte Verena Carsten nur so idiotisch sein, diesen miesen Arsch umzubringen.«

»Frau Strykowski, ich muss doch sehr bitten ...« Petersens Stimme hatte einen strengen Unterton.

Ich wusste, dass ich ihn in seiner Ehre als pflichtbewusster Beamter verletzte, konnte es mir aber dennoch nicht verkneifen, noch hinzuzufügen: »Meine Güte. Es gibt viele Arten, sich das eigene Leben zu versauen. Aber einige sind mit wesentlich mehr Spaß verbunden, als wegen des Mordes an einem Ekel-Pater jahrelang ins Gefängnis zu wandern.«

»Frau Strykowski.« Petersen schlug auf den Tisch.

Danach entzündete sich ein beiderseits polemisch geführter Streit, in dessen Verlauf mir Petersen meine früheren Dienstvergehen vorwarf und ich argumentierte, er sei ja nur froh darüber, eine Feministin ins Gefängnis werfen zu können. Meine Stimmung besserte sich auch nicht, als mir Werner wieder einmal mangelnde Objektivität vorhielt. Joost beschränkte sich darauf, interessiert die Zimmereinrichtung zu betrachten.

Schließlich gewann Petersens auf Harmonie bedachter Charakterzug die Oberhand. Er stellte fest, ich sei überarbeitet und könne, wenn ich wollte, meinen Urlaub antreten. Ich widersprach. Petersen versteifte sich immer mehr auf die Urlaubsidee. Ich weigerte mich. Schließlich schrie Petersen, ich solle meinen Urlaub sofort antreten. Er entziehe mir hiermit den Fall. Werner würde die weiteren Ermittlungen leiten. Da mit Petersen in diesem Moment nicht mehr zu reden war, verließ ich grollend das Zimmer und zog mich in mein Büro zurück.

Eigentlich wollte ich einige Ermittlungsberichte schreiben, die ich längst hätte anfertigen müssen. Doch schon nach wenigen Seiten wandte ich meine Augen vom Computer ab und starrte zum Fenster hinaus, vor dem sich ein strahlend blauer Himmel zeigte. Verena Carstens Fingerabdrücke befanden sich auf dem Dolch. Daran war nicht zu rütteln. Aber es passte nicht. Es passte einfach nicht ...

Ich tippte ein paar Zeilen. Dann begannen sich meine Gedanken wieder zu verselbstständigen. War es möglich, dass Frisenius diesen Satz aus dem Kohelet-Buch völlig ohne Hintergedanken zitiert, dass ich mir alles eingebildet hatte? Dass Frisenius überhaupt nicht wusste, wer Kadamczik umgebracht hatte, und der Sturz auf der Treppe tatsächlich ein Unfall war? War es möglich, dass ich mich so sehr getäuscht hatte?

»Jakoba, geh in dich«, sagte ich zu mir. »Auch du machst Fehler.«

Aber diese Deutung befriedigte mich keineswegs. Irgendwann, nachdem ich eine geraume Weile den Bildschirmschoner meines Computers betrachtet hatte, klopfte es an der Tür und ich hörte Werner sagen: »Jakoba, lass die Zugbrücke herunter. Kann ich hereinkommen?«

Missmutig brummelte ich: »Ja.«

Werner wirkte ein wenig verlegen: »Tut mir Leid. Dein Streit mit Petersen.«

Ich zuckte die Schultern: »Schief gelaufen ...«

»Joost und ich kommen gerade von Verena Carsten ...«

»Tatsächlich?« Ich bemühte mich, desinteressiert zu erscheinen.

Werner stützte seine Arme auf die Schreibtischkante: »Sie ist seit gestern Abend verschwunden.«

»Ach?«

Der Blick, mit dem mich Werner bedachte, war grimmig: »Ich dachte mir, dass du dich darüber freuen würdest.«

»Oh nein. Nicht im Geringsten.« Interessiert betrachtete ich meine Computertastatur: »Was willst du jetzt tun?«

»Eine Fahndung nach Verena Carsten ausschreiben.« Nach einer Pause sagte Werner: »Petersen möchte, dass du deinen Urlaub sofort antrittst. Fahr weg. Das wolltest du ja ohnehin tun. Sobald ich etwas herausgefunden habe, gebe ich dir Bescheid.«

»Vielen Dank«, erwiderte ich bissig. »Gib ruhig zu, dass du froh bist, den Fall allein weiterführen zu können.«

»Ich bin allerdings froh, mit einem Verrückten – Verzeihung, mit *einer* Verrückten – weniger zusammenarbeiten zu müssen.« Werner ging zur Tür. Als er sie erreicht hatte, drehte er sich noch einmal um: »Warum bist du heute Nacht eigentlich so plötzlich verschwunden?«

Ich versuchte, in seinem Gesicht zu lesen, aber es gab nichts preis.

»Weil ich endlich begriffen hatte, was Frisenius mir sagen wollte.« Ich strengte mich an, meine Stimme gleichgültig klingen zu lassen. »Ich ging in sein Zimmer, suchte nach der Bibelstelle. Dann holte ich die Videokassette der Tagung und sah sie mir an.«

Werner nickte langsam. Er wünschte mir einen schönen Urlaub und verließ den Raum. Ich starrte die geschlossene Türe an und dachte, dass es tatsächlich nichts Neues unter der Sonne gab.

Die Sonne, die aufging und wieder unterging, atemlos jagt sie zurück an den Ort, wo sie wieder aufgeht. Er weht nach Süden, dreht nach Norden, dreht, dreht, weht, der Wind.

Es war eindeutig zu warm für Januar. Ich stand auf dem Parkplatz der Hochschule, hatte die Ärmel meiner Jacke hochgekrempelt und sah den Männern des Pannendienstes zu, die sich mühten, mein Auto in Gang zu bringen. Ein stürmischer lauer Wind wehte, der mir die Haare ins Gesicht blies und mit den Kronen der Bäume spielte.

Einer der Männer kam zu mir, meinte, dass sie das Auto abschleppen und in die Werkstatt bringen müssten. Die Zündkerzen, die Batterie und noch einige andere Dinge mehr, an die ich mich nicht mehr erinnere. Jedenfalls hörte es sich an, als ob ein Großteil des Motors ausgetauscht werden müsste.

Ich gab meine Zustimmung, wartete, bis sie das Auto auf den Abschleppwagen gehievt hatten, und lief dann langsam in Richtung der Ausfahrt. Urlaub ...

Ich war nicht in Urlaubsstimmung!

Ja, die Kinder, sogar die ganz kleinen, hatten nicht irgendeinen Kindertod. Sie nahmen sich zusammen und starben das, was sie schon waren, und das, was sie geworden wären ... Jetzt fiel mir auch noch dieser verdammte Rilke ein.

Missgelaunt umrundete ich einige Pfützen, die Sonne und Wind an tiefen Stellen im Asphalt übrig gelassen hatten. Das Gelände vor Kirche und Hochschule war bis auf einen kleinen rundlichen Mönch, der mit dem Rücken zu mir vor dem Kirchenportal stand und den strahlend blauen Himmel betrachtete, menschenleer. Später Vormittag ... Wahrscheinlich saßen die Studierenden in den Hörsälen oder in der Bibliothek.

Als sich der Mönch umdrehte, erkannte ich, dass es Vitello war. Er kam auf mich zu. Ich war nicht in Stimmung für Konversation. Da sich aber unsere Wege kreuzten, konnte ich nicht so tun, als hätte ich ihn nicht gesehen. Überrascht bemerkte ich, dass ein glückliches Lächeln auf Vitellos Gesicht lag. Seine Augen glänzten.

»Es wird Frühling ...« Vitellos weitausholende Armbewegung schien Park, Himmel, die ganze Welt zu umfassen.

Knapp entgegnete ich: »Ja.«

Er strahlte mich an: »Ich habe Ihnen doch von Rom erzählt. Dass ich mir manchmal wünsche, dort zu sein ... Vielleicht gelingt es mir. Ich habe mich um eine Gastprofessur beworben.«

Seine Augen, die leuchteten, als habe er ein lang ersehntes Weihnachtsgeschenk erhalten, rührten mich. Ich wünschte ihm viel Glück. Wünschte ihm insgeheim außerdem, dass er bis Südtirol nicht verloren gehen und, wenn er es bis Rom schaffen sollte, dort nicht unter die Räder eines Busses geraten möge.

Vitello winkte mir fröhlich zu, erklärte, dass er ein Orgelstück für den Abendgottesdienst üben müsse, und lief beschwingt zurück zur Kirche.

Als ich die Toreinfahrt erreicht hatte und einen kurzen Blick zurück auf Hochschule und Kirche warf, stand Vitello immer noch vor dem Portal. Den Kopf weit in den Nacken zurückgelegt, als wollte er die Sonne trinken.

Langsam trottete ich quer durch die Stadt zu meiner Wohnung. Der Sonnenschein, der auf den Fassaden lag und sich in den Fensterscheiben spiegelte, die milde Frühlingsluft verstärkten meine Unruhe.

Zu Hause angelangt, rannte ich zwischen Küche und Wohnzimmer hin und her und beschloss, endlich einen Großputz zu veranstalten. Ein schlechtes Zeichen.

Am späten Nachmittag rief die Autowerkstatt an, dass ich meinen Wagen abholen könne. Was ich auch tat. Anschließend putzte ich meine Fenster und danach, als meine Wohnung vor Sauberkeit strahlte, was sie seit Monaten nicht mehr getan hatte, setzte ich meine Wanderung durch die Räume fort. Gegen neunzehn Uhr war ich so zermürbt, dass ich mich fragte, ob ich nicht doch meine Koffer packen und wegfahren sollte.

Das Klingeln des Telefons war eine Erlösung. Elvira war am Apparat: »Gut, dass ich dich noch erreiche. Eine Inez Versbach möchte dich sprechen.«

»Inez Versbach?« Es dauerte einen Augenblick, bis ich begriff, dass es sich um Kadamcziks Tochter handelte. »Hat sie gesagt, was sie von mir will?«

»Nein, aber sie besteht darauf, mit dir zu sprechen. Ich habe ihr gesagt, dass du Urlaub hast, aber sie ließ sich nicht abwimmeln.«

Was in aller Welt wollte Inez Versbach von mir? Ich überlegte kurz, sagte dann, Elvira solle Inez meine Adresse geben. Ich sei zu Hause und würde auf sie warten.

Elvira lachte leise: »Du solltest schon längst vor einem Kaminfeuer sitzen und Sherry trinken. Petersen wäre glücklich darüber ...«

Ich erwiderte, dass ich das die Tage nachholen würde, wartete nervös auf Inez Versbachs Ankunft und versuchte mir klarzumachen, dass ich von ihrem Besuch nicht allzu viel erwarten konnte. Wahrscheinlich erhoffte sie sich von mir eine Drogen- oder Aidsberatung.

Etwa eine halbe Stunde später klingelte es. Ich drückte den Öffner, trat an meine Wohnungstür, betätigte den Lichtschalter und schaute Inez Versbach entgegen, die langsam und etwas außer Atem die Stufen heraufkam. Verwundert musterte sie die hohen Spiegel an den Treppenabsätzen und das schmiedeeiserne Geländer. Wieder fiel mir auf, wie sehr ihre Körperhaltung – der gerade Rücken, der hoch erhobene Kopf – und ihr attraktives Aussehen an Kadamczik erinnerten.

Inez Versbach blieb vor mir stehen. Als sie sagte: »Ich muss mit Ihnen reden«, klang ihre Stimme trotzig und bestimmt zugleich.

Ich bat sie herein, führte sie in meine Küche. Als sie das James-Dean-Poster sah, grinste sie und ich fühlte mich plötzlich alt. Sie fragte, ob sie rauchen dürfe. Während ich uns Weißwein einschenkte, zog Inez eine Zigarettenpackung aus der Tasche ihres kurzen, mit einem kleinen Fellkragen verzierten Mantels, den sie über eine Stuhllehne gehängt hatte. Sie sog den Rauch tief ein und stieß ihn mit übertrieben geschürzten Lippen wieder aus. Sie wirkte trotz ihres arroganten Gesichtsausdrucks sehr jung und verletzlich. Es schien, als hielte sie sich an ihrer Zigarette fest.

Ich stellte ein Glas vor Inez. Sie legte die freie Hand um den Stiel und schob es auf der Tischplatte herum, als wollte sie Gläserrücken veranstalten. Schließlich fragte ich: »Also, warum wollten Sie mit mir reden?«

Das Glas beschrieb einen Kreis. Ein wenig Flüssigkeit schwappte über. Dann erklärte Inez: »Ich habe Kadamczik einen anonymen Brief geschrieben.«

Ich erinnerte mich an die aus Zeitungen ausgeschnittenen, kindlich anmutenden Worte, die auf das zusammengeknüllte Blatt geklebt waren, das wir in Kadamcziks Papierkorb gefunden hatten: »›Kadamczik, es wird Dir noch Leid tun, was Du getan hast. Du wirst es büßen‹?«

Inez nickte. Ich dachte daran, dass wir vermutet hatten, ein reaktionärer Kunstliebhaber habe den Brief verfasst, und grinste vor mich hin. Inez betrachtete mich irritiert.

»Ach nichts«, ich machte eine wegwerfende Handbewegung. »War das der einzige Brief, den Sie Kadamczik geschrieben haben?«

»Ja.« Das Glas kreiste erneut über die Tischplatte. Die zur Hälfte gerauchte, mittlerweile erloschene Zigarette hing zwischen Inez' Fingern. Ascheflocken vermischten sich mit der Feuchtigkeitsspur des Glases und hinterließen graue Schlieren auf der braunen Holzplatte. Ich wartete. Als Inez aufblickte, standen ihre Augen voller Tränen. Ihr Mund zitterte. Zornig wischte sie sich über die Augen und biss sich auf die Lippen. Ich murmelte einige beruhigende Worte. Ein paar Tränen rollten über ihre Wangen.

Mit zittriger Stimme sagte sie: »Ich war im Kloster.«

»Oh, haben Sie Kadamczik getroffen?« fragte ich überrascht.

»Nein, aber ich wollte ...«

Inez nahm einige tiefe Schlucke von dem Weißwein, als wollte sie sich dafür belohnen, dass sie nicht in Tränen ausgebrochen war oder den Mut zum Besuch in der Hochschule aufgebracht hatte. Während sie zusammenhanglos erzählte, wie sie vergebens versucht hatte, Kontakt mit Kadamczik aufzunehmen, verteilten ihre Finger die Flüssigkeit auf dem Tisch, malten ineinander geschlungene, komplizierte Figuren.

Allem Anschein nach war es ein Schock für Inez gewesen, als ihr Frau Versbach mitteilte, dass Kadamczik ihr Vater sei und dass er in dieser Stadt lebte. Sie hatte sich in eine Traumwelt verrannt, war davon überzeugt gewesen, dass Kadamczik sie lieben würde, wenn er sie kennen würde, hatte ihm Briefe geschrieben, dann, als nie eine Antwort kam, versucht, ihn telefonisch zu erreichen. Der Hörer am anderen Ende der Leitung war, wenn Inez sich vorgestellt hatte, wortlos eingehängt worden. Schließlich hatte sich Inez, immer noch davon überzeugt, wenn Kadamczik sie erst einmal kennen würde, würde sich auch seine Einstellung zu ihr ändern, auf den Weg zur Hochschule gemacht ...

»Sie fragten also einen Studenten nach Kadamcziks Arbeitszimmer«, griff ich Inez' Worte auf, die stumm auf die verschmierte Tischplatte starrte.

Sie nickte zaghaft: »Ja, sein Büro war nicht schwer zu finden. Ich klopfte und, als niemand antwortete, drückte ich die Klinke. Die Tür war nicht abgeschlossen. Das Zimmer war leer. Ich wollte auf meinen Vater warten ...«

Einen Augenblick dachte ich boshaft, dass es wahrscheinlich *die* große Überraschung in Kadamcziks Leben gewesen wäre, wenn er plötzlich seine Tochter wie vom Klapperstorch abgesetzt in seinem Büro vorgefunden hätte. Dann sah ich Inez' um Verständnis bittende Augen und gelangte zu dem Schluss, dass die Sache so wahrscheinlich glimpflicher für sie abgelaufen war.

»Sie setzten sich?«

Sie schluckte: »Später ... Zuerst bin ich im Zimmer herumgelaufen und habe mir alles angesehen.«

»Und dann?«

»Ich habe ziemlich lange gewartet. Dann ging die Tür auf und eine Nonne kam herein. Sie wollte wissen, was ich in Kadamcziks Zimmer zu suchen hätte. Sie meinte, ich solle sofort verschwinden. Sie war sehr wütend. Ich war auch wütend und sagte, dass ich auf meinen Vater warten würde ...«

Ich beugte mich vor: »Wie sah die Nonne aus?«

Inez blickte mich überrascht an und sagte zögernd: »Ich weiß nicht mehr ...«

»Ist Ihnen etwas an ihr aufgefallen?«

Sie zuckte die Schultern: »Ihr Gesicht war irgendwie starr und sie hatte leuchtend graublaue Augen.«

»Was geschah, nachdem Sie erklärt hatten, Kadamczik sei Ihr Vater?«

Inez schüttelte abwehrend den Kopf: »Die Nonne ist völlig außer sich geraten. Unglaublich ... Sie packte mich an der Schulter, schrie, das wäre eine Lüge. Sie hat mich beschimpft und mich zur Tür gezerrt. Ich dachte, sie würde mich schlagen.«

»Ah ja ... Und dann?«

»Ich habe mich losgerissen und geschrien, ich würde nicht lügen. Kadamczik sei mein Vater. Die Nonne hat mich angestarrt. Plötzlich wurde sie ganz still. Ganz komisch. Sie hat mich betrachtet und zum Fenster gezogen ...«

»Sie sehen Ihrem Vater sehr ähnlich.«

Inez nahm einen tiefen Schluck Wein, bevor sie weiterredete: »Na ja, wie gesagt, plötzlich hat sie sich ganz eigenartig benommen. Sie zitterte sogar. Sie sagte, ich solle jetzt gehen. Kadamczik sei verreist. Sie würde ihm ausrichten, dass ich ihn besuchen wollte, und er würde sich bei mir melden. Ich weiß nicht ... Ich glaubte ihr das mit Kadamcziks Reise. Ich wollte gehen ... Doch sie hat mich zurückgehalten und gefragt, ob es irgendwelche Papiere gäbe. Zuerst habe ich nicht begriffen. Ich habe sie erst verstanden, als sie sagte, Papiere, die beweisen würden, dass Kadamczik mein Vater sei.«

»Was haben Sie geantwortet?«

»Dass ich es nicht wüsste ... Ich weiß es ja wirklich nicht.« Inez sank noch ein wenig mehr in sich zusammen.

Der brennende Container ... Schwester Agnes, die ihn in Brand steckte, um Kadamcziks persönliche Papiere zu beseitigen ... Schwester Agnes, die den Skandal vertuschen wollte, dass Kadamczik eine Tochter hatte ...

»Ist etwas?« fragte Inez verwundert.

»Nein«, erwiderte ich rasch. Schwester Agnes, die Einzige, die kein Alibi hatte ... »Wann waren Sie in der Hochschule?«

»Vor ungefähr drei Wochen.«

»Und wann haben Sie den anonymen Brief geschrieben?«

»Letzte Woche.« Inez Stimme wurde wieder brüchig. »Als Kadamczik sich nicht bei mir meldete, wurde ich wütend. Ich wollte es ihm heimzahlen. Aber dann ... Ich hatte ein schlechtes Gewissen und schämte mich so ... Deshalb wollte ich es Ihnen erzählen. Als ich Sie gestern gesehen habe ... Sie wirkten nicht so, als ob Sie das mit dem anonymen Brief sehr tragisch nehmen würden ...« Sie zog die Nase hoch.

Wahrscheinlich sollte das mit dem »nicht so tragisch nehmen« ein Kompliment sein. Nun, Werner würde es wohl wieder als Ausdruck meiner Unseriösität deuten. Ich grinste ein wenig. Dann klopfte ich Inez aufmunternd auf die Hand und meinte, ich sei ihr sehr dankbar für ihr Geständnis.

Israel, dein Stolz liegt erschlagen auf deinen Höhen. Ach, die Helden sind gefallen. Meldet es nicht in Gat, verkündet es nicht auf Aschkelons Straßen, damit die Töchter der Philister sich nicht freuen, damit die Töchter der Unbeschnittenen nicht jauchzen.

Schwester Agnes war nicht in ihrem Büro.

Während ich noch überlegte, wo ich sie suchen könnte, kam Pater Kollmann aus seinem Zimmer und mit ausgestreckter Hand auf mich zu: »Oh, Frau Strykowski ...«

Ich drückte die Hand mäßig begeistert.

Mit ängstlich bittender Miene sagte er: »Ich erhielt vorhin einen Anruf von Herrn Arlt ... Ich dachte, die Ermittlungen seien abgeschlossen. Frau Carsten hat also tatsächlich ...?«

Ich erwiderte, dass meine Kollegen dies annähmen, und fragte ungeduldig, wo ich wohl Schwester Agnes finden könnte.

Pater Kollmann murmelte, er glaube, sie sei im Keller, im Aufenthaltsraum der Studenten. Sie wollte zusammen mit Margarethe Niemaier Blumen für die Kirche richten.

Ich wollte gehen, doch Pater Kollmann stellte sich mir in den Weg: »Wie konnte Frau Carsten nur etwas so Furchtbares tun?« Seine Stimme zitterte anklagend.

Herzlos entgegnete ich: »Frau Carsten wollte ein Zeichen setzen. Den Aufstand der Unterdrückten gegen die Unterdrücker ausrufen.«

Pater Kollmanns Gesichtszüge versteinerten: »Indem sie Pater Kadamczik umbrachte?«

»Genau ... Frau Carsten hoffte, dass ihre Tat auf andere Frauen inspirierend wirkte ...«

Pater Kollmann starrte mich an und wich einen Schritt zurück.

»Keine Sorge«, sagte ich und konnte nur mit Mühe ein Grinsen unterdrücken. »Ich gehöre nicht Ihrer Kirche an.«

Vor dem Aufenthaltsraum begegnete ich Margarethe Niemaier. Sie trug einen überbordenden Strauß Blumen in ihren Armen. Rote Gladiolen. Die Farbe der Blumen schien auf ihr Gesicht abzustrahlen, ihm eine zarte Röte zu verleihen. Plötzlich wirkte sie hübsch.

Auf meine Frage versicherte Margarethe Niemaier, Schwester Agnes müsse jeden Moment kommen. Zusammen mit Kadamcziks früherer Assistentin betrat ich den Raum.

Während Margarethe Niemaier die Blumen am Spülbecken beschnitt, lief ich unruhig auf und ab. Bis auf eine schmale Küchenzeile und einige Sofas und Sessel war der Raum leer. An einer Wand, unter Glas, hingen drei große Foto-Collagen.

Um mich abzulenken, betrachtete ich die Bilder. Den Kleidermoden nach zu schließen, eine Art Querschnitt aus vierzig Jahren Hochschulgeschichte. Ich erkannte Pater Kollmann, einen Bartflaum im Gesicht beim Bierzapfen. Pater Karel, sinnigerweise in einen Monteursanzug gekleidet, auf einer mit Luftballons geschmückten Bühne. Kadamczik, der einen dunklen Anzug mit Schlaghosen und breitem Revers trug, das weiße Hemd am Hals weit offen, beim Tanzen mit einer Studentin. Ein dicklicher, langhaariger Mönch, dessen Gesicht mir vertraut erschien, hinter einem Schlagzeug. Erst, als ich noch mal hinsah, erkannte ich Vitello.

Hinter mir fielen abgeschnittene Blumenstängel in das Waschbecken und ich hörte Margarethe Niemaier leise sagen, dass sie die Hochschule bald verlassen würde.

Ich murmelte, dass zurzeit ja ein reger Auszug an dieser Hochschule stattfände. Und dass Pater Vitello vielleicht nach Rom gehen würde ...

Frisenius auf seinen Stock gestützt, jünger zwar, aber schon alt. Falls er überhaupt jemals jung gewesen war ... Das Foto einer Band: Noch einmal der langhaarige Vitello am Schlagzeug. Ein etwa gleichaltriger Mann am Keybord, ein anderer spielte Gitarre. Im Vordergrund Kadamczik, der an einem Mikrofon stand und sang. Der junge Mann mit der Gitarre, der schüchtern und zerzaust wirkte wie ein aus dem Nest gefallener Vogel, erinnerte mich an jemanden. Unwillkürlich trat ich näher, versuchte in dem spiegelnden Glas sein Gesicht besser zu erkennen. Dann nahm ich wahr, dass sein Blick sehnsüchtig auf Kadamczik ruhte.

Margarethe Niemaier war, eine Blume und ein Messer in den Händen, neben mich getreten. »Pater Vitello geht nach Rom?« Ihre Augen waren groß und erstaunt.

Das Foto nahm immer noch meine Aufmerksamkeit gefangen. Geistesabwesend erwiderte ich, dass sich Vitello um eine Gastprofessur beworben habe.

Margarethe Niemaiers Lachen schreckte mich auf: »Aber nein. Sie müssen sich irren, Pater Kadamczik wollte sich um diese Professur bewerben ... Er sollte die Hochschule in Rom vertreten.«

Ich riss meine Konzentration von den Fotos los und sagte verwirrt: »Nein, ich irre mich nicht. Pater Vitello hat es mir heute Nachmittag erzählt.«

Sie schüttelte ungläubig den Kopf: »Nein, das kann nicht sein. Pater Kadamczik hatte vor, sich zu bewerben. Darüber hatten wir uns ja zerstritten. Weil ich die Probevorlesung ausgearbeitet habe ...«

»Wann lief die Bewerbungsfrist ab?«

»Ende dieser Woche. Warum?«

Ich starrte sie an, versuchte meine Gedanken zu ordnen und fragte schließlich matt: »Wusste Pater Vitello, dass sich Kadamczik um diese Professur bewarb?«

»Aber natürlich.« Margarethe Niemaier lächelte mich an. »Alle im Orden wussten das. Pater Vitello fragte mich auch immer wieder, wie weit Pater Kadamczik mit der Ausarbeitung der Probevorlesung sei.«

Der Herr schaute auf Abel und sein Opfer, auf Kain und sein Opfer schaute er nicht. Da überlief es Kain ganz heiß, und sein Blick senkte sich ... Natürlich, das war die Lösung!

Ich murmelte eine flüchtige Entschuldigung und rannte aus dem Raum.

Als ich an dem Platz mit den Müllcontainern vorbeilief, sah ich auf dem immer noch durchweichten Boden einen länglichen Schatten, der mir merkwürdig vertraut erschien. Ich hielt kurz inne, ging vorsichtig über den rutschigen Untergrund.

Tatsächlich, neben einem der Container lehnte Frisenius' Stock. Da ich nicht wollte, dass Frisenius' Stock in einer Müllverbrennungsanlage endete, klemmte ich ihn mir unter den Arm und rannte weiter.

Das Innere der Kirche war wieder dämmrig, nur schwach erleuchtet vom Scheinwerferlicht, das durch die hohen Fenster zu beiden Seiten des Eingangs fiel. Ich suchte nach einem Lichtschalter, konnte jedoch keinen finden. Dann entdeckte ich neben dem Eingangsportal eine Gittertür. Ich zog daran. Sie war nicht verschlossen. Dahinter führte eine schmale Steintreppe hinauf zur Orgel.

Oben angelangt, blieb ich stehen, um mich zu orientieren. Das Scheinwerferlicht erhellte die Empore nicht. Als sich meine Augen an das Dunkel gewöhnt hatten, nahm ich links von mir die mächtigen Formen der Orgel wahr, deren Pfeifen matt schimmerten. Rechts von mir, jenseits einer Brüstung, erstreckte sich das Kirchenschiff. Der Geruch von Staub und Weihrauch hing in der Luft – und ein seltsamer, hoher Summ-Ton.

Ich tastete mich an der Orgel entlang, bis ich ihren Sitz erreicht hatte, quetschte mich auf das schmale Brett, wobei ich einige Tasten mit meinen Füßen berührte, und ein schwacher Ton erklang, der durch die Kirche schwebte. Dann legte ich den Stock quer auf die Tastatur, die sich vor mir befand – wieder erklang ein Ton, dieses Mal höher als zuvor – und fuhr mit meiner Hand suchend über das Gehäuse. Als ich einen Schalter fand, drückte ich ihn. Ein kleines Lämpchen leuchtete auf.

Jetzt erkannte ich, dass ich mich in der Mitte der Empore befand. Rechts neben mir, auf der der Treppe gegenüberliegenden Seite, befand sich eine schmale Tür. Ich wunderte mich darüber, bis mir einfiel, dass sie wahrscheinlich in den Kirchturm führte. Dann sah ich den Spiegel, der schräg über mir an der Orgel befestigt war. In ihm konnte ich den Altarraum erkennen. Der Schein der einzelnen Kerze zuckte über die geschnitzten Figuren des Altarbildes, die Weihnachtsbäume und das Chorgestühl.

Etwas war seltsam ...

Ich starrte in den Spiegel, bis ich begriff. Die Tür zur Sakristei war von hier aus nicht zu erkennen. Und auch nicht der Sitz im Chorgestühl, der Kadamczik gehört hatte.

Ja, so könnte es gewesen sein ...

Wohl habe ich gesagt: Ihr seid Götter,
ihr alle seid Söhne des Höchsten. Doch
nun sollt ihr sterben wie Menschen,
sollt stürzen wie jeder der Fürsten.

Vitello befand sich nicht in seinem Arbeitszimmer. Ein Luftzug brachte den gelblichen Vorhang zum Wehen. Das Fenster stand offen. Vom Garten her drang der Geruch feuchter Erde herein.

Einen Augenblick lang blieb ich stehen, nahm den Raum in mich auf. Den Schaukelstuhl. Die Bücher- und Papierstapel auf dem Schreibtisch. Eine leere Teetasse. Die Unordnung in den Regalen. Die kleine Lokomotive, die auf einige Bücher zuzufahren schien.

Als ich mich wieder zum Gehen wandte, streifte ich versehentlich den Schaukelstuhl. Er begann, vor- und zurückzuschwingen, als ob Vitello in ihm säße. Plötzlich empfand ich eine tiefe Melancholie. Mir wurde klar, dass ich eigentlich nicht damit gerechnet hatte, Vitello in seinem Zimmer anzutreffen, und ich wunderte mich auch nicht, dass er nirgendwo sonst im Kloster oder in der Hochschule zu finden war.

Nachdem ich eine Weile vergeblich nach ihm gesucht hatte, rief ich Werner an, überzeugte ihn, zur Hochschule zu kommen, und erzählte ihm, was ich herausgefunden hatte. Nach einer längeren Debatte war er bereit, gemeinsam mit mir Schwester Agnes zu verhören.

Wir fanden sie im Fernsehraum, wo sie sich zusammen mit ihren Mitschwestern einen Film ansah. Unwillig folgte sie uns zu dem Zimmer im Erdgeschoss, in dem ich mich bemühte, das Sofa unter dem Fenster zu ignorieren. Auf unsere Fragen, was sie über den Mord an Kadamczik und Vitellos Rolle dabei wisse, antwortete sie, sie habe keine Ahnung, wovon wir redeten, oder sie schwieg beharrlich. Nach drei Stunden gaben wir auf. Wir hatten nichts gegen sie in der Hand.

»Du bist dir sicher, dass du dich nicht täuschst?« fragte

Werner, als wir wenig später zum Parkplatz vor der Kirche gingen. Ich erwiderte, ich sei mir absolut sicher.

»Für eine Fahndung nach dem Pater reicht es nicht«, Werner zuckte die Achseln. »Außerdem werde ich die Fahndung nach Verena Carsten aufrechterhalten.«

Ich betrachtete den halben Mond, der niedrig und schräg über den Parkbäumen hing, entgegnete, er solle tun, was er nicht lassen könne, und riet ihm, ein Auge auf die Bahnhöfe in der Umgebung zu haben, vor allem auf die Fernzüge in Richtung Rom. Werner versprach, die Kollegen zu verständigen. Dann wollte er wissen, wie es mit meinem Urlaub stehe. Ich erklärte, dass ich am nächsten Morgen fahren würde. Werner nickte, versicherte mir, dass er mich über die Ermittlungen auf dem Laufenden halten würde, und fragte, ob er mich irgendwo absetzen könne. Als ich sagte, dass mein Auto wieder intakt sei, grinste er und wünschte mir alles Gute für die Reise am nächsten Tag. Dann ging er zu seinem Wagen und fuhr los.

Als ich den Schlüssel ins Schloss meiner Fahrertür steckte, fiel mir ein, dass ich Frisenius' Stock auf der Orgel-Tastatur vergessen hatte. Ich zögerte, ging schließlich aber doch zur Kirche zurück und tastete mich durch das Dunkel auf die Empore. Wieder fuhr ich mit der Hand über das Orgelgehäuse, bis ich den Lichtschalter fand. Dann schaute ich auf die leeren Tasten und fragte mich, ob ich an einer Sinnestäuschung litt. Doch im nächsten Augenblick sagte ich mir, dass mittlerweile sicher einer der Patres auf der Empore gewesen war und den Stock mitgenommen hatte.

Gerade wollte ich gehen, als ich bemerkte, dass sich noch etwas verändert hatte, seit ich vor wenigen Stunden hier gesessen war. Aber was?

Suchend betrachtete ich die Orgel, dann die leere Empore. Es war mehr Zufall, dass ich hinüber zur Tür blickte, die in den Kirchturm führte, und wahrnahm, dass sie einen Spalt offen stand. Im selben Moment wusste ich auch, was sich verändert hatte: Der hohe Summ-Ton fehlte.

Ich schaltete das Licht an der Orgel aus und ging langsam hinüber zur Tür. Als ich ihren dunklen Umriss inmitten der geweißten Wand direkt vor mir sah, nahm ich meine Pistole aus meiner Handtasche und entsicherte sie. Dann stieß ich die Tür zurück und tastete mich, bemüht, möglichst kein Geräusch zu verursachen, die Treppe entlang. Steinerne Stufen, die in Windungen aufwärts führten, nur dann und wann unterbrochen durch hohe unverglaste Fensteröffnungen, durch die ich den sternklaren, von dem halben Mond erhellten Himmel, den dunklen Park und die Lichter der Stadt weit unter mir sah. Nichts war zu hören, außer weit entferntem Verkehrslärm und dem leise schabenden Geräusch, das meine Lederjacke verursachte, wenn ich mich bewegte.

Die Treppe endete in einem mit Holzbohlen ausgelegten Raum, an dessen Seiten sich jeweils zwei Fenster befanden. Im Mondlicht, das sich durch sie ergoss, konnte ich die Schemen von Glocken über mir erkennen und drei eigentümliche Rechtecke, die an einer Wand lehnten. Zwei der Rechtecke waren schmaler als das dritte und schienen eine hellere Farbe zu haben. Nochmals blickte ich mich suchend um, nahm niemanden außer mir wahr, ging hinüber zu den Rechtecken und kniete mich vor sie nieder. Tatsächlich, es war das Triptychon aus Kadamcziks Zimmer. Mit der linken Hand fuhr ich über die Leinwand. Sie fühlte sich kühl und rau an, schien intakt zu sein. In diesem Moment hörte ich hinter mir ein leises Geräusch und warf mich herum. Zu spät. Denn ich fühlte einen heftigen Schmerz in der rechten Schulter, ließ die Pistole los, die über den Boden schlitterte, und kippte zur Seite.

Als ich mich aufrichten wollte, hörte ich Vitello sagen: »Bleiben Sie sitzen.«

Seine Stimme klang hoch und eigentümlich brüchig. Er stand einige Meter weit von mir entfernt. Da er meine Pistole in der Hand hatte, deren Mündung auf mich zeigte, ließ ich mich zurücksinken und meinte matt: »Passen Sie um Himmels willen auf. Die Pistole ist geladen und entsichert.«

Vorsichtig versuchte ich, mich aus dem Mündungsbereich zu schieben. Doch Vitello nahm meine Bewegung wahr und vollführte eine jähe Bewegung mit der Hand. Ich wartete auf den Knall, das Mündungsfeuer und darauf, eine Kugel in meinem Körper zu spüren. Doch nichts geschah, außer dass ich spürte, wie mir der kalte Schweiß den Rücken hinabrann.

»Die Pistole ist entsichert«, wiederholte ich. Meine Stimme schien von sehr weit her zu kommen.

Vitello senkte die Waffe nicht. Aber immerhin schwenkte er sie nicht mehr unkontrolliert hin und her. Ich lehnte meinen Rücken gegen die Wand und versuchte, den Schmerz in meiner Schulter zu ignorieren: »Hat Schwester Agnes Sie gewarnt?«

Eine kaum merkliche Bewegung des Kopfes war die Antwort. Natürlich, ich hatte es geahnt. Sie war mit Margarethe Niemaier verabredet gewesen, musste unser Gespräch gehört und sich zusammengereimt haben, dass ich endlich erkannt hatte, wer Kadamcziks Mörder war.

»Schwester Agnes wusste, dass Sie Orgel übten, und kam in die Kirche?«

Vitello flüsterte: »Ja.«

Wenn ich doch wenigstens sein Gesicht hätte sehen können. Doch Vitellos Körper war ein dunkelgrauer Schemen, der keine Gefühlsregungen preisgab. Ich überlegte, ob ich mich gegen Vitellos Beine werfen sollte, doch dazu stand er zu weit entfernt.

Stattdessen versuchte ich es weiter mit Reden: »Schwester Agnes half Ihnen auch, Kadamcziks Leiche auf dem Flur zu drapieren, nicht wahr?«

Stille.

Dann sagte Vitello leise: »Ich, ich wollte das nicht ... Ich dachte, Pater Kadamczik sei in der Kirche.«

»Sie wollten seine Probevorlesung vernichten und sich an Kadamcziks Stelle um die Gastprofessur bewerben?«

Wieder das kaum merkliche Nicken.

»Aber Kadamczik war in seinem Zimmer und hat Sie überrascht ...«, half ich nach.

Vitellos Stimme zitterte, als er antwortete: »Ich hatte den Computer eingeschaltet und nach dem Vortrag gesucht. Plötzlich hörte ich jemanden leise lachen ... Pater Kadamczik richtete sich auf dem Sofa auf ... Er hatte mich beobachtet. Dann kam er langsam auf mich zu und nannte mich einen Versager ...« Vitellos Hände vollführten wieder eine unkontrollierte Bewegung und ich hielt unwillkürlich den Atem an.

»Hören Sie«, sagte ich. »Warum legen Sie nicht einfach die Pistole weg und kommen mit mir zum Präsidium?«

Er ließ mich nicht weiterreden, antwortete nur ruhig und mit einer Bestimmtheit, die ich ihm nicht zugetraut hätte: »Nein.«

Ein Stück von mir entfernt lag ein länglicher Gegenstand auf dem Boden. Frisenius' Stock, den Vitello hatte fallen lassen, als er nach meiner Pistole griff. Wenn ich ihn erreichen konnte ...

Vorsichtig schob ich mich ein wenig auf ihn zu und fragte: »Was geschah, nachdem Kadamczik Sie als Versager beschimpft hat?«

Abwehrend bewegte Vitello den Kopf und flüsterte: »Die Bilder ...«

Ich glaubte, mich verhört zu haben: »Die Bilder?«

»Ja, Manfreds Bilder ...«

Es dauerte einige Sekunden, bis ich begriff: »Sie sprechen von Pater Gleixner?«

»Seine Bilder ...« Wieder flüsterte Vitello nur. »Kadamczik hatte kein Recht auf sie ...«

»Pater Gleixner war in Kadamczik verliebt, nicht wahr?« Wenn nur meine rechte Schulter nicht so wehgetan hätte. Behutsam, so dass Vitello es nicht bemerkte, versuchte ich den Arm zu bewegen. Er war wie taub. »Hat er sich deshalb umgebracht?«

Vitellos »Ja« war kaum hörbar.

»Gut«, sagte ich. »Kadamczik nannte Sie einen Versager. Sie sahen die Bilder. Sie sahen das Messer. Sie erinnerten sich an all die Demütigungen, die Kadamczik Ihnen bewusst und unbewusst zugefügt hatte. Ihnen, dem Mitbruder, der immer zurückstehen musste. Dann stachen Sie zu ...«

Wieder kam dieses leise »Ja« als Antwort.

»Und Schwester Agnes?«

»Schwester Agnes?« fragte Vitello verwirrt.

»Liefen Sie zu ihr in die Küche und baten sie um Hilfe?« Der Stock war noch mindestens einen Meter weit von mir entfernt.

»Nein. Schwester Agnes war plötzlich da.« Die Erleichterung, die Vitello empfunden hatte, war unüberhörbar. Die Schwester musste ihm als ein rettender Engel erschienen sein. Was sie wohl in Kadamcziks Zimmer gesucht hatte? Papiere, die über seine Vaterschaft Auskunft gaben?

»Kadamcziks Leiche im Flur zu drapieren und den Verdacht auf Verena Carsten zu lenken, war das Ihre Idee oder die der Schwester?«

Vitello schnüffelte ein wenig: »Schwester Agnes sagte, ich solle ihr helfen, die Leiche in den Flur zu ziehen. Das habe ich getan ...«

»Und dann?«

»Dann sagte sie, ich solle sofort zurück zur Kirche gehen ...«

»Was Sie auch getan haben?«

»Ja.«

»Sie waren vor dem Ende der Predigt zurück?«

Vitello nickte. Da er sich gut von dem mondhellen Himmel abhob, konnte ich erkennen, dass er die Pistole ein wenig hatte sinken lassen, und rückte ein weiteres kleines Stück auf den Stock zu.

»Und warum Pater Frisenius?«

»Er hat es gewusst ... Er wollte, dass ich mich stelle ... Er hat mich immer verachtet ...« Vitellos Stimme überschlug sich, wurde hoch und kreischend.

Ich warf mich nach vorn, fasste nach dem Stock, konnte ihn jedoch wegen meiner tauben Hand nicht recht packen und rollte mich zur Seite. Ein Schuss erklang, schlug in eine Wand ein. Ich robbte über den Boden, konnte endlich den Stock mit der Linken greifen, sprang auf und stieß ihn mit aller Kraft gegen Vitellos Arm. Er schrie auf und ließ die Pistole fallen. Dann stürzte er auf mich zu. Das heißt, ich dachte, er würde auf mich zustürzen, und ging in Abwehrstellung. Ehe ich recht begriffen hatte, was geschah, hatte

Vitello eines der Bilder gegriffen und stand auf dem Fenstersims. Ich glaube, ich schrie: »Nein ...«

Dann hörte ich den dumpfen Aufprall seines Körpers auf dem Rasen.

Da die Beine unter mir nachzugeben drohten, lehnte ich mich gegen die Wand neben dem Fenster, vermied es, nach unten zu blicken, und fragte mich, warum ich mich ausgerechnet in diesem Moment an Vitellos Klavierspiel erinnern musste. Und an diesen verdammten Rilke: *Sie alle haben einen eigenen Tod gehabt. Sie starben das, was sie schon waren, und das, was sie geworden wären.*

Es traf zu. Nur leider in einem ganz anderen Sinne, als Rilke dies gemeint hatte.

Judit aber rief ihnen laut zu: Lobt Gott, ja, lobt ihn! Lobt Gott! Er hat dem Haus Israel sein Erbarmen nicht entzogen, sondern er hat in dieser Nacht unsere Feinde durch meine Hand vernichtend getroffen.

Es regnete. Windstöße erfassten die Tropfen und ließen sie wie Tücher gegen die hohen Sprossenfenster klatschen. Doch die üppigen Pflanzen auf den breiten Fensterbänken und die hochlehnigen Korbstühle verliehen dem Café ein sommerliches Flair. Auf den alten, glänzend polierten Holztischen spiegelte sich das Licht in einem warmen Goldton.

Ich schnupperte nach den Essensgerüchen, die aus der Küche zu mir herüberwehten, lehnte mich zufrieden auf meinem Stuhl zurück, schöpfte ein wenig von der geschäumten Milch meines Cappuccinos ab und ließ sie auf meiner Zunge zergehen. Ich hätte auch an Verena Carstens abschließender Vernehmung im Polizeipräsidium teilnehmen können, hatte es jedoch vorgezogen, mich mit ihr in einer angenehmeren Umgebung zu treffen, und guten Gewissens meinen Urlaub angetreten.

Da ich mit dem Rücken zur Tür saß, bemerkte ich Verena Carsten erst, als sie neben mir stand. Ihre Jacke war nass. In ihrem schwarzen Haar glänzte das Wasser. Sie schüttelte sich ein wenig und reichte mir gut gelaunt die Hand. Sie bestellte sich einen Rotwein und ebenfalls einen Cappuccino, fragte, ob sie rauchen dürfe, und steckte sich dann einen Zigarillo an.

Verena Carsten nahm einen tiefen Zug und lachte dunkel und ein wenig heiser: »Wie ich im Gefängnis an meine Zigarillos hätte kommen sollen – das wäre wirklich ein Problem geworden.«

Ich grinste sie an: »Haarscharf daran vorbeigeschrammt.«

»Ich bedaure es nicht, dass mir das Gefängnis erspart bleibt.«

»Hätte ziemlich daneben gehen können ...«

Verena Carsten blies den Rauch weit von sich und hob

selbstironisch die Augenbrauen: »Nun, ich hätte immerhin einige Jahre Zeit gehabt, intensiv zu forschen. Wäre wahrscheinlich aber schwierig geworden, all die Bücher, die ich benötigt hätte, per Fernleihe in meine Zelle zu bekommen.«

Ich nickte: »Sie können mir glauben, das wäre schwierig geworden.«

Sie grinste: »Frau kann das Patriarchat von jedem Ort aus bekämpfen.«

»In Freiheit haben Sie es damit leichter.«

Ein junger Kellner kam und stellte die Getränke vor Verena Carsten auf dem Tisch ab. Sie rundete ihre knallrot geschminkten Lippen, blies einen Rauchkringel, sah ihm zu, wie er der Decke entgegenschwebte, und meinte dann: »Nein, Sie haben schon Recht. Kadamczik wäre es nicht wert gewesen.«

»Gut, dass Sie das einsehen«, sagte ich. »Ich kann mir mittlerweile zwar zusammenreimen, wie Ihre Fingerabdrücke auf die Mordwaffe gelangt sind, wäre Ihnen aber dennoch dankbar, wenn Sie es mir detailliert erzählen würden.«

Verena Carsten lächelte schwach: »Na ja, von dem Eklat nach dem Vortrag wissen Sie ja. Pater Kadamcziks Beschimpfungen ... Es entspricht auch der Wahrheit, dass ich danach in den Park ging. Ich konnte keinen dieser Leute mehr sehen ...«

»Und nachdem Sie im Park waren?«

Sie nahm einen tiefen Schluck Rotwein und spielte ein wenig nervös mit ihrer Zigarette: »Nun, ich rannte im Park herum und war stinksauer. Dass Kadamczik von meinem Vortrag und meinem Schlusswort nicht besonders angetan war, konnte ich ja verstehen. Aber ich hatte ihm das Referat ja vorher zukommen lassen und es war für mich überhaupt nicht nachvollziehbar, weshalb er mir dazu einen netten Brief schrieb, sich nach dem Vortrag jedoch dermaßen aufführte.«

»Schwester Agnes hatte Kadamczik einen gefälschten Vortrag untergeschoben, um Sie bei Kadamczik ins Messer laufen zu lassen.«

Verena Carsten nickte: »Nachdem ich mich ein wenig abreagiert hatte, beschloss ich, nach Hause zu gehen. An der Einfahrt sah ich die Pferdeäpfel.« Sie zuckte die Achseln und errötete ein wenig: »Nun, ich entschied, Kadamczik einen Abschiedsgruß zu hinterlassen ...«

»Ach, deshalb gingen Sie zu Kadamcziks Zimmer.«

»Genau ... Ich wusste, in welchen Gängen die Büros der Patres lagen. Als ich den Flur betreten wollte, ging das Licht aus. Ich lief ein Stück in den Flur hinein. Dann stolperte ich über etwas, tastete herum, spürte etwas Nasses unter meiner Hand, dann ein Messer ... Als ich endlich einen Lichtschalter gefunden hatte, sah ich, dass ich über Kadamcziks Leiche gefallen war ...«

»Er lag mit heruntergelassenen Hosen im Flur?«

»Ja. Ich weiß nicht mehr recht, was ich in diesem Moment empfand. Ich glaube, ich stand einfach da, starrte Kadamczik an und dachte: Geschieht dir recht. Dann ging ich weg. Zu Hause stieg ich in mein Auto. Den Rest kennen Sie ja ...«

Ein junges Pärchen näherte sich dem Nebentisch und zog sich umständlich die nassen Mäntel aus. Ich wartete, bis sie sich gesetzt hatten. Dann fragte ich, obwohl ich die Antwort zu wissen glaubte: »Warum haben Sie nicht sofort die Polizei verständigt?«

Verena Carsten schlug Asche von ihrem Zigarillo ab, betrachtete nachdenklich die grauen Flocken, bevor sie sagte: »Ich kann es Ihnen nicht anders erklären. Ich glaube, weil ich Kadamcziks Tod ganz und gar nicht bedauerte ...« Sie warf mir einen prüfenden Blick zu. »Ihr Kollege meinte, ich hätte mich strafbar gemacht.«

»Ach ja? Das sieht ihm ähnlich.«

Ich hatte Werner seit jener Nacht in der Hochschule nicht mehr gesehen. Nachdem Schwester Agnes, geschockt von Vitellos Tod, ihre Aussage gemacht hatte, hatten wir uns voneinander verabschiedet. Uns versichert, dass es schön gewesen sei, wieder einmal zusammengearbeitet zu haben. Wenn ich meinen Dienst wieder antreten würde, war Werner in einer anderen Abteilung.

Verena Carsten lächelte ein wenig: »Ihr Kollege hat sich

darauf beschränkt, mir eindringlich ins Gewissen zu reden.«

»Wirklich? Na ja ...« Ich räusperte mich. »Übrigens, Sie haben Kadamcziks Tod verursacht. Oder Schwester Agnes, wie man's nimmt ...«

Verena Carsten sah mich überrascht an.

»Ja, wenn sich Kadamczik nicht so sehr über Ihren Vortrag und die Kuchenattacke aufgeregt hätte, hätte er keine Herzbeschwerden bekommen. Er wäre im Gottesdienst gewesen und nicht in seinem Büro. Vitello wäre ihm nicht begegnet ...«

Verena Carsten zuckte die Achseln: »Ich denke, damit kann ich leben.« Sie drückte den Zigarillostummel in den Aschenbecher. Dann fragte sie: »Diese Schwester Agnes hat also Kadamcziks Leiche in den Flur gelegt?«

Ich nickte und erinnerte mich daran, wie Werner und ich die Schwester über Vitellos Tod informiert hatten. An ihre starren Bewegungen, ihre erloschene Stimme, die jedoch dann, als sie uns erklärte, warum sie an jenem Abend in Kadamcziks Zimmer gegangen war, einen fanatischen Unterton erhalten hatte: »Pater Kadamczik hatte den Orden beschmutzt. Pater Kollmann glaubte mir nicht. Deshalb suchte ich in Pater Kadamcziks Büro nach Papieren, die seine Vaterschaft schwarz auf weiß bewiesen hätten.«

»Diese Schwester Agnes wollte also den Verdacht auf mich lenken ...« Verena Carsten riss mich aus meinen Gedanken.

»Ja, Schwester Agnes kannte Ihren Vortrag, wusste, dass Sie und Kadamczik unweigerlich über diese Hosea-Stelle ›Denn ich bin Gott, nicht ein Mann‹ in Streit geraten würden. Kadamcziks Beschimpfungen nach Ihrem Vortrag hörte sie auch zufällig ... Sie reagierte äußerst geistesgegenwärtig. Die Leiche derart im Flur zu drapieren, erfüllte einen doppelten Zweck: Es lenkte den Verdacht von den Ordensmitgliedern ab und zugleich auf Sie. Auf eine Frau, die sie hasste ...«

»Warum denn das?« Verena Carsten schüttelte den Kopf.

»Schwester Agnes sieht *die* Aufgabe *der* Frau darin, dem Mann zu dienen ...«

»Ach so ...« Verena Carsten lächelte nun auch und murmelte: »Schade.«

Nun, meine Sympathien für Schwester Agnes hielten sich immer noch stark in Grenzen. Das Verbrennen der Manuskripte und Disketten hatte einen doppelten Zweck erfüllt. So hatte Schwester Agnes vermieden, dass Papiere, die eine Vaterschaft Kadamcziks bezeugten, der Polizei in die Hände fielen. Gleichzeitig hatte sie damit die Theologin belastet.

Wir unterhielten uns noch eine Weile über Verena Carstens berufliche Pläne. Eine wissenschaftliche Karriere, erklärte sie fröhlich, habe sie endgültig abgehakt. Sie wolle erst einmal reisen und danach weitersehen.

Als wir uns an der Tür des Cafés voneinander verabschiedeten, sagte sie: »Ich soll Ihnen übrigens einen Gruß von Ihrem Kollegen ausrichten. Und etwas über Judit ...«

»Über Judit?« fragte ich überrascht.

»Ja ...« Verena Carsten blickte mit gerunzelter Stirn in den Regen. »Ach, jetzt weiß ich es wieder. Ich soll Ihnen sagen, er könne dieser Judit durchaus etwas abgewinnen. Und er hätte nichts dagegen, sich in Ihre Abteilung versetzen zu lassen.«

Sie winkte mir zu und rannte in den Regen hinaus. Ich folgte ihr langsam, vergrub die Hände in den Taschen meiner Lederjacke, die ich heute zum erstenmal seit der Nacht im Kirchturm wieder trug. Plötzlich spürte ich ein hartes, raues Stück Stoff. Ich zog es hervor, betrachtete es im Licht einer Straßenlaterne. Es war kein Stoff, sondern ein Fetzen bemalter Leinwand. Ein Stück des Gemäldes, mit dem sich Vitello aus dem Fenster gestürzt hatte. Das Gelb leuchtete. Behutsam strich ich mit meinen Fingern darüber.

Der Wind blies mir den Regen ins Gesicht. Die Tropfen schimmerten im Licht der Laternen. Der Asphalt glänzte. Meine Füße platschten durch tiefe Pfützen, verursachten kleine Wellen. Wie hatte doch dieser Kohelet gesagt: »Was geschehen ist, wird wieder sein. Es gibt nichts Neues unter der Sonne ...«

Ich lächelte vor mich hin.

Kirche im Krimi

Beate Sauer
Der Heilige in deiner Mitte
ISBN 3-89425-220-0
Mord in der kirchlichen Hochschule - ein exegetischer Streit mit tödlichem Ausgang? Im Orden herrschen strenge Regeln, aber unter den Kutten stecken die Dolche.

Leenders/Bay/Leenders
Clara!
ISBN 3-89425-071-2
Um eine Wasserleiche, religiösen Wahn und um die wundertätige junge Clara dreht sich die Handlung. Die Welt braucht Wunder - und also auch neue Heilige.

Jürgen Kehrer
Wilsberg und die Wiedertäufer
ISBN 3-89425-047-X
Ein antiklerikales Erpresserkommando namens »Jan van Leiden« erpreßt nach RAF-Manier eine halbe Million vom Bischof von Münster, und Privatdetektiv Georg Wilsberg soll Geldbote spielen.

Jürgen Kehrer
Gottesgemüse
ISBN 3-89425-026-7
Privatdetektiv Wilsberg muß sich bei der Suche nach einem verschwundenen Professor auf den Psychoterror einer fanatischen Sekte, der »Kirche für angewandte Philosophie«, einlassen.

Werner Schmitz
Auf Teufel komm raus
ISBN 3-89425-421-1
Schwarze Messen an der Ruhr. Ein Satanist kommt in den Himmel. Reporter Hannes Schreiber wittert den Braten und kommt in Teufels Küche.

Crime Ladies

Dorothee Becker
Mord verjährt nicht
ISBN 3-89425-056-9
Warum verschwand Theo de la Cour? Veronika Wenger macht sich auf die Suche nach dem Verschollenen und lernt die verschiedenen Mitglieder einer zweifelhaften Familie kennen.

Dorothee Becker
Der rankende Tod
ISBN 3-89425-040-2
Was trieb den lebenslustigen Clemens in den Tod? Die junge Witwe Veronika Wenger ahnt nicht, daß sie selbst in Lebensgefahr schwebt.

Annette Jäckel
Talk
ISBN 3-89425-202-2
»Ich würde aus Eifersucht töten!« sagt Clara, die »Frau für alle Fälle« vor laufender Kamera. Dumm gelaufen: Ihre beste Freundin Michelle ist kurze Zeit später tot.

Agnes Kottmann
Tote streiken nicht
ISBN 3-89425-052-6
Eine junge und unbeschwerte Gewerkschafterin wird von einemTriebtäter verfolgt.

Heike Lischewski/Stefanie Berg
Bananensplit
ISBN 3-89425-206-5
Als Kind mißbraucht - jetzt wird das Opfer zur Täterin.

Beate Sauer
Der Heilige in deiner Mitte
ISBN 3-89425-220-0
Veit Kadamczik, raumgreifender Theologieprofessor, ist tot. Und das nach einem heftigen exegetischen Streit mit der feministischen Theologin Verena Carsten. O-Ton Kommissarin: »Ich habe eine Abneigung gegen lebende Priester und konnte mir nicht vorstellen, daß mir ein toter wesentlich sympathischer sein sollte.«

Ursula Steck
Alles im Fluss
ISBN 3-89425-219-7
Ein toter Junge treibt in den Fluten des Rheins - vor den Augen der Taxifahrerin Toni Walter. Als ihre Freundin Nora überfallen wird, ist es mit Tonis Phlegma endgültig vorbei. Was hat es mit der Mailbox auf sich, die Nora betreute?